祝勇故宫系列

旧

祝勇 著

The Palace
in Reminiscence

宫
殿

人民文学出版社

图书在版编目(CIP)数据

旧宫殿 / 祝勇著. —北京：人民文学出版社，2022
ISBN 978-7-02-017123-1

Ⅰ. ①旧… Ⅱ. ①祝… Ⅲ. ①长篇小说—中国—当代 Ⅳ. ① I247.5

中国版本图书馆 CIP 数据核字（2022）第 065158 号

责任编辑	李义洲　薛子俊
责作校对	王筱盈
责任印制	王重艺

出版发行	人民文学出版社
社　　址	北京市朝内大街 166 号
邮政编码	100705
印　　刷	北京盛通印刷股份有限公司
经　　销	全国新华书店等
字　　数	177 千字
开　　本	880 毫米 ×1230 毫米　1/32
印　　张	9.375　插页 8
印　　数	1—5000
版　　次	2022 年 8 月北京第 1 版
印　　次	2022 年 8 月第 1 次印刷
书　　号	978-7-02-017123-1
定　　价	68.00 元

如有印装质量问题，请与本社图书销售中心调换。电话：010-65233595

目 录

推荐序　**紫禁城的另类表达**　　　　　　　　　　1
自　序　**去意徊徨**　　　　　　　　　　　　　　1

第一卷　**火（上）**　　　　　　　　　　　　　　1
第二卷　**火（下）**　　　　　　　　　　　　　27
第三卷　**宫殿（上）**　　　　　　　　　　　　43
第四卷　**阳具**　　　　　　　　　　　　　　147
第五卷　**宫殿（下）**　　　　　　　　　　　173
第六卷　**血（上）**　　　　　　　　　　　　231
第七卷　**血（下）**　　　　　　　　　　　　251

附　录　**转型与超越：叙事的再度探索**　　　267
　　　　注　释　　　　　　　　　　　　　272

推荐序

紫禁城的另类表达

郑欣淼

紫禁城的价值,依托于建筑,又不止于建筑。它们不仅是历史的见证者,也是历史的参与者。

紫禁城（故宫），是中华文化的宝贵遗产，中华文明的象征，在文化史上，具有不可比拟的独特性，为世界瞩目，1987年被联合国教科文组织列入我国第一批世界文化遗产名录。从空间上看，紫禁城是世界上现存规模最大、保存最完整的古代宫殿建筑群，其规模、其气势，令法国卢浮宫、俄国圣彼得堡的冬宫、英国白金汉宫、日本东京皇宫等世界著名宫殿难以望其项背。从时间上看，紫禁城是明清两代皇宫，有二十四位皇帝的身影在这里出现过，紫禁城的一砖一瓦，都见证着明清历史的风云变幻。从这个意义上说，紫禁城是一个巨大的历史容器，贮存着无比丰富的历史信息，探测着历史的深度。

　　紫禁城的价值，依托于建筑，又不止于建筑。它不仅是历史的见证者，也是历史的参与者。它是历史的产物，但它的存在，也在很大程度上影响了历史的走向。因而，紫禁城不仅史学价值巨大，文学和艺术的价值同样很大。它不仅为学者们提供丰富的历史资料，也为作家和艺术家们提供充沛的创作素材。也就是说，对紫禁城的解读，应该是全方位的、多元的，不同领域的创作者，完全可以从各自的视角出发，完成对这处史诗性建筑的阐释。

祝勇长期以来一直关注着紫禁城，在长期的创作过程中，与故宫以及故宫同仁结下了深厚的感情。祝勇很早就把关注点聚焦到明清历史，特别是紫禁城上面来，他不仅沉潜于史料，而且对紫禁城进行了大量的实地调查。这种扎实稳健的风格，对于一个年轻人而言，难能可贵。他拥有敏锐的洞察力和灵活的视角，这刚好有利于发挥他的特点，对紫禁城做出与他人不同的阐释，使他的作品成为一种独特的文本。他一直坚持个人化的写作路线，他所描述的紫禁城，得自于他的个人视角，与我们每个人所熟悉的紫禁城（公共视角）既相通，又相异，这使他的文本具有张力和不可重复性。本书是构思新颖、表达独特的作品，对于让更多的读者深入地认识紫禁城和长城，弘扬中华民族宝贵的历史文化遗产，有着重要的意义。

2009年5月11日

自序

去意徊徨

祝勇

它是一部破碎之书,它是由许多历史的碎片组成的,它以这种破碎的方式,再现完整的建筑和完整的历史。

大明王朝的第二任皇帝——建文帝朱允炆于公元1402年突然失踪。从那一天起，就有许多人把搜寻朱允炆的下落作为自己毕生的事业。他们最初是受到了朱允炆的权力争夺者、新任皇帝朱棣的指派上路的，在永乐年间，朱允炆无疑成为全国最大的通缉犯，但追踪者大多有去无回，成为新的失踪者，直到朱棣咽气，也没有等来有关朱允炆的任何消息。然而，谁也没有想到的是，官方搜捕行动的失败，反而激发了后世学者更大的兴趣，于是，越来越多的业余侦探们纷纷踏上寻访建文帝踪迹的道路。当然，他们寻访的目的，不是为了将他捉拿归案，而是探求历史的真实。建文帝朱允炆的失踪堪称明朝最大疑案，连朱允炆也不会想到，自己在1402年6月里的悄然出走，为后人留下了一道经久不息的谜题，六百多年无人破解。他写了一部无比深奥的逃亡之书，抵得过任何文学作品。但人们相信一个事实：朱允炆没有死，宫殿中的那具不堪入目的尸体，只是迷惑朱棣的一个障眼法。清代那个名叫张廷玉的白发老人,在主持编修的《明史》中写下这样的话:"宫中火起,帝不知所终。"这句话已经暗示了这一点。倘真如此,朱允炆就不可能从人间蒸发,总会留下蛛丝马迹,那么,那条路是否永远守口如瓶,逃亡者是否真的能够在如此规模浩大又旷日持久的追踪面前音讯全无?

明崇祯九年(公元1636年),明代地理学家徐霞客从江阴出发,向云贵方向,进行他一生中的最后一次长途旅行,寻访建文帝遗踪,是他此行的目的之一。2010年,上海东方卫视开始制作一部关于徐霞客的历史文献纪录片《霞客行》,我应邀参加,并于该年4月20日从江阴出发,踏上追随徐霞客路线的道路。由于朱允炆是徐霞客的寻访目标之一,于是,关于朱允炆逃亡旅途中的各种传闻与他的诸多疑似遗迹,也在不经意间,从这条暗藏着许多历史密码的道路上接二连三地浮现出来。与明代不同,此时的大地几乎已被探险家们翻拣了一遍,早已藏不下任何秘密。然而,当我在贵州、云南的深山古刹聆听他的逃亡故事,触摸他坐禅面壁的石凳时,内心的激动仍然无以言表。在寻访建文帝的人流中,我是最迟的一个,已经难以获得历史深处的准确信息,但我无法抵御对破解这一历史方程的强大兴趣。1994年,我写《北京之死》的时候,就萌生了以紫禁城为题材写一部关于明代政治的文学作品的念头,但始终没有找到一个合适的入口。没想到,那个入口最终由六百年前一个名叫朱允炆的逃亡者提供给我——2002年,我开始动笔写一本名为《旧宫殿》的书,后来我才发现,那一年距离朱允炆失踪刚好六百周年。我用一年时间完成了这本书,在《花城》主编田瑛先生的支持下,在2003年第5期《花城》杂志全文发表,2005年由春风文艺出版社出版。同年我应中央电视台之邀,为纪念郑和下西洋六百周年担任大型历史文献纪录片《1405,郑和下西洋》总撰稿,也与探求那个失踪皇帝的去向密切相关。2010年的《霞客行》,使我终于从一个纸页上的解密者踏上了实地寻访的道路。我在寻找一个六百多年前失踪的人,我知道我不可能找到他,但如同当年的徐霞客一样,我相信这条路总会告诉我些什么。这是我在这次寻访之后,觉得《旧宫殿》必须修订再版的原因。

但我并不想把《旧宫殿》写成一部克里斯蒂式的悬疑之书,因为任何悬疑,都必然导向一个确定的结局。我希望《旧宫殿》是一个更复杂的、不确定的文本。大明王朝迁都北京,巨大的紫禁城像一个不可思议的传奇在帝国国土的北方突然出现,以及诸多看似无关的历史,实际上都与建文帝的离去有关。建文帝的离去如一个引信,为此后的历史引发了一系列的激变。由此我们发现,所有人的命运构成了一个完整的命运共同体,它们并非互不相关，而是榫卯相接、严丝合缝，任何局部的变化都会牵动整体格局的变化，而一个皇帝的命运转折所带来的震荡，更是不言而喻。它的影响一直蔓延到今天，渗透到我们的命运里，每一个北京人，甚至每一个中国人，都不可能拒绝这种影响——更不用说把北京和故宫作为写作题材的我了。一个深藏于历史中的事件，可能影响着几百年后人们的命运，这是历史的蝴蝶效应，它表明历史与未来之间存在着某种气若游丝却从不中断的关系。所以，《旧宫殿》是一部开始之书，它的终点不止一个，而是有无数个，它通向无数种可能。历史中的许多事件都与它有着隐秘的联系，而在所有的结局中，任何一种结局都是微不足道的。在它的内部，包含着许多个方程，一个方程破解的钥匙，或许包含在另一个方程中。标准答案或许永不存在，但它们从不妨碍我们破解的激情。从这个意义上说，这绝不是一部传统意义上的文学作品，它是一部破碎之书，它是由许多历史的碎片组成的，它以这种破碎的方式，再现完整的建筑和完整的历史。

《旧宫殿》的写作过程无疑是艰难的。我感谢所有帮助过我的朋友，包括发表它的田瑛先生、朱燕玲女士，以及刘心武、莫言、徐小斌、邱华栋、洪治纲、敬文东等文界友人对这一实验性文本的鼓励与支持。刘心武先生多次提到这部书稿，还热心将此书介绍给法国的出版社，只因翻译难度大而放弃出版。

《旧宫殿》写成整整二十年后，经过增订的《旧宫殿》由人民文学出版社出版了，我感谢人民文学出版社社长臧永清先生、总编辑李红强先生及其他社领导的支持与厚爱，感谢责任编辑薛子俊、李义洲所做的大量繁杂而细致的工作，感谢逄小威先生将他拍摄的精美照片提供给本书。

我相信，《旧宫殿》可能不是一部最好的书，但它绝不会是一部索然无味的书。

2010年5月30日昆明 — 泸西途中
2021年10月22日改于成都

第一卷 火(上)

残忍即使是一种天赋,也需要后天的激发。谁能够亲手杀死自己的亲人,连眼睛都不眨一下,谁就具备了做天子的资格。

第一章

《明史》中关于那场大火的记载只有十个字:
"柏惧,无以自明,阖宫焚死。"[1]

第二章

柏亲手烧掉了自己的宫殿。与史书记载不同的是,他将手伸向烛台的时候,丝毫没有发抖。这有些出乎他自己的意料。

抖动的是火苗，即使他手握得稳，依旧上下跃动，像不安分的心跳。他无法制止火苗的舞蹈。仿佛它已经预感到自己的节日即将来临，火苗将由唯一衍生为无数，它在数量上正和它所焚烧的事物成反比——火焰数量猛增的结果，就是使蓬勃的万物递减和消弭，并最终化为灰烬和尘土。

微小的烛火能够照亮殿内每一个繁琐的细部——它在黑漆八折屏风上映出隐约的光影，微光仿佛来自屏风那款彩楼阁园林图案幽黑的深处；黄花梨木书案上，诗稿散乱；琥珀镇纸下，最后一行诗墨迹未干；澄心堂纸光泽细润。他移动着火烛，脚步稍迅疾些，火苗几乎熄灭。殿堂瞬间黑暗下去，仿佛对永久黑暗的一次预演。他在时间中看清了光明和黑暗的边界。他知道火焰无边的光亮终会将他带入无边的黑暗。

他把火烛向那堆诗稿中一掷，地上那些散乱的纸页如同等待已久的花朵，在同一时刻里争先恐后地绽放。他嗅到墨的幽香，是在燃烧中释放出来的一种味道，过去他从未嗅到过的味道，与沉香、龙涎、瑞脑自有不同，让人倍觉寂寞。纸页上的词语纷纷加入火焰的舞蹈，还有曾让自己心动的一切，比如古玉上的雕琢，画稿上的枝叶，锦缎上的花纹。火焰翻覆之间，所有器物都迅速卷曲成枯叶般的灰烬，唯有那方旧端砚，从乌亮紫檀琢成的砚匣内露出半张面孔，无动于衷。

柏回味着自己掷出火烛时的样子。那一刻改变了所有事物的局面,他得意地笑了,只是他俊俏的笑意在火光的反射下显得有些恐怖和狰狞。火烛在空中划过一条绽亮的弧线,落脚处很快变成一片火海。他的动作轻盈敏捷,如同深夜掌灯,或是打开一扇门,让他从黑夜一步跨入白昼。

第三章

周王楠再一次在睡梦中听到窗户上的敲击声,那声音像深夜落在窗纸上的雨滴一样细致绵密。他警觉地从床上跳起来,循声推开殿门,除了木门发出一声老旧的怪响,庭院里一片空寂,惨白的月光把花木的剪影贴在地面上,异常清晰。

为了掩盖内心的慌乱情绪,这段日子以来,他一直在扩建他的后花园,摆出一副在封地上扎根的架势。那些在他眼中无比混乱的木石按照预定的程序拼接成假山叠石、楼台水榭。仿佛一场乱七八糟的动乱,在经过木石的喧嚣之后,必将导入一个完美得不出意料的结局。这让他纷乱的心悄悄安定了些。此时他并不能预见花园里迷宫般的路线,他甚至从未看过图纸。

他只是企图通过自己制造的纷乱局面来掩饰自己。施工的事情他全权委托给儿子朱有炖,自己却在时刻观察都城的宫廷里神秘莫测的局势变化,以及自己封地上的风吹草动。朝廷里有许多人神秘死去了,接下来的一段日子相对平静,除了花园日益成形,什么都没有发生。仿佛对垒的双方,都在等待草丛中射出的第一支响箭。他的扩建行动刚好填补了他等待的寂寞。不断有奇花异草出现在他的后宫中,工匠们个个表情诡异。他时常站在后花园里,打量那些杂乱无章的晃动的身影。

他不知道这已是第几次在深夜里惊醒。他看见梁间一只蝙蝠骤然飞去,肥硕的身影被月光变形,显得格外诡异。是它在捣鬼吗? 此时的朱橚早已睡意全无,点燃了案头的灯。就在这时,他在书案上发现一张被揉皱的字团,展开一看,是一张很小的字条,上面只有一个字:"反"。他浑身像被火烫了似的一抖,立即冲出门去,黑夜中的宫殿一片沉寂。

第四章

在柏的生命被火终止之前,他的大部分生命都与水有关。

他身上有一股江湖气。他喜欢在水边读书，似乎要从流逝中寻求永恒。他喜欢山川与字纸间的那种呼应关系。那样，他的目光就能越过现实中那些残缺和扭曲的事物（那些在他看来是无关紧要的）而停留于世界的原始形态上——没有宫阙，没有梁柱、飞檐和彩绘，没有大殿的须弥座台基上矫情的铜鹤，只有真实的白鹤，如仙境中的古典美女，展开裙摆一样宽阔的翅膀，于长河间一闪而过。

柏在荆州建起了景元阁。就在水边。这让漂泊的书卷和才子同时安顿下来，还有他自己。他从遥远的南京城来，山重水复，只有这里，是安顿他行脚的地方。他在荆楚大地游走，常常数日不还。在青山碧水间，他可以任性地读书和舞剑，倦了，就枕石而眠。他把宝剑从剑匣中缓缓抽出，像展开一幅画轴一样小心翼翼。他的面孔顿时明亮起来，宝剑烘托出他超凡脱俗的气质。接着便是一股旋风刮过，在空中展现出许多白亮的旋涡。草木在他身边颤抖，发出隐隐的喧哗。他的剑刃锋利无比，飞扬的枝叶被一一削砍成缤纷散乱的细屑，如花雨飘落。在他的兄弟中，他的剑术首屈一指。剑是复仇的道具，他却只用它来舞蹈，姿态如清俊的仙鹤。史书对他的记载是"喜谈兵，膂力过人，善弓矢刀槊，驰马若飞"。但他并不是一个武士，而是一介书生。他和兄长桢一起征讨古州蛮。战争持续了几个月，利镞穿骨，征马踟蹰，刀锋与刀锋迸溅出火花，河流被鲜血染红。成簇的水草被浓热的血液粘在礁石上，像噩梦一样无法摆脱。但是，柏的缥囊中依旧始终装着书卷。无须面对那些报捷的官牒，在河流的喧响中，他最想亲近的，唯有发黄的册页。

第五章

朱元璋在登基以后，一方面秉承兔死狗烹这一古老帝术，上演着清除开国元勋的传统戏份，以至于他死时，开国元勋已无一幸存，一方面把自己的儿子派到各地做藩王。这两件事儿实际上就是一码事儿，因为在他看来，只有除掉那些开国老臣，自己的子孙才能顺利接班。无论那些建国功臣曾经怎样出生入死、忠心耿耿，只有朱姓后裔是最可靠的，那些藩国里的子孙，像屏障一样拱卫着朝廷，让他朱家的权力坚如磐石，皇图永固。他为它起了一个很形象的称谓：藩屏。

齐楚燕韩赵魏秦，这些曾经掏空了周朝基业的权力之冠，又被朱元璋戴到自家子孙的头上。朱元璋不是不知道，东周春秋争霸、汉代"八王之乱"、唐代安史之乱，根源都在藩王割据。但他还这样做，一是因为他相信血缘的力量，权力只有姓朱的人掌握，才是最安全的，二是他相信自己的力量，也就是说，他在子女的教育上下了大功夫，他的儿子与别人的儿子不一样。他曾自信地宣示，"天下之大，必建藩屏，上卫国家，下安生民"，此为"久安长治之计"。他不会想到，像他这样强悍和自信的人，依然逃不出历史的怪圈，这样做的结果，依旧是同室操戈、自相残杀。

尽管后来出现过朱棣这个强势的皇帝，还有"仁宣之治"的昙花一现，但总体上的下坡路，从此时就注定了。原因很简单，就是大明王朝的草创年代，朱元璋的高层构架是一个开放的结构，吸纳了天下的能人，可以及时有效地应对外部的挑战，权力核心也没有和底层脱节，而一旦他的屁股在龙椅上坐定，把权力固化，变成一个完全属于他个人及其子孙的封闭结构，权力的中枢神经都会钝化，以致失效。无论他把权力攥得多么紧，也无论他在子女教育方面下了多大的力气，那权力都终将离他而去。

第六章

从今天故宫博物院收藏的一百八十六万多件文物里发现两

件文物的联系，仿佛在森林里寻找两片相似的树叶一样难而又难。只有细心的人，才能从梁师闵的《芦汀密雪图》和另一卷由不知名作者绘制的《江山秋色图》中，发现它们的共同之处——在这两卷北宋绘画的卷后，残留着两段笔迹相同的题跋，落款相同，时间也竟然一样。即使在今天，我们仍能见到那发黄的纸页上赫然写着一行细致流丽的行楷：

洪武八年秋文华堂题

那是洪武八年，也就是公元1375年。后面即将讲到，这一年，在大明王朝的皇宫建筑史上，至关重要。

文华堂，在明朝当时的首都南京。《明实录》记载，洪武六年（公元1373年），"开文华、武英二堂"，"择国子生年少聪明者说书"[2]，就是说，文华堂是当时朱元璋为教育皇子而成立的学校。这所学校的教育阵容堪称豪华，不仅囊括了当时天下第一学者宋濂，而且几乎汇集了政府里的所有精英，其中包括：左丞相李善长、右丞相徐达、中书平章军国重事常遇春、右都督冯胜……

然而，在朱元璋心里，文华堂最重要的学生只有一个，那就是他生命中第一个儿子——他的皇后马氏所生的朱标。

元朝至正二十年（公元1360年），朱标刚刚五岁，朱元璋就委派宋濂为他讲授经学。四年后，朱元璋在应天府[3]自立为吴王，立九岁的朱标为世子。又过三年，朱元璋立国号"吴"，把朱标这位十二岁少年带到凤阳祭拜祖墓。出发前，朱元璋表达对朱标的殷切希望：

"古代像商高宗、周成王，都知道小民的疾苦，所以在位勤俭，成为守成的好君主。你生于富贵，习于安乐。现在外出，沿途浏览，可以知道鞍马辛劳，要好好观察百姓的生业以知衣食艰难，体察民情的好恶以知风俗美恶。到老家后，要认真访求父老，把他们的话记在心里，好知道我创业的不易。"[4]

此时，朱元璋已经以吴王府作为自己的宫城，这里曾是南唐皇宫，在南宋也是皇帝行宫。第二年（公元1368年），朱元璋称帝，国号"大明"。

反复犹豫之后，朱元璋决定把都城定位在自己的故乡凤阳，这项自洪武三年开始的建设工程，到洪武八年戛然而止。人声喧哗的凤阳皇宫，转眼间人去楼空，留下一座皇宫的巨大骨架。时隔六百多年，它的奉天门、三大殿台基，以及文华殿、武英殿、东西六宫、内金水河的遗址，仍在追忆它曾有的荣华。

也是在洪武八年，朱元璋下旨，"改建大内宫殿"。两年后，大明王朝的皇宫，在钟山脚下尘埃落定，让人想起诸葛亮当年游说东吴共同抗曹,见到南京(当时称建业)第一眼脱口而出的一句话:"钟山龙蟠,石城虎踞,此帝王之宅也。"

到那时为止,这个新王朝的一切,都在按照朱元璋的心愿进行着——他有了辉煌的宫殿,也有了仁德的继承人。但他不会想到,不出几十年,他所奠定的一切全都化成了乌有。

洪武八年,这个关键性的年份,刚刚二十岁的朱标在文华堂里端详着《芦汀密雪图》,发黄的细绢上,他看见薄暮正在悄然降临,瑞雪覆盖的浅滩上,黄栌枯槎在寒风中摇曳,水禽们有的依偎栖宿。图画湖岸汀渚,枯木棘竹,气象萧疏,江天寥廓,画家以细腻凝练的笔触、简约舒缓的平远式构图,描绘了隆冬时节荒寒萧瑟的意境。前黄绢隔水上,宋徽宗的瘦金体赫然在目——"梁师闵芦汀密雪",上面押着他著名的双龙方玺。朱标端详许久,写下如许文字:

楚之旷浦,遇冬摇落之时,平沙尺雪,汀芦弥漫,若跨踦登峰,使神驰潇湘之极,莫不浩浩然、荡荡然心地无凝,故云八景者,宜其然,孰能图此?独梁师闵胸钟楚景之秀,特画图以像生,岂不快哉!

年方二十的太子朱标在写下这段文字时,心思是那么宁静,像所有人一样，对即将到来的大逆转毫无察觉。一切都已表明，统领这个王朝的重任将落在他的身上，只要他活得够长。

朱标外表风流俊雅、性情柔软仁慈，却缺少刚硬和铁血，虽有成为仁君的潜质，却不具备统御天下的霸道。

为了训练孩子们心狠，父亲朱元璋甚至命人把装满死尸的大车拉到朱标面前。后来朱元璋虐杀开国功臣，以便高枕无忧地把皇位留给子孙。遗憾的是朱标对父亲的苦心并不领情，当朱元璋准备把开国重臣，也是朱标老师的宋濂满门抄斩时，朱标急忙奔至御前泣谏，被父亲痛骂一顿，竟然跳金水河自杀，幸被救起。朱元璋听说，哭笑不得，说：傻孩子，我杀人，跟你有什么关系呢？

但老天偏偏跟他开了个大玩笑，这位被朱元璋寄予厚望的太子，没等到接班，就在三十七岁上突然病死。

再活六年，他就可以在父皇朱元璋死后登基，成为大明王朝的第二个皇帝。对于一个三四十岁的男人来说，这并不困难。

但那六年，对朱标来说，是无限远的距离。

朱元璋把什么事情都想到了，就是没想到他亲手选定的接班人会先他而死。

朱元璋苦心设计的剧情，根本没来得及上演，明朝的剧情就迅速逆转。

人算不如天算。

朱标的死，结结实实地改变了王朝的运命，以致此后六百多年的历史都发生了多米诺骨牌似的变化。

第七章

黄昏时分，年老的朱元璋总是神态庄重地从后宫里走出来，站在庭院里注视遥远的天际，让自己洁白的长须在晚风里飘摇。太子朱标的突然死去，改变了所有的局面。一切变得难以预料了。从他登基那天起，就把朱标立为太子，晚年丧子，仿佛抽干了他的底气。他知道，无论临时立谁为太子，他的决定都会像波浪一样延伸到远方，最后演变成一场巨大的风暴。他犹豫不决。他的确老了，无力再经受一场残酷的赌博。

整个朝廷都在关注着他的表情。他的决定关涉着每名皇子的命运，而且每名皇子身边又有一大帮追随者。所有人都加入到这场角逐中，唯有朱柏茫然无知。朱元璋的笔尖在空中徘徊良久，终于在案头落下，变成一个字："棣"。他把这个字举起来，端详着，又将它放在火焰里烧掉，那个粗重的汉字在火苗里颤动着化为灰烬。

朱元璋深知，在众皇子中，朱棣是最出色的。他在刀光剑影中长大，少年时随将士们出征的经历锤打了他的筋骨和内心，让他变得风雨难侵。

洪武十三年（公元1380年），当二十一岁的朱棣带着徐达的爱女、四年前被册封的燕王妃，纵马出了灯火阑珊的南京城，一路向北，跨过当年壮士一去不复返的易水，抵达遥远的北平就任燕王时，他已是一名银盔银甲、久经战阵的青年英雄。

那时的北平，尽管曾经做过辽代的南京、金代的中都、元代的大都，但是数经战火洗劫之后，已经破败凋敝，更何况在大明王朝的版图之内，它只是一个遥远的边塞城市。但这里地处明帝国、蒙古、朝鲜等多种势力的交接地带，也就是今天地缘政治里的"东北亚"，这里虎踞龙盘，犹如一团复杂敏感的经络，一个小问题就可能引起连锁反应。

朱元璋死前不久，给朱棣的一封信里说：

攘外安内，非汝而谁？……尔其总率诸王，相机度势，周防边患，义安黎民，以答上天之心，以副吾付托之意。

他把守卫边疆的重任，托付给了四子朱棣。在朱元璋心里，朱棣已经成为众藩之首。

他翻开翰林学士刘三吾的奏折，上面是漂亮的行书："立燕王，置秦、晋二王于何地？……"[5]他一下子犹豫了。在朱元璋的儿子中，朱棣不仅行四，在他前面，有秦王朱樉和晋王朱棡这两位哥哥，更重要的，朱棣是庶出，不是嫡出，朱棣的生母是硕妃，而不是后来让史官们篡改的朱元璋的正室马皇后。在那个嫡长子继承制的朝代，正统嫡传的身份几乎是一条政治红线。这宿命是他从娘胎里带出来的，他的履历，天生不合格。

刘三吾说到了朱元璋的痛处。朱棣排行老四，立他为储，显然无法摆平二子朱樉、三子朱棡（命运捉弄了这位多虑的老人，他死后不久，朱樉、朱棡也相继夭亡）。因此，让朱棣接班的念头，在朱元璋心里只是打了个转，就不见了踪影。

几日之后，远在北平的朱棣得到这样一个情报：皇孙朱允炆被宣入父王宫中，彻夜未归。

此后，朝中发生了一系列的怪事——开国元勋接二连三地死去。最后一个死去的，居然是当今皇帝朱元璋。洪武三十一年（公元1398年），七十一岁的朱元璋神秘死去。《明太祖实录》对于朱元璋之死的记录为："上崩于西宫。上素少疾，及疾作日，临朝决事，不倦如平时。"[6]这段记载与其说是歌颂太祖鞠躬尽瘁，为国事操劳到生命的最后一刻，不如说是暗中透露了朱元璋病况不明，突然暴死。

几乎所有皇子都在各自的封地上得知了父王病死的消息。同时到来的另一则匪夷所思的指令是，诸王不得回京奔丧。

第八章

公元1398年六月，朱允炆在南京城即位，成为大明王朝的第二位皇帝。从被确立为皇太孙到继承皇位，一切都进行得有条不紊，没人提出异议。但在这平静的外表下，却是暗流涌动。对皇位虎视眈眈的目光中，有一缕就来自北平，来自燕王朱棣。

朱标留下的位置，表面上让儿子朱允炆填补了。然而，在朱允炆继承皇位的同时，也继承了父亲柔弱慈善的性格。在久经沙场、冷酷而冷血的皇叔朱棣面前，这个文质彬彬、年轻望浅的"少年天子"，定然不是对手。

朱允炆当然能够体会到燕王的虎视眈眈。登基后，他也曾试图打压朱棣，把他居住在元朝故宫的行为定性为"僭越"。朱棣上书反驳：

此皇考所赐,自臣之国以来二十余年,并不曾一毫增损,所以不同各王府者,盖《祖训录》营缮条云,明言燕因元旧,非臣敢僭越也。[7]

朱棣说,住在元朝故宫,这是父皇的旨意,况且二十多年来,一直没有修缮、扩建,跟各王府不同,只是利用了元朝的旧建筑,哪里谈得上"僭越"呢?

第九章

柏是朱元璋的二十六个儿子中的第十二子。他的母亲是胡顺妃,他的母亲因为生他才成为胡顺妃。一个孩子改变了一个女人的命运。或者说,一个女人改变了一个孩子的命运。一个神武的帝王与一个美丽女人的偷情似乎必然导致一个蓬勃健美的生命的降临。他是大明帝国开国皇帝的儿子,这一点自他生命之始就已确定无疑,尽管对于一个孩童来说,还很难揣测其中掩藏的涵义。同他的几个兄长一样,他们整个少年时代都在绝对安全的监护下度过,远离风险。当高高的宫墙阻挡了外面的凶险，那么，来自身边的危险就已经在所难免。他们当中每一个人都可能成为皇帝——如果他们拥有足够的残忍。他们父王的剑刃只需指向政敌，而他们的刀剑则必须指向骨肉兄弟。这是从一开始就已确定的规则，这项规则瓦解了道德和伦理对于皇权的支撑。尽管每一次登基大典都有无数辉煌的颂歌相伴随，但每个人都能看清龙椅背后的血迹。这一切尚未在朱元璋的子孙中间发生，那是因为他们还没有做好准备。残忍即使是一种天赋，也需要后天的激发。谁能够亲手杀死自己的亲人，连眼睛都不眨一下，谁就具备了做天子的资格。

柏在洪武十一年（公元1378年）受封为湘王，由于年幼，洪武十八年才到荆州就藩。那时他的十几位兄长已在不同的地区分别受封。他们暂时远离了风暴的中心，成为各自封地上的主人。除了血缘的牵连，权力的游戏规则仿佛已经销声匿迹。柏开始接近自己想望中的生活。他时常像一个浪人，自宫中潜出，荒草湮没的路径向他敞开。他夜宿在山林里，在溪流边，有时则像一个乞丐流浪于街市。他的剑术炉火纯青。他不知他练习剑术到底为何——他是王子，不需要为谁去冲锋陷阵，和平岁月，取消了他成为英雄的可能，他甚至没有敌人，即使有，也不需他动手。于是他开始了寻找对手的旅行。他有时是皇子，端坐于深宫，焚香抚琴，吟诗作赋；有时则如侠客，行走于江湖。

他注意观察人们行走的步态,他们的眉毛和须发。他渴望被人杀死,用自己的颅骨进献,成为令人尊敬的对手的酒器。但是多年来,他始终在失望中度过。他的对手总在出手的一刹被他劈成两半。当那两截身躯还在血泊里不甘地弹跳,他已带着一声哀叹,用襟袍拭干血槽上滚动的血珠。

第十章

柏听到了惠的名字。柏走了很远的路去找他。惠在一间酒棚里饮酒。他的腰间系着一只酒壶。柏要与他比剑,但惠从不抬头看他,也不与他搭腔,只是埋头饮酒,然后便把酒碗一丢,跟跟跄跄地离去。空气中嗅得到他饱嗝的腥味。一道雪亮的弧线拦住了他的去路。柏抽出宝剑,站在他的面前。惠企图把头抬起来,但这个吃力的动作还没有完成,他已如一摊烂泥倒在地上。

柏开始怀疑人们的传说。他认为自己找错了人。但他很快否定了自己。他知道江湖的水有多深,自己很难插脚进去。他决定杀掉惠,他知道惠如果是真英雄,绝不会让自己得逞。问题是如何下手。惠拒绝与他正面交锋，但是背后突袭，又绝不是好汉的手段。柏露宿于荒野。黑夜中，柏读不懂天空纷乱的星图。

在柏拦住去路的一刹，惠几乎同时要拔出宝剑，因为他在一瞬间看到剑上镌刻着的"紫虚子"三字，他已确定了来者的身份。这三个字使他产生了某种冲动，但他打消了这个念头，他觉得最好的应对，就是像一个无赖一样倒在地上。

惠是一个复仇者。他内心深处隐藏的一个目标，使他可以暂时忍让一切。将一个特定的人杀死成了他生存的唯一理由。那个人在很远的地方等他，此刻，还不知道他的存在。但惠确信他们将在未来的某一时间相遇。相遇的结果，是那个人的鲜血从胸膛中喷薄而出。

在山顶的云端，惠在研修剑法。突然一道寒光斜刺过来。这个套路他十分熟悉。是柏。白色的光圈不断闪现，他们俩像两只白蝶交缠在一起。剑刃撞击的声音悦耳冰凉。时值暮春，他们都穿着薄薄的衣袍，但他们翻飞的剑使他们各自具有了一层无法接近和穿透的坚硬铠甲。惠已多年不与人交锋，但这一次，他的剑法中聚集了所有燃烧的能量。与以前的躲闪不同，他的目光逼视着对方，他的骨节咯咯作响，他雪白的刃尖像风雨一样有着不定的节奏和轨迹。但他仍然无法取胜。惠和柏同时意识到这一点：他们谁都无法占据上风。

　　柏和惠成了生死弟兄。柏甚至想和惠一起踏上复仇之路。但是那个宏伟的计划还远远没有开始。时间试图改变复仇的性质，使它脱离仇恨本身，而逐渐成为一件必须履行的任务，一件必须完成的活计，但惠却不是这样。他的复仇埋藏于时间的积累里，从不惧怕时间的洗练。复仇的欲望塞满了他的每一个毛孔，它比饥饿更令人难以忍耐。如同饥饿的人们想象一场盛宴，惠每时每刻都在想象冰冷的剑锋与温软的血肉相撞击时的那种无声的快感。他知道真正饥饿的不是他的肚肠，是他的剑。即使时间使他自己归于麻木，他敏捷的剑锋依然要固执地寻找那堆老朽的腐肉。

　　事情的结局是这样的：在一次比剑时，柏的剑刺入了惠的胸膛。柏听见咔嚓一声脆响，是骨骼开裂的声响，接着是鲜血从缝隙中喷涌而出——不是看见，而是感觉。血喷的力量如同骤起的狂风。他本能地向后闪了一步，接着向前冲去，把惠抱住，寻找那股风的源头。他把惠身体上的洞口紧贴在自己的胸膛上，他可以清晰地感觉到惠的心脏在欢快地跳动。惠游移的目光艰难地定格在柏的脸上。柏从惠喑哑的喉咙里，隐约听到他仇敌的名字：

　　朱——元——璋——

第十一章

突然出现的字条令朱棣如坐针毡，寝食不安。是朝廷的摸底？是兄弟诸王的试探？还是手下谋士的忠告？他马上沉入错综复杂的回忆里，但每一条路径都最终被堵死。他深知在迷宫的千万条道路中总有一条是走得通的，但他的头脑一片混乱，他被许多指向错误的道路围困，不能把那条正确的路拣选出来。

他在脑海里逐一确认谁是可靠的人，然后又逐一排除。他开始观察周围人的行踪，并且从他的观察开始，每一个人都显得形迹可疑。无论如何，已经有人看出了他的心思。他伪装不了多久了。

终于，他再也沉不住气，但他决定只与儿子朱有炖商议此事，他说："有，是时候了。"这是一次预定的程序。自从长兄朱标死去，太子的席位突然空缺，这一程序就得到了确定，只不过那时形势还不那么明显，人们还觉察不到未来的种种迹象而已。父王要为他最终的抉择负责，父王的行动加深了他的儿子们的困境，也加深了他自己的困境。他或许不会想到，在他连续除掉开国功臣，为皇孙朱允炆登基扫清道路之后，最后一滴毒汁出现在自己的酒杯里。

有些事情在作出决定之后就很难预料结局。像此刻的橚，在周密的准备之后，其余能做的就只是祈祷和等待。如与诸王联合，胜算无疑会大增，但风险也会按同样比例增长。事物总在关键之处显现出内在的矛盾。诸王们犹豫不决，不敢向他们共同的敌人朱允炆发起挑战，实际上是帮了对手的忙，使其可以从容应付，各个击破。这是他们的宿命。

集结队伍的任务交给了有。一切都在暗中进行，天衣无缝。他在宫中焦急地等待。终于，成队的士兵出现在他的宫中。不是有，是李景隆。

还没等朱橚反应过来，他的臂膀就已经被武士们扭到身后。朱允炆的心腹大将李景隆出现在面前，满脸狂傲的表情。自己的卫兵都到哪里去了？他疑惑地看着对方，头脑里在追忆自己策划的每一个细节，究竟是哪个环节出了问题？

直到他看见朱有焮狡黠的笑容。幽黑的庭院里，他看见一张年轻的脸，那张与他极为相像的面孔令他倒吸一口凉气。

后花园尚未竣工，橚就被废为庶人，花园还没来得及出现就沦为废墟。他的终点在南京。不是殿堂，是牢狱。他要重返少年时的故居，并在那里度过残生。昔日的宫殿，沦为一件华丽的刑具。后来，他在禁宫中与七弟齐王榑相逢。榑的故事几乎是橚的翻版，区别仅在于榑至今不知告密者是谁。其实在这个时候，他们的身份就是他们的罪证，是否谋反，已经无足轻重。他们本能地想到其他诸王。就在他们脑子里闪过桂和梗两个弟弟的名字的时候，桂和梗正蓬头垢面地坐在囚车里，分别从不同的方向接近南京。

在晃动的囚车里，他突然悟出了那个"反"字的真意，一个"物极必反"的古老成语在他脑海里突然显现——它呈现了事物发展的本质，暗示了它在极致状态下的动向。这使他正被剥夺一切权利的时候保住了幻想的权利——他对权力仍心存异想。

第十二章

惠的复仇对象，竟然是柏的父亲、当今的皇上朱元璋。然而，朱元璋的猝死排除了惠复仇的可能，也消解了他生命的意义。于是他选择了死——像一名侠客一样，死于英雄的剑下。在无法完成复仇的耻辱里，这或许是他仅有的荣誉。

柏陷入彻底的悲哀。他唯一的对手死了，他唯一的对手竟与自己有着世仇。他开始怀疑刀剑的意义。从他和惠的身上，他看到了英雄的两难：剑锋要么有着明确的指向，像惠那样，每一天都为噬血而准备，这样，便将陷入仇杀的永恒循环；要么像柏自己一样，不知剑锋的目标，从而把武器沦为玩物。

建文帝朱允炆以备边为名兵发荆州的时候，柏给自己的宫殿放了一把火。人们普遍认为他害怕了，没有人知道柏的死与一个江湖剑客的关系。

柏带着自己的秘密快乐地死去。

第二卷

火（下）

朱允炆称帝后着手削藩,先后铲除了几位对他的帝位有所威胁的叔父,而对最大的目标,他却迟迟未敢动手。他知道朱棣的分量,对朱棣采取行动,必将是一场巨大的冒险。

第十三章

第一次呼唤朱允炆的名字时，朱允炆还是襁褓中的婴儿。后宫里传出他的第一声啼哭，并无他将成为天子的预兆，诸如衔珠而生或者天象异常之类。他不过是皇太子朱标的第二个儿子，他赤裸的身体与那些降临在农家土炕上的婴孩没有区别。十六岁的朱棣把他抱在怀里，侄儿歪着小脑袋，安静地躺着，他不知抱他的人是谁，也对这没有兴趣，朱棣臂弯的弧度刚好使他感到无比舒适，这对他就足够了。朱棣笑了，来不及对他的命运作出任何猜测。与父母兄弟一样，朱棣沉浸于家族添丁的喜悦中，一个刚刚降生的弱小生命竟然带着如此神奇的力量，朱棣觉得有些不可思议。

朱棣的长兄朱标却隐隐地陷入一种莫名的忧虑。烛火闪动，在夜里降生的婴儿还无法看清这个世界。对于市井人家而言，一个男婴茁壮的身体可能预示着家族的兴旺，而将这名婴孩置于层层宫阙的背景中，他的未来就显得有些扑朔迷离。那时标同父皇的关系十分紧张，已处于自身难保的境地中。他焦虑的面孔在烛光中时隐时现。寻常人家通常求子大富大贵，而朱标却祈祷这个出生于至尊之家的婴儿一生平安。

朱允炆的童年记忆几乎全部与家庭的亲情有关。那时他是家族中最年幼的后代，因而无论是祖父祖母，还是父母叔伯，都给予他格外的关照。尤其当他六岁时，兄长朱雄英早夭，更使他成为一个小小的核心。朱元璋性格暴如烈火，他曾经在暴怒之下当廷用椅子摔打太子标。而家庭中和睦气氛的形成，与两个勇敢坚毅却温柔如水的女人有关。她们便是朱元璋的两个妻子高皇后和马皇后。朱元璋在陷入困境的时候，马皇后曾经在怀里偷藏炊饼送给朱元璋吃，不惜烫伤了自己的皮肉。高皇后死后，马皇后便把朱棣和三个哥哥以及朱橚当成亲生儿子养育成人。无论是朱棣，还是朱允炆，都无法忘记马皇后温暖的怀抱。他们生命之初最生动的记忆不是来自形象而是来自温度。那温度朦胧、适宜而且富有弹性，不像烛光那样尖锐，那样让人不敢亲近。长大以后，朱允炆才从对温度的眷恋中品出几分忧伤。

朱棣抱着允炆看戏。锣鼓的喧响，以及舞台上光怪陆离的人物令允炆感到莫名的惊恐。那些奇妙的脸谱在允炆眼中无疑具有一层恐怖色彩。他把小脸深埋在朱棣的怀里，不敢把头抬起来。朱棣想用案上的橘瓣逗他，但他睡着了，嘴里衔着手指头，置一出绚烂的好戏于不顾。叔叔怀里的温度把他摆渡到澄明的梦境，尽管那时，他还不知睡与醒的区别。

"允炆——"

朱棣轻轻地唤他。朱允炆紧闭着眼睛，那声音比梦境更遥远。

第十四章

柏自焚、其他兄弟被接二连三地解往南京，这一连串的消息传入棣的耳中，他知道自己要被朱允炆这位新皇帝逼上梁山了。他们隐约听到铿锵的鼓点越来越密集，周遭的朴刀像鬼火般闪动，一出好戏的大幕就要拉开。

棣与柏的最大区别在于他更加冷血。这使他比兄弟们更具备做帝王的素质。朱允炆称帝后着手削藩，先后铲除了几位对他的帝位有所威胁的叔父，而对最大的目标，他却迟迟未敢动手。他知道朱棣的分量，对朱棣采取行动，必将是一场巨大的冒险。户部侍郎卓敬的密疏摆在他的案上，密疏上的字句，他不知看了多少遍，几乎能够背诵下来：

"燕王智虑绝伦，雄才大略，酷类高帝。北平形胜地，士马精强，金、元所由兴。今宜徙封南昌，万一有变，亦易控制。夫将萌而未动者，机也；量时而可为者，势也。势非至刚莫能断，机非至明莫能察。"[1]

卓敬主张将燕王由北平迁至南昌，但在朱允炆看来，这种做法也会打草惊蛇。在这样的时候将朱棣分封至南昌，其涵义，双方都会心照不宣。朱允炆没下这样的决心。他削藩的计划被最难的一步棋绊住了，他的手在空中停留已久，最关键的一子始终落不下来。

削藩是一条不归路，甚至称帝也是一样。开弓没有回头箭，从抓捕朱橚开始，同室操戈的悲剧就不可避免。他接到柏自焚的密报后黯然落泪。焦急的忠臣齐泰、黄子澄在关键时刻听到了朱允炆孱弱的声音："此事到此为止吧。"他想终止这场荒诞的游戏。但是，他手上已经沾了亲人的血，他唯一的出路就是将屠杀进行到底，并赋以正义的名义。齐泰、黄子澄失望地对视了一下，他们谦卑的举止掩盖不了他们内心的恼怒。走出宫殿的时候，两人嘴里挤出了同样四个字："妇人之仁！"

朱允炆的犹豫给了朱棣准备的时间。朱棣已经决定参与这场你死我活的角斗，他清楚地知道角斗的规则——要想保全自己的性命，必先取下朱允炆的人头。在这样的角斗中，谁更冷血和残酷，往往比军事上的优势更能决定最终的结果。坚硬冰冷的剑刃将最终指向仁慈者的脖颈。朱棣命人在自己居住的元朝故宫里秘密打造兵器。他在宫苑里饲养了许多家禽，指望用鸡鸭的叫声掩盖打造兵器的铿锵之声。形势对他已十分不利，朱允炆接受齐泰的建议，调发军队驻守曾是元上都的开平[2]，表面上是防御蒙元势力，实际上是为节制燕王；而朱棣自己的精锐部队则被调走，身边的官吏也在不知不觉中被偷偷换掉。

到处是监视他的眼睛。燕王妃的哥哥徐辉祖最先发现了朱棣宫苑深处的秘密，立即报告给朱允炆。朱棣派往南京奏事的长史葛诚也向建文帝告发了燕王。朱棣无奈中向北平按察使陈瑛行贿，陈瑛收下了银两，朱棣焦灼的内心平缓了些许，但没过多久，陈瑛就被朝廷逮捕，罪名是收受贿赂，心怀异谋。朱棣倒吸一口凉气。

朱棣生活在密探的世界里。他的举手投足都将成为密奏上的文字,成为烟尘古道上的快马,成为封赏的金银。即使在深宫里,他仍觉得不时有寒风吹来。他叫人拉紧帷幔,但这无济于事。空洞的宫廷令他有点恐怖。他感到了来自建文帝的压力,他知道这种压力并非朱允炆所有,它是制度的结果。是皇权,将朱允炆的孱弱的喘息成倍放大,成为蛊惑人心的呼号和不可置疑的命令。他没有什么不会为朱允炆所知,包括自己心中的任何闪念。他无处躲藏。

棣与人对弈。此人不是别人,是名臣刘基之子刘璟。刘璟在这个时候被建文帝派至北平,其用意已十分明显。午后的深宫宁谧得如同坟墓,只有棋子敲落的声音和若有若无的操琴声。黑子的面积越来越大,朱棣的白子似乎在劫难逃。朱棣感到皮肤有些发麻,疼痛感深及骨髓,仿佛有一种无形的栅栏将自己夹紧。他用手拂了一下臂膀,什么都没碰到,但痛感没有丝毫削减。他恍惚觉得这股力量来自对面的刘璟。他抬头看了一眼刘璟,发现刘璟神态安详,端坐着,用食指和中指轻轻地夹着一粒棋子,注视着棋盘上的战争。那场战争在古琴优雅的伴奏声中展开着,恍惚中,朱棣听到了马蹄踩踏血浆发出的那种空洞的声音。

第十五章

炉火。这样的炉火在盛夏的北平绝无仅有。溽热的北平，每个人都挥汗如雨。没有风。汗无法挥发，就像胶液一样粘在皮肤上，在皮肤上形成黏稠的胶膜，那些发亮的薄膜有着弯曲的边界，呈碱白色，层层叠叠。

棣穿着厚厚的棉衣，坐在炉边烤火，一边烤火，一边浑身打战。他问，外边冷不冷，下雪了没有。他全身像一个干瘪的核桃一样缩在一起。

炭火在炉中呈现出青蓝色，如同一群精灵，穿着青蓝的透明衣舞蹈。棣把脸凑过去，火苗在迎上来，挑衅似的在他的面前晃动。棣下巴上的汗水滴到炉膛上，立即被蒸干了——准确地说，在接近火炉的刹那就已被蒸干了，棣几乎能够看到晶莹的汗液在下坠的途中化为一股若有若无的轻烟，咝啦一下就不见了踪影。这时他的内衣已被汗水湿透，棉衣也吸饱了汗水，比铠甲还要沉重。但他依然紧咬着牙关，牙缝中挤出一个颤音：冷。

朱棣开始装疯，这并不需要过多的技巧，唯一需要的只是耐力。除了身体上要有惊人的承受力以外，心理上能否支撑至关重要。装疯是一种长时间不能松懈的表演，任何懈怠都可能露出破绽,对于被监视的棣来说,尤其如此。在六月的酷暑中,当整个城市都像一片被烤焦了的叶子发黄打卷儿的时候,棣亲手点燃了火炉,邪恶的火苗可能成为唯一能够使他获救的恩人。火苗拯救了柏,也必将拯救棣,只是他们获救的方式有着本质的不同。柏用死亡换取了自由,但棣不接受这样的交换条件;他承认你死我活是天经地义的法则,他考虑的不是自己怎样死,而是怎样置对手于死地,他乐于在这种极端的挑战中体验生命的快感。

第十六章

终于,唇枪舌剑演变成明火执仗。建文元年(公元1399年),蛰伏已久的朱棣终于走出度过了将近二十年岁月的燕王府,誓师起兵,南下讨伐朱允炆,向自己的皇位挺进。

七月五日,朱棣智擒了驻防北平的张昺和谢贵,夺占了九门,誓师起兵。

这场决定王朝未来命运的战争,史称"靖难之役"。

像所有的战争一样,三年中充满了离奇和曲折,故事层出不穷，诡谲的细节许多年后还在戏文里抑或说书人的口中复现——关于攻与守、进与退，关于计策与阴谋、忠诚与背叛，关于在血刃里茁壮生长的野心，关于你死我活。发生过厮杀的地方都变成巨大的坟场，战士的视线永远被黄土遮挡，永远无法看到战争的结局；如果仔细谛听，可以从风声中辨识出死者的呼号，以始终如一的韵律，在坟场上空回旋不已。只有朱棣的梦境，在纷乱的硝烟中日渐清晰。他骑马跨过冰河，目光已经穿透丛林，看到钟山暮色中的宫阙灯火，看到一张苍白而年轻的面孔自幽暗处浮现。他离朱允炆越来越近，他饥渴的剑，即将刺入他侄儿的脖颈。目的地越来越近，令他兴奋。风卷走了血的腥味，朱棣不会回头去看山冈上成片的死尸。他举剑，刺入冰冷的空气。他确信远方的朱允炆能够感受这一刺。他分明感到剑尖在他颈骨上遭遇的阻力，伤口鲜血迸溅，利刃恶毒地欢叫着，在他的喉结上打了个滑，就"噗"的一声从颈后穿出。他几乎可以看见朱允炆颈后绽放的血红的花朵。每一滴腾飞的血珠都圆润饱满，油光锃亮。拔剑的时候，他感到剑已被对方的脖子吸住，于是迅疾地抽出，同时听见了哀恸的声音自空气中颤动而来，不是发自口中，而是发自脖子上的血洞。

与朱棣的想象不同的是，年轻的朱允炆在故事结束的地方为自己预备了一把火。他回避了朱棣的剑。刚刚听说金川门之变的消息，无处可逃的朱允炆就已经决定蹈火自焚了。这一点恐怕连他自己也未曾料想。他从未注意过由"文"和"火"两个字组成的"炆"字对命运的暗示。宫阙里闪跳的火苗中透露着随时可至的凶险，在更多的时候，这种暗示消隐在灯红酒绿的宴乐里。终于，宫殿毁了，火灭了，只剩下一具面目难辨的尸体。

第十七章

棣踏进宫殿的时候，大火已经熄灭，唯有残留的少许微弱的火苗，在不易察觉的角落里艰难地喘息。空气中弥漫着一股焦煳的味道。那些在大火中消失的器物、锦缎、纸张、香料甚至肉体，已变成青烟，依然停留于原先的位置上。那种难闻的气味如同看不见的黏稠的液体，拨弄不开。棣本能地扇动了两下袍袖，毫无作用。

时值夏季，南京城的天气炎热而滞闷。被焚毁的皇宫，更是让人透不过气来。已经消失了形骸的大火，体温却触手可感。那残存的温度足以将手掌烫红。虽然隔着袍服，皮肤仍有烧灼感，仿佛有一万个火星在筋肉间滚动。空气仿佛突然间不知去向，棣张着嘴，但他什么都呼吸不到。他深吸了一口，嗓子眼立即感到异常疼痛，火辣辣的，像被一只火钳夹紧。他有些恶心，要呕吐。他伸出手，想扶住柱子。但他的手什么都没能碰到，一阵晕眩中，身体的重心开始偏斜，几乎跌倒。

"燕王！"

周围的兵士忙把他搀住。他站稳，慢慢抬起头来。大火已将皇宫的景象篡改得面目全非。昔日熟悉的宫殿，巨大的宫殿只剩下黧黑的骨骼，红色的梁柱上金漆的图案已被大火抹成浓黑。结实挺拔的金丝楠木巨柱，几乎成了焦炭，仿佛轻轻一触，就会化成粉末。烈焰焚烧后的灰屑已经没过脚掌，脚步落处，都会掀起一阵黑色的波澜，那些细小的粉末，如同没有体重的黑色的精灵，在空中舞蹈和晃荡。满地的黑色中还间杂着少量灰白的余烬，行走时，脚下的黑色旋涡深处，偶尔还会发现萤火般猩红的亮点。

棣行走的脚突然被一只手钩住。棣低头一看，发现是一只被烧焦而卷曲变形的胳膊，如同尘土中露出的一段树根，表皮上还有几个凸起的疤结，鹰爪似的手指攥住了他的半个脚掌，仿佛不是棣无意中踢到它，而是被它有意抓取。棣想摆脱它，但它很有力量，紧紧地攥住，不肯撒手。棣突然感到一种莫名的恐惧，有些失态地大吼一声：

"朱允炆！"

棣不知因何喊出了这个名字，他的吼叫无疑惊动了士兵。他们循声赶来，顺着棣手指的方向，搬开了几根木梁，一具弯曲的尸体显露出来。他长长的头发像液体般流了满脸，并且早已嵌在皮肉里，掩盖了他狰狞的表情，只能看到几颗牙齿尖锐地突出着。显然，他在死前挣扎过。也许他曾经为自焚感到后悔，他有机会逃跑，但是塌落的梁木阻止了他的脚步。他被压在下面，无法动弹，只能忍受烈火的刑罚。

士兵试图搬动尸体，但尸体与金砖的接触面已被烧成糊状，紧紧地粘在上面。棣转过头去，一挥手，几名士兵一齐用力，一阵撕裂的声音过后，尚未烧焦的肚肠像流质一样倾泻下来。建文帝的尸体被收拾走了，地面上，大半张人皮还粘在上面。一截龙袍的残片，被血肉模糊的皮肤覆盖在下面。

第十八章

建文四年（公元1402年）六月，朱棣挥师顺利进入南京。硝烟尚未散尽，朱棣的屁股已在龙椅上缓缓坐定。

气势恢弘的永乐时代，就这样拉开大幕。

假若时光倒退几年，朱棣做梦也不敢想，皇位这个天大的馅饼，会砸到自己的头上。

但那时的朱棣并不知道，他屁股下的皇位，原本可能根据"兄终弟及"的典制"合法"获得的，那是因为朱标死后，排在朱棣前面的两个哥哥——秦王朱樉和晋王朱㭎也先后死去，朱棣已经成了事实上的长子。

朱元璋假如知道自己的一念之差，导致他的子孙之间发生了这样一场惨烈的战争，九泉之下，定然会发出一声深长的叹息。

第三卷 宫殿(上)

只有血的颜色,是对权力最恰当的注解。它既诠释了权力的来路,又标明了权力的价值。如果有人对宫墙所庇护的权威感到质疑,那么,请你用等量的血来交换。

第十九章

在中国的古迹中,没有一处像故宫这样拥有显赫的位置,如同一条无用的旧闻,却仍占据着头版头条,又像它所代表的皇权时代,迟迟不肯退休。

对于许多从没进去过的人来说,故宫是他们想象中的天堂。在王权时代,只有很少数身份高贵的人才能走进它,目睹它的华丽与神圣。绝大多数普通人,只有蹲在皇城外的筒子河边,透过灰色的城堞,揣测它的面貌。宫墙保守着宫廷的秘密。即使站在合适的角度上,他们也只能看到故宫上面的白云。

我看见一片白云停在午门的正上方。红色城墙以蓝天为背景，格外夺目。手里攥着一张门票，我迟迟不肯往里走。我望着午门发呆，想象着很多年前一介平民对于故宫的想象。

第二十章

朱棣说：朕要迁都北平。

朱棣决定迁都北平，无疑是一项大胆的决策。本来在南京，他什么都有，包括现成的宫殿。在南京，山环水抱之中，已经有了一座恢宏壮丽的紫禁城。那里是他父亲的纪念碑，他曾在那里度过自己的童年时光。

南京故宫，这中世纪世界上最大的宫殿建筑群，如今只剩下中山北路附近的一片柱础石基、残垣照壁，但在南京紫禁城消失的事物，后来都在北京完美复原。古建筑专家指出，北京宫城是以南京宫城为范本的，而南京宫城，又是以朱元璋最初在凤阳建立的都城为蓝本。中国历代王朝对皇家宫阙的设想，几经修改与翻版，击鼓传花似的，从凤阳、南京，穿越江河大地，最终传到北京。

现在，他要在北平再来一座。愿望十分简单，描述它甚至用不了十个字，只因它出自皇帝之口，人们知道它不是胡言乱语，不是痴人说梦，是永远无法违抗的圣旨。

这意味着南京的宫殿中每一个精致的细节都可能被复制到北平，甚至有过之无不及。宫殿的复制显然不是一件容易的事情，但这份艰难不是皇帝需要考虑的，他只要结果。没有什么比结果更重要。

元朝的宫殿必须被拆除，为的是破坏元朝的王气。朱棣对它们十分熟悉，做燕王的时候，他的王府就设在元代的大内里。现在，他要那些像山一样起伏的金黄的琉璃瓦，像白云一样交错排列的台基栏杆，那些金光闪烁刺人眼目的蟠龙柱、藻井、御座、屏风，统统在原来的位置上复现，而且规模更加宏大。消失的部分不可能重现，这是一个不可逆的过程。我们只有顺着时间的指引，想象一座宫殿的诞生。

蒯祥第一次走进毁弃的元代皇城时，他就已经看到一座座新宫殿在天际线下铺排开来。那一日，天下太平，春和景明，在蔚蓝的天色中，他在脑海里勾勒着紫禁城的线条。蒯祥那时只有二十多岁，却已经得到主持宫城营建的蔡信、杨青的重用；那时他还没有想到在蔡、杨死后，自己会成为工程的主要设计者和指挥者，直至成为工部左侍郎。但站在千疮百孔的大内庭院里，他感到血往上涌，像朱棣面对战场时那样，他预感到这项壮美而残酷的计划将奠定他的基业。

迁都决定的作出,除去他曾做过燕王,对这块土地有感情,以及稳定边疆形势这些名正言顺的理由以外,还有一个重要的原因,就是他需要一个更加辉煌的皇宫来展现他无边的权力。在南京,朱棣的宫殿在规模形制上超越朱元璋已无可能,而荒芜空疏的北平,刚好给他提供了实现野心的空间。他不计代价地获取了权力,势必不计代价地享用和展示权力。

宫殿,就是权力的视觉化体现。

第二十一章

早年读《山海经》,读到这样的文字:"西海之南,流沙之滨,赤水之后,黑水之前,有大山,名曰昆仑之丘。"[1]那是中国古人对昆仑山的地理描述。那时我并不知道,正是那座崛起于中国荒凉西部的山脉,决定了今天紫禁城的位置。

这看上去有些荒诞不经,但又不能不佩服中国古人观察世界的纵深感。那时还没有望远镜,更没有遥感卫星,古人的目光却能够穿透万里河山,获得一种地理上的统一感,这是一件多么了不起的事。我想，中国在政治上的大一统，与古人在地理上的空间感是分不开的。或许，这是因为那个时代简单、干净，没有雾霾，所以纵然有杂花生树、莺飞草长、硝烟四起、血肉横飞，但那样的自然环境，那样的空气质量，让每个人的心胸都是开阔的，视线都是透明的。所以，尽管孔子周游列国都没找到工作，老子只留下一个骑驴出关的模糊背影，司马迁的下半身都被汉武大帝废了，但他们文字里的空间依旧是广大的，他们的视野依旧是浩瀚的，推窗一望，就能望见星沉海底、雨落河源。

但皇帝们更愿相信术士们的话，赋予了风水先生很高的话语权。对他们而言，这样的话语权超过了所有的奖赏。所以，他们才不辞辛苦，任劳任怨，头顶蓝天，脚踏荒原，跋山涉水，无私奉献。在历朝历代，风水先生都是最辛苦的一批野外工作者，有诗云"没有比人更高的山，没有比脚更长的路"，在我看来，这诗就是形容风水先生的。当我们把目光投向古代的山川大河，在黄河青山、西风古道之间，无论落在哪朝哪代，都会看到风水师踽踽独行的身影。

所以，在那个名叫廖均卿的江西风水师眼里，北京距离昆仑山并不远，放眼一望，山河大地尽收眼底。永乐六年（公元1408年）五月，他站在天寿山里，看到天寿山主山格局如紫微星垣，傲然排列，他的心里或许就映出七百多年前，杨筠松在《青囊海角经》里对天寿山的描述：

> 大龙巨干，万仞千峰，俏然而来，幽然而止。其顿也，若降众山而臣之；其伏也，若怀万宝而藏。掀天揭地，襟江带海，幽奇远秀，依稀天汉之间。

杨筠松是唐代最著名的风水师之一，曾任唐僖宗国师，官至金紫光禄大夫，掌灵台地理事，黄巢之乱后，他归隐山林，也将宫廷中所学之风水术带到了乡野民间，使这门帝王之术开始为人民百姓服务。

"失礼，求诸野"，这话是孔圣人说的，朱棣当然知道这句话的分量，所以他刚刚登基，就开始在民间寻找通风水、懂阴阳的风水先生，为他确定陵墓和都城的位置。那时的朱棣，一门心思地要把都城从南京迁到北京，几乎所有的大臣都反对，认为天下初定，迁都劳民伤财，得不偿失。朱棣只能曲线救国，下令礼部寻找风水先生，为他选择陵址。朱棣知道，帝王的阳宅与阴宅要在同一条龙脉上。假如陵址选在北京，那么把皇城迁到北京就顺理成章了。

廖均卿神态庄重地接过皇帝的任命书，是永乐五年（公元

1407年）腊月初九。第二天，就匆匆赶到县衙里报到，那个县，就是江西赣州府的兴国县。县长说，事不宜迟，你这就向京城进发，我给你送行。这是腊月十一，十三日他就到了州里，二十一日就到了省里，布政大人对他说的话，与县长没有区别。他又一路北行，路过徐州时，赶上一场大雪，雪深五六尺，他涉雪而行，抵达当时的都城南京。

这项光荣而艰巨的使命之所以落到了廖均卿的手里，原因是廖均卿是当时风水行业的佼佼者，他的祖上廖瑀，就是杨筠松的学生。杨筠松把他的庙堂风水术藏入赣南的山林，七百多年过去，又被廖均卿带回庙堂。

第二十二章

廖均卿跋山涉水，抵达北京勘察地形，是在第二年的五月。站在天寿山上，视线变得无限绵长。面对群山，他开始思考天下的格局。不是政治的格局——那是皇帝的事，而是地理的格局，具体说，就是天寿山与昆仑山的位置关系。思考的结果，却体现出鲜明的政治性，让一意迁都的朱棣喜不自禁——天下龙脉,正汇聚在这天寿山里。

现在得解释一下什么是龙脉。《地理大成》云:"龙者何? 山之脉也。"龙脉盘桓在大地上,有起有伏,绵延不断,像是气在其中运行,又像人身体的经络,彼此相通。所以,在古代中国人的观念里,山不是一些纯物质的石头,而是气血畅通的脉管。

那么,龙脉的根源在哪里? 就在昆仑山。在古代中国人的世界观里,昆仑山是天下的祖山。我们一直习惯于把河流当作我们文明的动脉,但天底下所有的水脉都发源于山脉,而天底下所有的山脉都发源于昆仑山,于是,在这块广袤的国土上,昆仑山为观察所有山脉的坐标原点。《河图纬·括地象》说:"昆仑者,地之中也,地下有八柱,柱广十万里,有三千六百轴,互相牵制,名山大川,孔穴相通。"[2]《青囊海角经》里,杨筠松写道:

> 山之发根脉从昆仑,昆仑之脉,枝干分明,秉之若五气,合诸五形,天气下降,地气上升,阴阳相配,合乎德刑,四时合序,日月合明,相生相克,祸福悠分,存亡之道,究诸甲庚,天星凶吉,囊括虚盈。[3]

意思是说,所有的山脉皆发脉于昆仑山,支脉分明。昆仑山秉五气，合五形，天气从这里下降，地气从这里上升，阴阳相配，四时合序，日月合明，相生相克，浓缩了宇宙的一切生发之道。这一观念，从早期战国时代的屈原一直到清代，都从没有改变过。徐霞客跑遍南北，就是为了给他的家乡金陵与昆仑山接上组织关系。

发源于昆仑山的天下山脉，主要分成三大支脉，也叫三大干龙，成为撑起天下的骨骼。所有的经络筋肉，都附着在这三大骨骼上。三大支脉中，北方的那条最长，它从昆仑山出发，一路向西，沿阴山、贺兰山进入山西，沿太行山逶迤向北，形成燕山，再向东，潜入大海。天寿山，就在这条龙脉终结之处。

起自昆仑山的龙脉，抵达天寿山后潜入地下，建紫禁城时人工堆起的万岁山（景山），又把潜入地下的龙脉再引出来，成为王朝的护佑之山。所以说，小小的万岁山，与苍茫绵延的昆仑山，是彼此连通的。在它的斜阳草木间，感受得到昆仑山的风雨脉动。前面说过，帝王的阳宅与阴宅要在同一条龙脉上，有了这座万岁山，作为皇帝阳宅的紫禁城就与天寿山里的陵寝（十三陵）连通了。

有了这些山，紫禁城就不再是一座孤岛，而是存在着一条通往上天的秘密通道，尽管这条通道路途遥远，要从北京城穿越黄土高原，顺着山脊连成的天际线一路向西，奔向西部的雪山大漠，才能抵达昆仑山，但至少在明清两代皇帝的想象中，它是存在的。有了它，紫禁城才气韵流畅，它的千般威仪、万般美丽，才有了依凭。

从一个更大的视角上看，起自昆仑山的圣山组合横亘在帝国版图的北方，形成一道坚不可摧的天然屏障，成为帝都和紫禁城的真正靠山。皇帝背靠龙脉，面南而王，俯瞰天下，中原的泰山、南方的五岭，都在他的视线的正前方。皇帝视线的延长线，无形中成为一条更长的中轴线，把万里江山都统摄在一起。

那是一条真正的地轴，紫禁城位于地轴的顶端，一如北极星位于天轴的顶端，被泰山、黄河以及天下山水所拱卫，"合天下一堂局"[4]，孔夫子"居其所而众星拱之"的空间理想，终于变作现实。

想起来蛮有意思，假若没有廖均卿为皇陵和皇宫点穴、定位，就没有我们眼前这座紫禁城，就没有明清两代五个世纪的沉浮沧桑，就没有皇城根下芸芸众生的风雨悲欢，也没有我这一介书生在故宫博物院找到的一生的饭碗。在我与廖均卿，甚至与朱棣之间，也有着一条看不见的命运连线，就像那条发轫于昆仑山的命运连线一样。实际上，现世中的每个人，都与历史有一条这样的连线，古时的风里雨里，酝酿着今天的细胞血肉，没有前面发生的一切，后来的一切也都将胎死腹中。无论历史纯洁还是肮脏，我们每个人，原本都连着历史的脉。

第二十三章

迁都的决定意味着，在战争停止之后，苦役又开始像瘟疫一样蔓延。它跨越省界，使23万人纳入它的控制。寻找珍贵木材的行动在四川、两湖、两广、江西、浙江、山西等地大面积展开，在宫殿最初的轮廓远未形成之前，就已经有许多人死在山野间，他们的生命如同被伐下的巨木，在悲惨的断裂声中戛然而止。他们被未来的柱檩压死，他们腹腔里喷涌的五色的肚肠为宫殿漆上最初的彩绘。但他们仿佛从未存在过，华丽的殿堂在北方的土地上渐渐显形的时候，他们却在南方的湿泥里慢慢腐烂。穿梭的公文中没有一个字与他们有关，因为他们无关紧要。

被热汗渍红脸额的男人们注视着炉膛里迅猛的火焰，窑里正在烧制宫殿里的金砖。他们无法想象它们在蓝天下大面积铺展的壮观景象，他们只关注金砖出窑时的成色。那不仅与这些艺人几辈子的名声有关，更与他们的性命有关。我曾在烧砖地——苏州探访金砖的制作工艺，了解到此砖需用太湖湖底多年沉积的故土，经过二十六道工序精细加工而成。明代科学家宋应星说，制成此砖的时间长达两年，仅烧砖的时间就达一百三十天。砖制成后还要在桐油中浸泡一百天。苏州的水土与工艺，四海之内首屈一指，即使在烧成后需要漫长的运输也在所不惜。作为一系列复杂而严谨的工序的结果，金砖有着无比坚硬的质地和打磨规整的外形，有"千年不毁"之说。我用手轻轻敲击，在听到金属之声的同时，看到金砖露出刀刃般锋利的棱角。据说，修造北京宫殿，总共用掉八千万块砖。八千万分之一，卷帙浩繁的古卷里一个无足轻重的零散词语，依旧经历着漫长的酝酿、选择、推敲过程，以使它与其他词语的连接平滑无隙，组合成庄严的圣典。

如果我们能够取得一个更大的视角，我们会看到大明帝国版图上一幅奇异的图景：无以数计的车马载着沉重的木石，从不同方向汇聚到北京。衣衫褴褛的队伍在山河间行进。征夫们的肉体骨骼被负重挤压得变了形，他们的报酬在道路的尽头等待着他们，那报酬是——或许能够得以苟活。车流在版图上不断掀起的巨大烟尘十几年未曾消失，征夫们脚踩着混合在泥土草梗中的死亡骨架，奔向那正在兴起的明日之城。一些细小的被太阳晒暖的尘粒不时掉落到头顶，仿佛来自太阳的告诫，让他们不可在代表着冥所的道路上停留太久。多年以后，当所有远方的珍木巨石聚合成一片广阔的宫殿，成为天下最荣耀的场所，那些高贵的礼仪和血腥的阴谋在其中展开，古道上飞扬的尘埃才渐渐落定，覆盖曾经深刻的辄迹。道路归于静寂，日寒草短，月苦霜白，时间抹平了一切痕迹，仿佛宫殿和王国从天而降，无辜的死者从不存在，连尸体都踪迹全无。

第二十四章

根据故宫博物院研究员单士元先生的推测，元朝的故宫，是在永乐六年（公元1408年）到十四年（公元1416年）之间被拆除的。[5]

那时，朱棣已经在南京城里做了十四年皇帝。

十年前（公元1406年），一纸诏书自宫殿的最深处传出：

> 以明年五月建北京宫殿，分遣大臣采木于四川、湖广、江西、浙江、山西。[6]

诏书下达后，工部尚书宋礼就风尘仆仆地奔向湖南两广广袤的深山密林，还要造船和疏浚水道，回来已是十三年后。

没有起重机，没有高速公路，砍伐及外运都是不可想象的事。那些采好的木材，原本生长在云贵川的深山里，伐木工把它们砍伐下来，一般在九月里起运，到第二年的二月停止，因为三月水涨，运输便要停止。从《四川通志》里，我们可以查到楠木的运输过程。一根楠木，需要五百名民夫拉运，运到江上，每八十株楠木，扎成一只巨大的木筏，由十名专业的水手，以及四十名民夫驾驭，沿长江顺流而下，"出三峡，道江汉，涉淮泗"[7]，"越历江湖，逶迤万里"[8]，从扬州入大运河，经江苏、山东、河北，由差官一路押运到通州张家湾，再经三十里旱路，运到北京朝阳门外大木厂和崇文门外神木厂存放并进行预制加工，一般要三四年才能到达，物流费用，也使木材价值升值一二百倍以上。这浩大的原料采集工程，仅两湖为采木投入的人力，即达十万之众。[9]不知有多少人倒毙在运输的途中，御史王德完说："数年采木，十室九空。赤子委于沟渠，白骨暴于林莽。"[10]不知这生命的价值，应该如何计算。

《明史·食货志》说："明初，工役之繁，自营建两京宗庙、宫殿、阙门、王邸。采木、陶甓，工匠造作，（经费）以万万计。"[11]这只是泛泛而言，因为工程的耗费实在多得无法统计。而帝国的岁入，根据崇祯三年的明确记载，为一千四百六十余万。可见直到晚明，帝国每年的财政收入与营建宫城的费用比起来，也只是"毛毛雨"。

若朱元璋在，这浩大的宫殿一定会成为他不能承受之重。当年南京宫室初建，朱元璋就下达指示："宫室但取其完固而已，何必过为雕斫？"意思是说，这些宫殿，只要坚固就可以了，有什么必要过分雕琢装饰？主持营建的官员送来规划设计图，他见有雕琢奇丽之处，就全部删除。太子和公主的宫殿要重新装饰，需要一种名叫"青绿"的涂料，工部奏请采办，朱元璋坚决拒绝，说在库藏里找找，凑合用就行了，"岂可以粉饰之故而重扰民乎？"

这个苦孩子出身的开国皇帝，一生艰苦朴素，他穿的衣服是洗了又洗的旧衣服。有一次在奉天门附近看见一个金陵少年"衣极鲜丽"，叫过来盘问他身上的衣服多少钱，少年答曰："五百贯。"朱元璋大为光火，把这个"富二代"狠狠教训一番：农夫如何艰辛，食惟粗粝，衣惟垢敝，而你游手好闲，不过仗着"父兄之庇"，如此骄奢，"一衣制及五百贯，此农民数口之家一岁之资也！"那少年可能愣了半天，还不知道这位骂他的，正是这帝国的君王。

但北京皇宫不同，它虽然是以南京宫城为范本，"而高敞壮丽过之"。也就是说，北京宫城是南京宫城的升级版。仅以午门为例，南京宫城午门遗址城台，东西长93.7米，而北京宫城午门长126.9米，二者之比约为3∶4。南京承天门、端门和午门的门楼皆为五间，而北京承天门、端门和午门门楼则为九间。在中国传统观念里，"九"为阳数之极，"五"居阳数之中，是王者之数，应《易经》乾卦中"九五，飞龙在天，利见大人"之象，一般不会出现在"门"的等级中，唯有北京的宫门，体现了这"九五之尊"的威严。

第二十五章

备料工作一直持续了十年，现场施工只用了三年零六个月。这一点有些出人意料。陵寝是帝王永远的休憩之所，它们的营造过程往往漫长而诡秘，如华丽的棺椁里肉体的缓慢消失。时间只有对亡者来说才永无止境，而生者却时时能够感受到它的限度，于是，皇帝对工期做出了严格的限制——只有站立在宫室的台基上，他们的权力才具有一种稳定感。拆除和新建的工作都在迅速地进行，仓促中有的直接使用前朝宫殿的原料和部件。我们看到宫殿像灵魂一样消失了又重现，死亡了又复生。但从另一意义上说，宫殿根本没有死，那些被新的朝代所毁灭的仅仅是宫殿的躯壳，那些不断变化的仅仅是宫殿的轮廓，而宫殿将永远存在，如同变换的是权力的主人，而权力永远存在。

宫殿一旦落成，它快速兴建的秘诀也就随之隐藏。所有的勾连都被激动人心的壮观场景所遮盖。它们肯定是根据某些法则组合起来的，这些法则不是虚拟的游戏，而必须能够在现实的空间中找到可靠的支点。如同它所代表的朝廷，宫殿需要将每一个构件都纳入自己的体系中，迅速、准确、有效。

期盼着江山永固的王朝却没有耐心从容兴建它的宫殿。显然，要在三四年的时间里建成如此众多的殿宇，必须依靠高超的技术手段。只有标准化生产，才能提高营建速度。标准化被托夫勒确认为现代工业的标志，然而，至少在秦始皇修建秦陵时，标准化生产就已广为使用。所谓标准化，就是大批量生产相同规格、可以相互置换的产品，比如兵马俑中的兵器、马镫、车轴。中国古代的建筑工匠，至迟在唐代已经摸索出梁、柱在用料及结构上垂直和水平的最理想比例，同时又找到圆木中锯出抗弯强度最大的矩形截面比例。再以整栋建筑重复得最多的构件——斗拱为基数，并用拱高作为梁枋比例的基本尺度

"材"，按比例来计算出整座建筑物每一个部分的用料和尺寸。从地基到屋脊都在整个计算范围之内，如此一来，整栋（甚至整群）建筑物都在严格的比例统筹之下兴建，任何一个细微改动，其余部分都会相应作出调整。于是，在宫殿营建中，标准件被大量使用，专制制度的步步紧逼，使中国人的营造法式不得不进步。

在永乐十五年至十八年的三年多时间里，木构梁架的架设，宫城、房屋墙体的筑造，石料的加工与雕镂，门窗槅扇的安装，在几十万平方米的场地上，由十万工匠和数十万劳役迅速完成。而圣彼得大教堂则用大部分时间来考虑如何支撑直径42米，高达138米的教堂穹顶。秦代兴建阿房宫、渭水长桥、骊山桥、长城、驰道，用了十一年；汉代兴建长乐宫，用了两年；唐代改建大明宫（包括十余座殿堂），仅用一年；而波斯波利斯百柱殿的建造用了五十八年，雅典奥林匹克宙斯神殿用了二百零六年，罗马圣伯多禄大教堂也耗去了一百二十个年头。当罗马帝国的首都仍然处于七个小山之间的泰伯河畔时，面积比它大四倍的汉代长安城已是一个人口超过百万的超级都市。欧洲一个神殿的建造时间，有的比中国一个朝代的时间还要漫长。

第二十六章

那些消失的元朝宫殿，其实也并没有真正消失，它们被拆散成构件，又出现在新的宫殿里。宫殿消失了又重现，这些构件以一种特殊的方式，见证了王朝之间的传递关系。

太多的旧宫殿被岁月裹携而去，我们再也见不到，只能从史书中找到零章断简，或者从今天的故宫找到草蛇灰线，去想象和凭吊它昔日的辉煌。我们会羡慕西方的宫殿、城堡，依托于石头的坚硬，有一种穿越时间的力量。

更利于能工巧匠在上面雕龙画凤，这些优点都是石头所不具备的。但木头有一个最大的缺点，就是易朽、易坏，不能持久。

或许，有人会心生疑问，古代中国人为什么总是喜欢摧毁旧宫殿，而不是把它们当作历史文化遗产保护下来？

我们当然不能苛求古人有文物保护意识，古代王朝都有着鲜明的政治伦理，一个新朝当然要建造自己的宫殿，而不是住在前朝的故宫里（只有清朝是一个例外）。但更重要的原因，却在于中国古代建筑具有极强的再生性。人们不会因为元故宫的消失而感慨惋惜，而是会疑惑一座新建筑的诞生，为什么一定以一座旧建筑的消失为代价？

这不仅因为皇家建筑的诞生就像一个王朝的诞生一样，意味着时间的起点，也因为中国传统建筑本身就像所有的生命一样，有生长与死亡、前世与今生。

中国古代建筑以木结构为主，一片建筑群，其实就是一片由巨树组成的森林。紫禁城主要宫殿的梁柱及主要构件一律采用楠木，间用杉木。楠木是一种极为珍稀的木材，尤其是金丝楠，木材表面在阳光下金丝浮现，映射出丝绸般的反光，且有淡雅的香气，纹理直而结构细密，不易变形和开裂。宫殿改变了树的形态，把它们变成建筑的构件——梁、柱、斗拱，却没有改变树的属性——温暖、润泽。中国的宫殿是有生命的，恰似人的身体，轻灵、伸展、有曲线美，不似西方的石头建筑，冰冷、坚硬、缺乏弹性。

更重要的是，木代表着生长性，中国古代木建筑，本身就像树木森林一样，不断生长。一如这鳞次栉比的宫殿，不是一次建成的，修修补补，不断完善，从六百年前延续到今天，从未中断。它也不会真正死亡，因为中国古建筑有着固定的组装形式，随时可以在新的空间里重新搭建。就像永乐十四年的元故宫，被肢解、拆散之后，便纷纷变身为建筑构件，融入到新的宫殿里。中国人也希望建筑永恒，却从来不把永恒寄寓在石头中，因为即使是石头筑成的建筑，也有损毁的一天，只有这生生不息的传递，才能实现真正的永恒。

这座新宫殿的地基垫层隐藏在宫殿、庭院之下，今天的人们几乎看不出。紫禁城的地基垫层用的是一种特殊的夯土，其中三大殿台基的地基垫层，厚达8—8.5米，一般地段的地基垫层，最浅的也要3—3.5米。这些地基垫层分片构筑，又彼此连接，因此有了一个好听的名字："满堂红"。

但这只是垫层，真正的地基则更加复杂。它们大多用黏土、碎砖、桩基、灰土等各种材料混合而成，分布在宫殿、月台、城门、城墙、庭院、通道之下，纵横交织，构成紫禁城神秘的地下世界。

第二十七章

工具。除人之外，最容易被忽略的就是运输和装载的工具。台基、台阶、梁柱、御道，宏伟的宫殿使得许多构件尺度都无比庞大，它们的重量使肉身的力量显得那么渺小。如果不借助工具，石块木料就永远无法在都城汇聚，除非它们真如史籍中所粉饰的，"一夕自行若干步，不假人力"[12]。是工具，将山野间的原始材料与雄伟壮丽的宫殿建立起联系，如同苦力们脖颈上的锁链，在生与死间建立起联系。

我们永远无法看见搬运的过程，也难以想象工具的庞大——显然，工具的尺度规模，是被木石材料的尺寸所规定的，我们只知道巨大的梁枋柱檩、阶石栏杆，无一出自京城，而产于遥远的异乡，这些物体在如此遥远的空间中的神秘转移，使我们的想象鞭长莫及。无论我们面对哪一座宏伟的建筑，无论是埃及的古金字塔，还是英国的巨石阵，我们都会产生同样的困惑。当然，有一些历史记载把秘密透露给我们，比如三大殿前后每块重达二百多吨的御道石，是从四百里外的河北曲阳运来的，聪明的工匠想出旱船滑冰的办法，沿途打井，利用冬季低寒的温度，从井中取水，泼路成冰，用旱船装载巨石，拉拽前行。四百里的路程，快马一日可达，而运送这几块巨石，动用两万多名苦力，排成一里长的队伍，每日也只能移动五里。据说后来创造了一种十六轮的大车，但每日也只能达到运送六里半这个极限数字。即使这样的记载也只是凤毛麟角，我们很难对物体的连续位移进行破译。巨大而玄奥的工具消失在宫殿身后，使时间出现缺口，宫殿的呈现更加神秘。

第二十八章

宋礼回来时，北京紫禁城已经在地平线上现出它庄严的轮廓：巍峨壮丽的皇宫，城墙外表用青砖砌成，内用夯土垫实，每块青砖长48厘米、宽24厘米、高12厘米，重达24公斤。整座皇宫用砖数量超过一亿块，瓦件达到两亿。

单士元先生说：

> 紫禁城宫殿南北分为前朝和大内，东西分为三路纵列，中宫和东西六宫，形成众星拱月的布局，体现了封建统治阶级的最高营建法式。现存紫禁城故宫，基本上是永乐时期奠定的基础。
>
> 东西部御苑部分，既承袭了元代琼华岛部分，又营建了西宫（元隆福宫旧址，今中南海部分）和景山，改变了元朝三宫鼎立的格局。形成以紫禁城为中心，四周环绕西宫、南内、景山三处御苑，并圈于皇城内。同时在皇城兴建了各监、局、作、库等一整套供应皇家需要的机构。……明代吸收了元代规制，把红门拦马墙向东南方面扩展，形成后来的皇城。御用机构分布于各御苑与紫禁城之间，这

样的双重宫禁，布局之工整，机构之繁多，充分体现了亿万之家供养皇帝一身的建筑主题。

大明王朝建立不到半个世纪，已经营造了三座都城：凤阳、南京和北京。尤其后两座，在当时堪称世界上最为奢费的大城。

第二十九章

对一座皇宫的诞生进行描绘无疑是困难的，甚至是不可能的。没有一个人能对营造的每个细节都了如指掌，没有一个人能够见证建造它的所有细节。所有的细节都有来头，都有另外的细节藏在背后，这些背后的细节会合谋新的细节，新的细节又彼此勾连，派生出更新的细节。当一座座雄伟的宫殿呈现在我们面前的时候，我们已经无法计算，它究竟跨越了多少个细节，才成为现在这个样子。我们站在它的面前，只能看到它正面的局部，而永远不可能看到它的背面——包括空间的背面和时间的背面。

我们看到高贵的金砖开始覆盖粗糙的土地，碾碎了旺盛的杂草——左右磨砖对缝的"海墁"砖地都用澄浆新样砖以"五扒皮"的做法,绚砖精墁;汉白玉须弥座层层浮现,铁钎在阶石上飞舞,巨石沉重肉感;我们看到红墙一道道地竖起,在斑驳黯淡之前如同火焰一样明亮耀眼。它把所有的声器都聚拢起来,包括人的呐喊与机械的喘息,昼夜不停地喧响,仿佛对一场战争的重演。在没有梦境的地方,天堂难以置信地浮现。

我们看不到的部分却是:那些在宫殿里飞来飞去的奏折,与奏折相关的阴谋、千里之外的战争、功臣的封赏、死人的头颅、转瞬倾覆的王朝、惊恐万状的宫娥、密如雨林的箭矢……时间隐匿在空间背后,不被人察觉地干预着营造宫殿的进程。如果我们站在时间的维度上做逆向推算,我们就会发现,每一截宫墙的出现,都可能与先前的某一事件有关。许多看似无关紧要的机遇最终决定了成千上万的砖石金玉最终将在哪个位置上出现。大片大片的金砖覆盖了原来的战场,土壤中的骨殖鲜美如肥料,梁柱斗拱在它们上面无所顾忌地疯长。

没人说得清宫殿是在哪一天建成的。几百年中,它们一直是建建拆拆,拆拆建建,像变幻的海市蜃楼,一阵风就能吹乱它坚硬的线条。遥远朝代的构件在这个宫殿中不曾间断地连接,时间像偶尔清锐的磬音,或者含冰的凉露,显形,又融化。每一个皇帝都认为他是始建者。他要尽可能地毁灭前朝的细节,让自己成为万物之始。

当然,这不可能。

第三十章

成群的宫殿在大地上出现,错落的屋顶在北方澄澈的天穹下呈现出山峦的形状,唤起人们对于尘烟、呼喊、战马、尸体的回忆。为争夺皇位而进行的战争过去了,幸存者只有一个,那就是皇帝。而那些昔日的英雄,即使没有解甲归田,也终将在皇权的绞肉机中粉身碎骨。宫门、道路、殿堂,无不遵循着严格的礼仪,从空间上将战友们的行列分开。殿内高台上的御座把皇帝突出在最显要的位置上,皇帝身后的镂空雕龙金漆屏风,赋予他一种奇幻迷离的神话色彩,它制造了一种假象,使得那些由道具发出的金色光芒看上去像是从皇帝的身上发出来的。没有宫殿的皇帝不是真正的皇帝,如同没有皇帝的宫殿仅仅是一道布景。宫殿以天堂的形式出现,但它们不能解除而只能更加渲染权力的暴力色彩——权力建立在剥夺之上,它拥有的越多,证明它剥夺的越多。

宫殿从一开始就是矛盾体。它们努力制造着一个王朝伟大、辉煌、太平、祥和的幻象，但它同时成为肮脏、丑陋、残忍、邪恶的庇护所。阴谋经过修辞，出现在那些文采华丽典雅的奏折诏书上。统治成为一项技术，并不需要过多的智慧。久而久之，皇帝成为宫殿中的囚徒，优雅得不忍目睹丝毫的血迹，兵器的呼啸变奏为琴瑟的合鸣，旋律中掺杂着肉欲的芳香。宫殿里没有杀戮，宫殿里充斥着庙宇般的宗教气息，皇帝以仁爱悲悯的神圣形象出现，但酷刑和杀戮在另外的场所里加倍进行。血迹正在宫墙上结痂和风干，但宫殿依然需要血的滋润，皇帝永远需要别人为他的存在而付出代价。

也许应该对专制制度心存感激——宏伟的建筑几乎无一例外地是专制时代的产物，只有皇帝的利益才是最高的利益，皇帝的任何一句言辞都是法律，一句顶一万句，皇帝的意图，在任何时候都可能置换成全体人民的意图。皇帝的野心需要用战争来兑现，人民便拿兵器来说话；皇帝需要威武的宫殿，人民便投入一场没有尽头的苦役，以便皇帝能够站在豪华奢侈的宫殿之上，享受权威，发号施令。

西方人把万里长城视为人类创造史上的奇迹，他们往往忽略了这项宏伟工程所蕴含的暴力色彩。他们不能想象长城的建造过程，是因为他们从来不曾拥有一个如此庞大的帝国。他们的帝国东征南讨，可能占据地中海沿岸的广阔疆域，可能建造巨大的斗兽场和古城堡，但即使如此，他们的版图依旧与大秦帝国无法匹敌。即使中国人也只能借助有限的文字，想象阿房宫的壮丽恢宏，想象秦始皇君临其上的那份威严。营建长城可能仅仅出于一次偶然的闪念，这种想法的产生或许与一个农夫用篱笆圈起自家的院子没有区别，只不过秦始皇的篱笆要把一个国家圈起来而已。后人仰视这道大墙，与其说是仰视他的魄力，不如说是仰视他手中的权力。他能获得一切，首先是因为他能剥夺一切。

第三十一章

帝王为什么要建造巨大的宫殿？是与广阔的疆域形成几何上的比例关系，还是与浩大的世界构成视觉上的平衡？无疑，宫殿改变了人与自然的比例尺。即使从远处观看，宫殿依然显得威武和高大，因为与宫殿相比，那些参照物显得那么弱小。帝王站在宫墙上，会看到什么？他是否会通过空间来索取时间，观察到未来的秘密？时间的谜底是死亡。死不是瞬间的事，它永远是正在进行时。从出生那一天起,死亡的进程就开始了,每时每刻都在靠近那个黑色的终点。我们以为它停留在远方是因为它始终按照最细小的刻度行进,它缓慢降临的细微痕迹几乎不可分辨,但它从来没有停下它的脚步,甚至死后,死亡还会依照原来的速度继续进行。但是绝大多数帝王看不到这些。从宫殿中他们看到了基业的永恒。那是他们的错觉。宫殿的宏大场面迷惑了他们,使他们迷失在自己建造的迷宫里。微缩的迷宫不会令人迷失。迷宫的规模越大,人们就越发可能在其中丢失自己。从这个意义上说,宫殿像是一个最具蛊惑性的谎言。

建筑的永恒使帝王相信自己成了时间的胜利者,显然,他(们)是受到了宫殿的蛊惑。而宫殿的巨大体量,又使他们成为空间的妄想狂。中国的第一个皇帝便缔造了这样的传统。《史记·秦始皇本纪》记载了秦宫的规模:"……秦每破诸侯,写放其宫室,作之咸阳北阪上,南临渭,自雍门以东至泾、渭,殿屋复道,周阁相属";"乃营作朝宫渭南上林苑中,先作前殿阿房,东西五百步,南北五十丈,上可以坐万人,下可以建五丈旗";"周驰为阁道,自殿下直抵南山,表南山之颠以为阙";"咸阳之旁二百里内,宫观二百七十,复道甬道相连……"[13]

在二百里的范围内,营建有二百多座宫观,并且都有复道相连,其规模之大,不难想见。目前已经整理出来的长达五百米的阿房宫台基遗址，和发掘出土的始皇陵兵马俑的规模，基本可以确证这些并非夸张。秦始皇本人，对于这种脱胎于东周时期的高大的台式建筑十分痴迷。"矗立于高台之上，这种建筑形成了东周城市中居高临下的中心，凸显了新兴贵族日益增长的权力与自尊。"[14]

汉代的缔造者延续了这种痴迷，因为只有这种形式的宫殿，能够与他所获得的权力匹配。公元前206年，刘邦建立汉王朝的时候，巨大的宫室就开始在咸阳再度兴建。刘邦假意推托，丞相萧何的答复是："天子以四海为家，非壮丽无以重威。"[15] 意思是说这不是待遇问题，是威严问题。一句话说到了高祖的心窝窝里。原因是流氓无产者出身的刘邦，即使当了皇帝，也没有得到那些同样出身草莽的将军大臣们足够的尊重，他们"饮酒争功，醉或妄呼，拔剑击柱"。他们的粗鲁行为几乎使皇帝的权威荡然无存。于是，萧何关于建造宫殿的建议，及时挽回了帝王的威严，并将它固化下来，变得无法逾越。今天的考古工作者已经对汉代未央宫的遗址进行过多次考查。从毕士博（Carl W. Bishop）绘制的线图可知，龙首山上被切出了一个350米长、200米宽的多层台地，由南向北逐级升高。未央宫就是依山而建的一座台式宫殿，它远比早年那些建立在人工高台上的建筑更能吸引人们的目光。当它在龙首山上显露出最初的形骸的时候，连刘邦本人都被它震撼。未央宫上，一个无法超越的位置正在等待着他。贝尔托卢奇的《末代皇帝》中，有宣统站在午门城楼上的镜头。那时的他，正沉浸在君临天下的神圣感中。显然，巨大的宫殿改变了皇帝注视世界的视角。他试图在二维的世界上建立起第三维，他甚至企图获得上帝那样的全知视角，而这一切，必须借助于巨大的建筑。此刻，我却怀疑，他视野里的万众，是否能看清他们帝王的身影？宫殿将他托举到最高点的同时，也将他的身影弱化为最小，这并非仅仅取决于物理的法则，更合乎哲学的辩证法。也许，这就是城楼的意义，它将一个具体的肉躯抽象为一个符号式的图腾。他是否站立在宫城之上已显得并不那么重要，即使上面站立的是一具木乃伊，万众一样会顶礼膜拜。午门的三面城墙形成一个"冂"形，刚好适合聚拢广场上的欢呼，并把它加工到悦耳的强度。

我曾经在深夜仰望午门。是在一个风大的夜里，我从午门外走过。天上没有星辰和月亮，午门前的广场上没有路灯和行人，只有高高的城楼寂寞地兀立着。黑夜隐去了它的细部，只剩下一个巨大无比的剪影，如同一个巨大的怪物，在深蓝的夜空下，轮廓清晰。我感到莫名的恐惧，是它的尺度令我感到惊骇。夜风如阴魂一般徘徊，仿佛夹杂着古时"杖刑"的噼啪声，而且有血的腥咸味道。我不敢叫喊，我知道哪怕是轻微的呻吟和呼喊,在这"冂"形的广场上,都会被惊人放大。

第三十二章

关于朱棣不计代价地修建北京紫禁城的原因,文献里没有记下一字,以至于清朝康熙皇帝曾经感叹:"朕遍览明代《实录》,未录实事,即如永乐修京城之处,未记一字。"有学者认为,这是由于"迁都计划本身的'保密'所造成的"[16]。

一个堂皇的理由是:"北平建都,可能控制胡虏"、安定北部边陲,"龟缩在南方,先天就有不足,一旦边境起事就鞭长莫及"[17]。为此,需要修建宫殿,"以备巡幸"。

以色列史学天才尤瓦尔·赫拉利(Yuval Noah Harari)讲述帝国的概念时,给出了两个定义:

> 第一,帝国必须统治着许多不同的民族,不同的民族各自拥有不同的文化认同。两三个民族还不够,二三十个就算很多;要迈进帝国的门槛,其统治的民族数量,就介于两者之间。

第二，帝国的疆域可以灵活调整，而且可以几乎无限扩张。帝国不需要改变基本架构和认同，就能够纳入更多其他国家和领土。

赫拉利说："像这样的文化多元性和疆界灵活性，不仅让帝国独树一格，更让帝国站到了历史的核心。正是这两项特征，让帝国能够在单一的政治架构下纳入多元的族群与生态区，让越来越多人类与整个地球逐渐融合为一。"[18]

学者施展认为："大明的实际统治范围未及漠北，但自成祖起定都北京'天子守边'，其强悍的武功使得草原上始终未曾形成类似古代的匈奴、突厥一般强大持久的游牧帝国；而明朝国内的一系列制度安排也与北境安全需求相关，因此这个中原帝国又是基于内亚的草原秩序而获得身份定位的。"[19]

倘如此，只要将朱棣住过的元朝宫殿做些改建就足够了，没有必要建造如此规模的宫殿，顺带着造出一座浩大的北京城，"凡庙坛、郊祀、坛场、宫殿、门阙，规制悉如南京，而高敞壮丽过之"。

真实的原因，是朱棣一辈子都生活在"篡逆"的阴影里，一辈子都在为自己正名。不了解他夺位的历史，就无法理解他营造北京宫殿的强大冲动。北京紫禁城，大朝正殿以"奉天"命名，而不是像西汉那样叫未央宫,像唐朝大明宫那样叫含元殿,像北宋汴京皇宫那样叫大庆殿,无疑是在强调着这个政权"奉天承运"的正统性。朱棣一生都试图向宏伟的事业索取名声,他修长城、造永乐大钟、编《永乐大典》、遣郑和出洋、催生世界上最大的宫殿,以此来赢得历史的口碑。

从这座城出发,朱棣数次深入漠北追剿蒙古人还有一个隐秘的动机,就是秦始皇当年用和氏璧制作的传国玉玺,据说在历经后唐、后晋、辽之后,落到了元人手上,这当然是荒诞不经的传言,但朱棣一心想得到它来证明他的帝位不是"篡逆"而来,而是天命所归。

第三十三章

孔子曾经说过一句话,影响极为深远。他是这样说的:"为政以德,譬如北辰居其所而众星共之。"[20]

一个皇帝,必须像北辰那样居于世界的中心,人们才能像众星一样环绕着他。他之所以能够居于世界中心,是因为他的道德天下第一。

那么，到底哪里才是世界的中心，可以安置人世间的道德冠军呢？

《尚书》说："盘庚既迁，奠厥攸居，乃正厥位。"秦朝的时候，咸阳就是大地的中心。《时遗记》记载，秦始皇在咸阳筑云明台，号称"子午台"，就有中央子午线的意思。后来他修建阿房宫，正殿的前面就有一条子午线——当时叫"阁道"，一路向南，贯穿秦岭。[21]它正对的那条秦岭山谷，被人们称为"子午谷"。当年刘邦被迫前往汉中就任汉王，就是从子午谷通过，道路的艰难激发了汉军士兵对抗项羽的决心，最终，他们杀回了关中，夺取了天下。到了东汉，这样的传奇依旧激励着汉中太守王升，让他在《石门颂》里写下了这样的话："高祖受命，道由子午，兴于汉中……"

从夏商时代建都中原，周秦汉唐进入关中，两宋回到中原，金元明清定鼎燕京，被称为中心的地方太多了，这难免让人对皇帝的道德产生怀疑——假如每一座京城真的是天下的中心，那中心怎么可能忽左忽右、忽东忽西？

从大历史的角度看，历代王朝都城的移动原因其实很简单，那就是中国版图的不断扩大，这必然使版图的几何中心发生变化。中国的历史，实际上是各民族的融汇史，"边缘"民族不断融入，既证明了这个"中心"吸附力之强悍，又使原来的"中心"

无力负荷，随之而来的调整就不可避免。只是对于当时的人们，改朝换代带来的都城转移，必定会让他们感到迷惑。

到了元明时代，北京被认为是最完美体现"天下之中"思想的都城。早在南宋，朱熹就说："冀都是正天地中间。"[22]北京，刚好是北极星（紫微星垣）在大地上的投影位置，乃天之中，是天下最尊的地方，而关中、中原、齐鲁、吴越都在南面，定都北京，完全符合"以北为尊""南面而听天下"的原理，是顺应天意之举，北京也因此而改名"顺天"。

北极星的投影点就是太和殿，穿过这个点，划一条南北轴线作为天下的中心，就是理所当然的了。子为北，午为南，那条线也叫子午线。在执政者看来，国家的秩序，正深藏于子午线的意义中。

子午线的存在，不仅使宫殿成为王朝时间的起始，也成为空间的起始。这条子午线不仅穿过紫禁城，穿过整座京城，更一路向南，穿过万里江山。它的正北是天寿山，正南依次是泰山、淮南诸山和江南诸山，皇帝坐在太和殿上，黄河、长江、淮河及江南山水在他视野的延长线上展开，万里江山奔来眼底，让他感觉到江山永祚、天地合一——太和殿、中和殿、保和殿的"和"字，就是天人合一的意思。

第三十四章

在宫殿中，我们一再与广场遭遇——午门广场、太和门广场、太和殿广场……仿佛巨大的空白，将宫殿分离。显然，它们并非空白，而是另一种巨大的存在。除了加大了宫殿之间的距离，使宫殿看上去显得更加威武神圣和不可接近，它们还指定了臣民们站立的位置，也就是说，它们表明了权力要求众人参与的性质。无上的威仪显然不能由皇帝一个人来完成，权力不是皇帝一个人的独角戏，它需要群众，需要自己身边有膜拜的人群，正如伟大的事业需要多多益善的追随者充当炮灰。广场为乌合之众的出现提供了场合，他们准确地出现在最需要的地方，他们山呼海啸般的呐喊必将湮没皇帝的笑声。

广场上密密麻麻的人群，凸显了当权者的至高无上，制造了他广受拥戴的假象，同时，人群也是权力游戏的参加者，是他们的热情参与，使权力机器始终处于生机无限的运转之中，永不停止。广场的范围越大，容纳的人数越多，参与者的责任心和正义感也越容易受到激发。皇帝的一个闪念会在人群中不断地传递和放大，即使是残暴或者愚昧的行为，他们也毫无愧色。他们的敌人可能出现在广场之外，也可能出现在广场之内；

他们可能同仇敌忾，也可能相互厮杀。无论哪一种情况出现，都是当权者希望看到的。皇帝将成为这场角斗的当然观众——准确地说，应是观者，因为只有他一人在观赏这场群众表演。人群的广泛参与固然增加了事态的多变性，但无论它怎样发展，终将以帝王没有悬念的胜利而告终——广场无论怎样辽阔，它始终被宫墙所包围；而华丽的人群，从一开始就是宫殿的囚徒。

尽管此刻的广场上空空如也，斑驳的砖地已如田野一般坎坷荒芜，但是我们不能忽略它们曾经扮演的角色。它们是人群的招集者，每一寸空缺的空间都令人们跃跃欲试。除了皇帝的名字永垂不朽，我们无法看清人群中每一张沧桑的面孔，如同我们无法分辨广场上那些残损的砖石。

第三十五章

我早在1971年就参观过故宫，那一年我三岁，家住在沈阳，父母带我来北京，在天安门前照了相，后来又参观了故宫，也在故宫照了相。后来进故宫工作，查看院史，才知道那一年是故宫博物院重要的一年。三年前，1966年8月18日，毛泽东第一次接见百万红卫兵那天，红卫兵要闯入故宫破"四旧"，周恩来当晚召开会议，故宫从此关闭。红卫兵冲不进去，就把神武门上"故宫博物院"牌匾换上了一个新的牌匾，上写"血泪宫"三个大字。1971年，造反的浪潮早已平息，7月5日，故宫博物院重新开放。自故宫博物院1925年成立，至今九十余年，只有这三年关闭过，即使在日本占领北平期间，仍在开放。但我们要感谢这闭馆的三年，因为周恩来的一纸命令，让故宫躲过一劫。今天我们在神武门上见到的"故宫博物院"牌匾，就是郭沫若先生在1971年写成，放大刻上去的。

因此，我在那个夏天游历故宫，就有了历史性的意义——我应当是故宫重新开放后的第一批游客之一，只是除了几张黑白照片，脑海里什么印迹也没有。相比之下，还是张光宇先生描绘出的天上宫殿更令我感到新奇和兴奋，因为《大闹天宫》重新上映时已是粉碎"四人帮"以后，我已上了小学，对美术有了格外的兴趣，张光宇先生对天宫的想象，那种既华美又奇幻的气息，令我如痴如醉。后来来北京上大学，我重游故宫。重重的宫门，让人感受到它的深不可测。站在空阔的太和殿广场，两边的廊庑把天际线压得很低，凸显了太和殿的高度。其实太和殿的总高度只有35.05米（含台基高度），在现代都市里，摩天大楼野蛮生长，三四百米的高度也在不断被刷新和超越。相比之下，太和殿的高度实在不值一提。但在我心里，太和殿依旧是最高的建筑。它的高度是感觉上的，不是数字上的；是心理上的，不是物理上的。它犹如一座高峰，屹立在群山之巅，让人产生一种置身天堂的感觉。

可以说，这座紫禁城就是一座落实在大地上的天宫，与天宫有着相同的结构与属性。古人讲："方位在天，礼序从人。"所以人世间的一切秩序，都是与上天所对应的。天上有什么，地上就有什么。《史记》中说："天则有日月，地则有阴阳。天有五星，地有五行。天则有列宿，地则有州域。"[23] 天帝——也就是民间所说的玉皇大帝，住在天宫里，是宇宙间最高行政长官，那么在人间，也需要一个人来管事，他就是皇帝，我们也称天子，意思就是天帝的儿子。圣旨的第一句话是"奉天承运，皇帝诏曰"，意思是皇帝所说的话、所做的事，原来都是依照上天的意思。正是因为秉承了上天的意志，王朝才被称为"天朝"，皇帝被称作"天子"，他统治的范围被称为"天下"，皇城的正门被称作"承天门"（后为天安门），紫禁城里最重要的宫殿称为"奉天殿"（后为皇极殿、太和殿）……

苏轼《水调歌头》写："明月几时有，把酒问青天。不知天上宫阙，今昔是何年？"

天是什么？天在哪里？

在古人眼里，天是一个遥远、模糊的存在。

是主宰宇宙的神灵居住的地方，是苏东坡所写的"天上宫阙"。

那宫阙，坐落在三组星垣上，分别是：上垣太微、中垣紫微和下垣天市。

紫微垣是中间的一座，是天帝还有他老婆孩子居住的地方。

太微垣在紫微垣的东北角，天帝的南宫坐落在这里，是天帝的统治中心，天帝坐在南宫里，统治全宇宙。

所以，紫禁城的"紫"，不是指颜色，而是指紫微星垣。紫微星垣就是北极星。在古代中国人的世界观里，宇宙的中心并不是太阳，而是北极星。太阳是会落的，所以中国古代神话中，夸父追日，后羿射日，都不怎么拿太阳当回事。但古代中国人对北极星毕恭毕敬，因为北极星位于天空中央，永恒不动，所有的星星都围着它动。有一首歌颂领袖的歌曲唱"抬头望见北斗星，心里想念毛泽东"，实际上是歌词作者缺乏天文知识，弄错了。他想说的是北极星，北斗星和北极星是两码事儿，北极星是恒定不动的，北斗星的斗柄则是因季节而变的，有时指东有时指西，这样指引革命方向，岂不乱了套？所以天帝选择住宅时，只会选北极星，不会选北斗星。奉天帝之命统治人间的天子，行政官邸也应该用这颗星来命名。

故宫也有太阳，但太阳没有北极星重要，因为太阳只是众星之一。用作家阿城的话说，中国人"不会崇拜之一，只会崇拜唯一"[24]。只有北极星才是唯一。《史记·天官书》开篇就说："中宫，天极星，其一明者，太一常居也。"[25] 天极星就是北极星，太一就是天帝。老子说："道生一，一生二，二生三，三生万物。"[26] 那个一，说的就是太一，是宇宙万物的造物主，是天帝。屈原《九歌》第一首就是《东皇太一》，因为在先秦楚国，有祭祀太一的特殊风俗。中国人的太阳崇拜，直到东汉时期佛教传入以后才有。

故宫有日精门和月华门，是乾清宫区的东西两座门。在这里，日和月是平起平坐的，太阳的级别，并不比月亮高。乾清宫、中圆殿（交泰殿）、坤宁宫这后三宫，加上东西六宫，总数为十五，刚好与紫微星垣的星辰总数相等。所以从皇帝到妃嫔，都住在紫微星垣上，就像住在宇宙飞船里，让所有人仰望。

当然，在故宫的天体世界里，倘少了北斗七星也是不完整的。因为北斗七星是天帝的权杖，是天帝统御天庭的象征，天地的运转、四时的变化、五行的分布，都是由北斗七星决定的。《甘石星经》说："北斗星谓之七政，天之诸侯，亦为帝车。"意思是说，天帝坐在北斗七星组成的车里，定四时、分寒暑、定纲纪，所以北斗七星也是重要的。而在故宫，最活跃的数字除了九这个最大的阳数以外，七这个数字也反复出现，就是为了和北斗七星的数字暗合。比如，中轴线上有七座殿宇，分别是三大殿、后三宫，加上钦安殿；还有东西七所，数字也都是七。此外，旅客们很少注意到，紫禁城建筑的顶端，还有七颗圆球，对北斗七星进行更直观的呈现——在午门城楼上有四座重檐攒尖阙亭，每个尖顶上有一个圆球，午门城楼上就有了四个圆球，刚好构成北斗七星的斗形，而在紫禁城内，三大殿中间的华盖殿（中和殿）、后三宫中间的中圆殿（交泰殿），还有最北部的钦安殿，屋顶都有一个圆球，这七颗圆球组合在一起，刚好是北斗七星。皇帝坐在奉天殿（太和殿）里，眼前是一条天河，也就是内金水河，内金水河外围是北斗七星里的四颗，另外三颗在他的身后，这样构成的一幅天象图，一定会让他腾云驾雾，幻觉丛生，不再去思量人间的苦乐。

第三十六章

紫禁城建在大地上，但它也可以被看作天空的一部分。四周的宫殿，为天空勾出一个轮廓。但这并未减小天空的体积，而是使它显得更大。赵广超先生说："有限的最高成就，就是回到无限的怀抱里。"这是中国建筑最重要的理念。他还说：真正压倒一切的是看起来仿佛被风吹弯了的殿顶所拱托的天空。

天朝大国,大国朝天。上朝,其实是朝天的仪式。[27]

每当皇帝出现在御座上,就像天帝在他的南宫闪亮登场。"当百官跪在高不可攀的丹陛下,根本就看不见陛下(皇帝),三台上下十八座香鼎,台上铜龟仙鹤所祭起的香烟,和千多根的云龙望柱,千多个吐水龙头,在晨光照射下一起冉冉上升,与白云齐。仰望太和殿,仰望真命天子。抬头四面皆青天。"[28]

葛兆光先生在《中国思想史》中说:"中国古代思想世界一开始就与'天'相关,在对天体地形的观察体验与认识中,包含了宇宙天地有中心与边缘的思想,而且潜含了中国古代人们自认为是居于天地中心的想法,这于中国这一名称的内涵有一定的关系,对天地的感觉与想象也与此后中国人的各种抽象观念有极深的关系。"[29]

假如说紫禁城的宫殿就像大地上排布的起起伏伏的山峰,太和殿就是海拔最高的那一座,是中国建筑中的珠穆朗玛峰,在苍穹下,稳稳地屹立在那里,反射着耀眼的金光。不论是谁,走到太和殿前,心底都会升起一种敬畏感。其实太和殿的绝对高度并不高,只有35米,大致相当于十二层楼的高度。在今天的北京城,四五百米的建筑也不会让人惊讶(中央商务区的"中国尊"的高度达到528米),这些垂直竖起的建筑似乎正以它们的高度挑战上帝的权威，但它们并不能使人产生敬畏感，唯有太和殿能做到这一点。尽管中国传统建筑以木为材料，树木的高度决定了宫殿高度的极限，但紫禁城的天际线，以及整座建筑营造出的氛围，却让太和殿有了无可置疑的权威感。

三大殿台基上，聚集了一千多只螭首。这阵容庞大的龙族，无疑是天国的子民。每当大雨倾盆，它们不仅会表演千龙戏水的祥瑞，更在视觉上把三大殿抬升到天空的高度，使它成为天空的一部分。

在当代学者眼中，"明清时期的皇宫规模虽然并非历史中最大，但在空间意象的总体规划，却是人类有史以来最庞大的蓝图，在南北向的子午线上，在中天帝王之星下"[30]。

第三十七章

紫禁城不仅是一个关于天空秩序的模型（比如紫禁城的四座城门对应着天空的四方与青龙、白虎、朱雀、玄武四神，中轴线上的七座宫殿——三大殿、后三宫、钦安殿，象征着北斗七星），而且是一个道德理想主义的视觉模型，比如它以中轴为核心的空间理念,阴阳互补的布局,三大殿的配置,以及五行相生的结构(以金、木、水、火、土分别对应紫禁城的东、西、南、北、中五个区域,以五座内金水桥象征仁、义、礼、智、信五德),都充满了对道德理想主义的暗喻,即:只有合乎天道与人道的圣者,才配做这人世间的王。

其实早在周代,天意就已经与民意挂上了钩,殷商时代流行的"残民事神",被周人修改为"敬天保民"。"敬天"的目的,就是为了保民,假若以民众为牺牲去供奉神灵,岂不是自相矛盾?因此,所谓的"天道",其实就是"人道"。马王堆出土的帛书《五行》,虽屡次三番提到"道者,天道也",但它始终把天道与人道相连,甚至把人道作为天道的前提。

天地是重要的,人也是重要的,甚至是更重要的。"道生一,一生二,二生三,三生万物。"世界的秩序,由二递进到三,是因为加入了人。消失的三大殿,它们的含义之一,就是代表了天、地、人。《左传》说:"天之经也,地之义也,民之行也。"[31]唯有收服了人心,上天才会满意,王朝基业才立得安稳,皇帝手里的权力才真正地成为"天经地义"。

百姓是王朝的天,只是对于如此颠覆性的结论,有的人信,有的人不信;有的人真信,有的人假信;有的人有时信,有的人时时信;有的人主动信,有的人被迫信。但历史经验证明,身为皇帝，只凭霸道是不够的，还要宽仁亲民，就像右顺门里的朱棣一样，谦虚谨慎，和蔼可亲；当然仅有王道也是不够的，谦谦君子、道德标兵治不了国，朱允炆就是前车之鉴。皇帝必须是王道和霸道的统一体，既代表正义，又有现实的威慑力。

朱元璋曾对侍臣说："上天之命，朕不敢知。古人有言，天命不易。又曰天命无常。难保无常之天命，付骄纵淫佚之庸主，岂有不败？朕尝披览载籍，见前代帝王，当祭祀时，诚敬或有未至，必致非常妖孽，天命亦随而改。每念至此，中心惕然。"

有一次，朱棣在右顺门批奏章，案头一方镇纸斜靠着一摞奏折，摇摇欲坠，一位大臣眼疾手快，在镇纸将落的一刹，扶住了镇纸，摆放在桌案正中。朱棣环顾众臣，借题发挥道："一件器物虽小，但置于危则危，置于安则安。天下就是一件大器，岂能置于危处？更须处于安定之地。天下虽安，不可忘危。"

太和门的两边，左为弘政门，右为宣治门，清代以后分别改为昭德门和贞度门。朱棣之子、明仁宗朱高炽经常到宣治门（贞度门）与杨士奇、杨荣、杨溥等大学士讨论政事，议论古代帝王的政治得失。以"三杨"为首的内阁集团，在宣德朝后期占据了朝廷政治中枢的地位，从《杏园雅集图》卷中，我们可见杨荣、杨士奇、杨溥等人在杨荣的杏园内聚会的情景。有意思的是，画家谢环把自己的身影藏在这幅画卷中。

朱氏王朝的皇帝们在历史中留下了许多矛盾的形象——有时温柔似猫，有时凶猛如虎，有时像慈母，有时又像严父。但这是中国封建帝王的标准形象，历史已经习惯，而且接受了。

帝国这辆车要推得远，至少要有两只轮子，一只叫"敬天"，一只叫"保民"。其实，民就是天，天就是民。一如阴阳，可以互相转化，亦像紫禁城里的建筑，彼此倚托映衬。

"一阴一阳谓之道"，这道，是天道，是人道，是紫禁城的建筑之道。

第三十八章

假如以皇帝的视角打量北京，这座新帝都像套盒一样，套着四层城墙，由内而外，分别是宫城（即紫禁城）、皇城、内城和外城。也就是说，天下的中心是都城，都城的中心是皇城，皇城的中心是皇宫，皇宫的中心是奉天殿（即太和殿），奉天殿的中心，则是那把人人敬畏又人人垂涎的龙椅。

紫禁城的城门有四座：南为午门，北为玄武门（康熙时代为避"玄烨"名讳而改为神武门），东为东华门，西为西华门。

午门是紫禁城的南门，也是正门，它无疑是紫禁城最重要的一座大门，因此采用了建筑中的最高级形式。沿袭唐朝大明宫含元殿以及宋朝宫殿丹凤门的形制，主楼东西有雁翅楼延伸，上有五座重楼，所以也叫"五凤楼"。

中国古代建筑，前后四根柱子围成的一个方形空间叫做"间"，与今天所说几间房子的"间"不是一回事。紫禁城九千多间房子，也与我们今天所说的"间"不同。在古代皇家建筑里，"间"也是表示"级别"的单位之一。午门的主楼是重檐庑殿顶，面阔九间，进深九间。九是最大的阳数，也就是奇数，五是中间的阳数，九和五都是尊贵的数字，所以古代帝王被称为"九五之尊"。

午门位于紫禁城南北轴线的正南方，也是子午线的午位，因此称为午门。午门是站立在子午线上的南方之门。这座平面呈"凹"字形的宫殿大门，在阳光普照的日子，只有在正午，才看不见两侧雁翅楼的阴影，这座门的名字正透露出它的阳刚之气。

午门"中开三门"，两旁各有一掖门，中间的门只为皇帝而打开（文武百官走东侧门，宗室王公走西侧门）。只有殿试前三名，即状元、榜眼和探花，中鹄后可以从中门出宫一次，这一次经历，也因此成为他们一生的荣耀。

雁翅楼朝天而开，过了此门，就不再是人间，而是"天朝"，所以这阙楼，被称为"天阙"。岳飞《满江红》词里曾说："待从头、收拾旧山河，朝天阙。"

午门以外（以南），到承天门（天安门）之间，是一道封闭的纵长方形广场。东西两侧分别是太庙和社稷坛，体现《周礼》中"左祖右社"的规划思想。太庙是祭祀祖先的地方，那里是时间的起点；社稷坛是祭祀大地五谷的地方，那里则是空间的起始。

承天门（天安门）外，有T字形宫廷广场，广场南为大明门（位置在承天门与正阳门之间，清代称"大清门"，民国称"中华门"），东为长安左门，西为长安右门。大明门内、中轴线上的石板御路，有多少帝国官员匆匆走过，从这里进入浩瀚的皇宫。两侧连檐通脊廊房，长约五百米，称"千步廊"。

千步廊东西两侧，排列着政府各职能部门，比如在东侧，有吏、户、兵、工各部，以及鸿胪寺、钦天监、太医院等，在朱棣时代有些散乱无序，到朱祁镇时代（正统七年）才开始"各以行列方位，次第改建"[32]，变成这样的格局：

千步廊西墙外建五府，即中军都督府、左军都督府、右军都督府、前军都督府、后军都督府，是明代最高军事机构，此外，还建了通政使司、锦衣卫。

千步廊东墙外则依次为：宗人府、吏部、户部、礼部、兵部、工部、鸿胪寺、钦天监、太医院等办公衙署。

当年朱元璋在南京，改建宗人府、五府、六部时曾说："南方为离明之位，人君南面以听天下之治，故殿廷皆南向，人臣则左文右武，北面而朝礼也。五府、六部官署宜东西并列，其建六部于广敬门之东，皆西向；建五府于广敬门之西，皆东向。"

根据这一指导思想，大明帝国的政府重要部门，都排列在紫禁城之南，使百官都能"北面而朝礼"，而左文右武不仅成为皇宫的布局原则——在紫禁城内，左有文华殿，右有武英殿，北京城也左有崇文门，右有宣武门。所谓左右，也一律是面南而说的。

从大明门再往南，是内城的正门正阳门和外城的正门永定门。这些壮丽的城门与紫禁城的中轴线相衔接，共同构成了这座城市壮丽的中轴线。但这条中轴线并没有在城市的边缘戛然而止，而是一路延伸，穿过万里江山，成为一条无限长的轴线。

第三十九章

在紫禁城的北面，不再是王气笼罩的风雨钟山，而是用挖出的护城河泥堆出的一座小山，人称"景山"，而故宫，无疑是站在这座山上所能看到最美的风景。那座山是紫禁城乃至北京城的制高点，也是大明王朝万世基业的依靠。

故宫与万岁山之西，为西苑（今中南海），明初在元大内非太液池、琼华岛、园坻基础上，又扩中海、凿南海。北海（金鳌玉蛛桥以北）、中海、南海统称为太液池，附近相关建筑合称西苑。

故宫东华门外、皇城东南隅，今南河沿之西，南池子两侧，为东苑。到朱棣之子朱高炽继位时，东苑的建筑仍不多，呈现一派田园草舍风貌。

南宫即洪庆宫，位于明朝东苑内，在故宫东南方向，即南池子大街缎库胡同内，又名崇质殿，俗称小南城。

后来李自成入北京，将其焚毁，清朝不再复建。现在的东苑仅剩皇史宬、普度寺（皇太子宫）、南宫台基遗址，其余地方均为民宅或办公单位、商店饭馆。无论怎样，经过近十年的准备和四年左右（自公元1415年6月正式开工）的营建，永乐十八年（公元1420年），朱棣对于北京宫殿、皇城的全部想象都在帝国北方干燥的土地上得到落实。就像前面所说的，北京宫城，在元代故宫的遗址上向东移到大约一千米，挪开今天的北海公园，告别元人"逐水草而居"的传统，回到汉文化尚中正平稳的农耕格局上。

第四十章

午门以内，深藏着重重宫门，它们不仅分割着宫殿的空间，也制造了宫殿的神秘效果。在它们后面，是广场，豁然开朗的宫殿奉天殿、华盖殿、谨身殿、乾清宫、坤宁宫、钦安殿依次浮现，让中轴线（即子午线）上的建筑环环相扣。尤其洪武门、承天门、端门、午门、奉天门这五重宫门，和奉天殿、华盖殿、谨身殿这三座恢宏的大殿，使《礼记》中关于"天子五门三朝"的宫室制度设想得到了最完美的落实。

紫禁城犹如一部复杂的密码本，建造者在里面预置了太多的密码。就像这午门墩台，从空中看，是一个巨大的"凹"字，午门广场则是一个巨大的"凸"字。二者紧紧地扣在一起。紫禁城的外朝与内廷，刚好是一对"凸凹组合"。把午门的"凸凹组合"放大三十六倍，刚好就是紫禁城的"凸凹组合"结构，因为三十六又不是一个普通的数字，它在传统数理中象征"天罡"之数，三十六位神将拱卫的星宿就是紫微星垣。而紫微星垣正是天帝的居所，犹如紫禁城是"天子"在人间的居所。

乾清门是外朝（Outer court）和内廷（Inner court）的分界

线。乾清门以南为外朝,属阳,是皇帝上朝的大殿,如今那里游人如织、"黑导游"猖狂,但假如倒退几百年,在帝制时代,若你不是三品以上文官或者二品以上的武官,不是皇帝身边的高级侍从、侍卫和宦官,也不是皇帝下旨召见的人,那么你一辈子也不可能出现在这里。乾清门以北为内廷,属阴,是皇帝、后妃们居住的后宫,皇帝的寝宫(乾清宫)和皇后寝宫(坤宁宫)伫立在中轴线上,两侧是东西六宫,那里是脂粉聚集之地。乾清门是紫禁城中轴线南北距离的中间点。奏章、物品的传递都要在此中转,各种"快递"在这里集中,因此几百年间,这里都是紫禁城内最重要的物流集散地。

内金水河从紫禁城西北流入,象征远接生命之源的昆仑山。在宫中蜿蜒两千一百多米,静静地勾画出封建王朝的庞大身影、瑰丽的殿宇、游人好奇的面容,还有永恒的天空。[33]

在中轴线的两侧,层层宫院,更如巨鸟的双翅般展开,层层叠叠,无尽无休。依偎着帝国的中枢,居住着天底下最尊贵的家庭,诠释着封建王权关于"家天下"的伦理,只是在那灯火阑珊之处,同样是一个喧嚣吵嚷、爱恨交织的人间世界。

第四十一章

皇帝只有在举行重大仪式时才会登临承天门（天安门）和午门，这使它们不仅仅是这皇城和皇宫的正门，而且兼任着临朝万邦的大殿的角色。皇帝在这里颁发诏书；军队凯旋时，亦在午门举行向皇帝敬献战俘的"献俘礼"。

我们常听戏文里说：推出午门斩首。其实在明清两代历史上，并没有午门斩首的记录。但是，午门之外，的确举行过廷杖。明代时，如果大臣触犯了皇家的尊严，便以"逆鳞"之罪，被绑出午门前御道东侧打屁股。廷杖也比斩首好不到哪儿去，甚至还没有斩首痛快。廷杖是一种很残酷的刑罚，刑杖一般是由栗木制成，击人的一端削成槌状，还要包上铁皮，铁皮上还有倒钩，一棒击下去，行刑人再顺势一扯，尖利的倒钩就会把受刑人身上连皮带肉撕下一大块来。如果行刑人手下不留情，不用说六十下，就是三十下，受刑人的皮肉也会被撕成一片烂麻。不少受刑官员就因廷杖而毙命。即便不死，十之八九也会落下终身残疾。廷杖最高的数目是一百，但没有达到过这个数字，因为打到七八十下，人就已经死了，很少听到有人坚持到廷杖一百的记录。

廷杖开始还只是一种象征性的惩罚，后来发展到打死人。明太祖时代，就有了廷杖。明成祖永乐时期废除了廷杖，但朱棣死后十几年，明英宗就恢复了。被廷杖的官员一般是一两个人，但在正德年间，明武宗创过一百零七人同时受杖的纪录，而时隔不久，这个纪录就被打破，嘉靖皇帝同时廷杖一百三十四人，其中十六人当场死亡。上百人被扒下衣服，排在皇极殿下，上百根棍子同时起落，一时间声响震天，血肉横飞。而廷杖的缘由也是无所不有。劾严嵩，论妖僧，谏万贵妃干政，谏元夕观灯，谏武宗南巡，谏嘉靖服金丹，五花八门，不一而足。正德年间，十三道御史弹劾刘瑾，上一本的杖三十，上两本的杖六十，而上三本的每本各杖六十。正德皇帝乘法算得精，但常常不等完成定额，人就断气了。

这表明皇帝不仅代表天命，哪怕一根手指、一截盲肠都代表着真理，也表明他的拳头硬，午门外所有的刑杖，时时刻刻听命于他。宫殿里的皇帝，两手抓，两手都要硬。当然，廷杖的厉害，在于它不仅要命，还伤尊严，因为身为朝廷命臣被当众脱裤子，是何等的有损颜面。当然，剥夺大臣们的尊严，是显示皇威的一种手段。一个统治者的威严，从某种意义上是通过对他人的矮化实现的。廷杖，以剥夺他人尊严的方式，来强调和捍卫皇家的尊严。但这样的矮化也未必总是很顺利，假如皇帝遇到有脾气的大臣，事情就可能会麻烦。而大明王朝，唯独不缺偏执的大臣。比如，在万历朝，万历皇帝在立太子的问题上与大臣们发生纠纷，万历想立郑贵妃的儿子，大臣们极力反对。双方僵持不下，万历一气之下，下令将上疏干涉皇帝立太子的礼部尚书洪乃春（礼部祠祭司主事卢洪春才对）拖到午门外廷杖六十。但是万历没有想到，皇帝任性，大臣们更任性。廷杖这一刑罚，不仅没有让大臣们俯首贴耳，反而激起了他们的斗志，让他们前仆后继，主动申请廷杖。面对廷杖，他们不以为耻，反以为荣。这种荣耀，基于长期文化积累的对忠臣这个符号的认可。皇帝要打大臣屁股，他们干脆齐刷刷地露出白屁股，让皇帝一次打个够。对他们来说，露屁，就等于露脸。在明朝，甚至有很多为反对而反对的反对派，皇帝不论说什么，他们都投反对票，以便用皮肉之苦换来冒死直谏的好名声。在今天看来，不免教条主义，但在他们眼中，却是他们超凡入圣的通天梯。很多年中，廷杖几乎成了万历与大臣们对话最主要的方式。实际上，在明朝，自开国皇帝朱元璋到亡国之君朱由检，君臣之间基本上形成了虐待狂与受虐狂的强强联合，大家一起玩 SM。皇帝越是凶狠，大臣们越是痛快。

这一场君臣斗，竟然一直玩了十五年。十五年中，午门广场可谓无比忙碌，被杖打的大臣不计其数，最后的结局却是万历皇帝崩溃了，患上了严重的抑郁症，因为他虽贵为天子，却寡不敌众，根本不是官僚系统的对手。他终于玩腻了，干脆罢了工，几十年不再上朝。

《明史》说："明之亡，实亡于神宗。"[34] 神宗，就是万历，明朝的江山就是在他的手里玩完的，崇祯不过是为他背了黑锅而已。总的来说，明朝的皇帝，道德上过硬的并不多，无论是"为政以德"的政治口号，还是"天下之中"的建筑意识形态，都无法掩盖他们的变态与荒唐。假如皇帝真的是天底下最大的道德楷模，为什么王朝终究都逃不过一场败亡？假如天子真的代表天命，为什么天命总不长久，老天爷总是朝令夕改、朝秦暮楚？

第四十二章

进入午门，就进入宫殿第一个巨型的广场——太和门广场（皇家广场其实都是一个巨大的庭院），预示着一个庄严场合的出现。正面（北面）横卧一个大型建筑，是进入三大殿之前的最后一道门——太和门（明代称奉天门、皇极门）。自朱棣始，明朝的皇帝就每天清晨在这里听政，称为"御门听政"[35]。这巨大的庭院，也成为王朝议政的大会堂。每当皇帝在御座上坐定，一名内使（宦官）就会手捧香炉，走到皇帝面前，香炉上镂刻着山河图案，内使将香炉放在御座前的黄案上，奏曰："安定了。"听政于是开始。

太和门广场东西各有一道门，东为协和门（明代称左顺门，古代建筑中的左右，皆以面南而论），西为熙和门（明代称右顺门）。出左顺门往东，是文华殿宫区和内阁办公地，因此每当早朝之后，皇帝经常会到左顺门或者右顺门，与一二重臣继续商讨政事。

皇帝上朝，要从他的寝宫——乾清宫出发，由北向南穿过重重宫门，才能抵达御门听政的太和门。对于朱棣之子、明仁宗朱高炽（洪熙）来说，无异于一种繁重的劳动，因为他身宽体胖，走路都要气喘（连他的父亲朱棣都嫌弃他），而他的寝宫，偏偏选在后宫最北端的钦安殿。朱高炽当然会乘坐交通工具，而不会用脚步去丈量大地。那种交通工具被称作"辇"，从故宫博物院收藏的唐代阎立本《步辇图》（北宋摹本）上，我们可以看到"辇"的大致样子。但以他的身量，乘辇恐怕也不是一件简单的事（对抬辇人就更不简单），上辇下辇，都很费体力，或许还需要技巧，在辇上颠来荡去，更让他心率过速。

自康熙帝始，御门听政的地点改在乾清门，皇帝每天上下班的交通距离也收缩到后廷的门口。自雍正始,皇帝的办事机构也设在乾清门广场西侧一排简易的小平房里,只是那时的雍正不会想到,这个小小的机构后来成长为一只巨兽,它的名字威震朝野:军机处。

官员上朝一般遵循两条路线,一条是中轴线路线,另一条是对角线路线。

中轴线路线主要用于包括大朝在内的主要仪式中,官员依次穿过皇城和宫城中间的门,沿中轴线北行,到达紫禁城的中心院落——太和殿广场[36],或者继续向北,抵达乾清门——在康熙初年,还要求官员走中轴线路线,穿过太和殿东侧的中左门和保和殿东侧的后左门抵达乾清门前。[37]

相比于皇帝,上朝大臣更加辛苦,尤其年事已高、行动不便的大臣,步行穿越宫殿中也并非易事。每日早朝,他们要先由承天门(清代以后称天安门)、端门、午门(或者从东安门入东华门)集合进宫,走不动就让宦官挟着两腋,不是扶老携幼,是连拉带拽,拖到皇帝面前,不像朝廷命臣,倒像是被劫持的人质。

康熙朝以后,大臣们日常进宫更多从东华门入宫,午门只有在举行大典和重大朝见时才能开启。朝廷百官平日上朝,一般从东华门进入紫禁城(西华门因为直通西苑,内监司事人员常从这里出入)。因此,东华门和西华门这两座东西对称的宫门,并不开在东西两侧城墙的正中,否则就可以直通内廷,妨碍皇帝的"私生活"。所以,为了维护内廷的私密性,也为上朝方便,东华门和西华门都开在东西两侧城墙偏南、距离南垣角楼一百多米的地方。形制也低于午门,正面呈平面矩形,红色城台,白玉须弥座,当中辟三座券门,城楼面阔五间,进深三间,门外马碑石至今仍在。

由东华门抵达乾清门(以及后来的养心殿)所走过的路线,刚好构成一条对角线(由东南到西北)。而中轴线和对角线的交叉点,刚好是乾清门。

前一条路线也被称为"仪式路线",后一条路线也被称为"功能路线"。这是两条互补的路线,朱剑飞先生在比较这两种路线时说:"一方面,紫禁城在空间上确实是'禁地'。它极度深奥而遥远,要求人们付出极大的努力和自制力,才能企及和征服。另一方面,一个系统的区别是,东侧的对角路线相对来说比中轴路线更轻便易达。仪式路线犹如朝拜的路径,必须遥远而曲折,从而激发人的谦卑、恭敬和崇拜心理;而功能路线,在频繁的使用中,必须是有效的、支持或服务性的,以利实际事务的高效运行。"[38]

当官是个体力活儿,尤其在天子脚下当官,体能不好不行。

到清代，宫廷才开始实施人性化管理，允许年老体衰的大臣骑马入宫。第一位获得这项"特殊待遇"的是康熙朝的南书房翰林、大学者朱彝尊，每逢前往乾清门上朝或参加宴筵，可先乘轿至东华门，再换一匹小矮马进入紫禁城。此后，这一"政策"惠及更多高龄大臣，允许他们骑马入宫，但从东华门入宫者，须在箭亭前下马，从西华门入宫者，至内务府总管衙门门前下马。乾隆时代，政策进一步放宽，凡级别达到一、二品以上，年纪达到六十岁以上的朝臣，均可乘轿进宫，但仍须在箭亭下轿步行。从箭亭入景运门，就进入乾清门广场了。宫殿里的旅行，从此不再艰难，王朝政治也多了一层人性色彩。

但政策放宽，不意味着没有规矩。那些墙与门，依旧控制着政治的格局、命运的走向。乾隆晚年，和珅权倾一时，拒不遵从宫殿的语法。他不仅乘轿直入景运门，等于一路乘轿到在乾清门听政的皇帝面前，而且因为从他居住的恭王府经东华门前往乾清门要绕远，为了抄近路，他公然违制，乘轿直接出入紫禁城的北门——神武门，等于直抵皇帝后宫。放肆如此，他行程的终点只能是地狱了。

第四十三章

进入太和门,是三大殿区域,那里是紫禁城的核心,也是帝国的政治核心,是真正的金銮宝殿。在古代,"宫"和"殿"的意思并不一样,紫禁城的布局是前殿后寝,即前半部(南部)是外廷(殿),是皇帝的办公区;后半部(北部)是内廷(宫),是皇帝及后妃宫眷的生活区。宫与殿的分界线,就是保和殿以北的乾清门。

今天的旅行者们到太和殿前,关注点基本都在大殿中央的那张龙椅上,很少注意到大殿内部的沥粉金柱。假如我问,太和殿内究竟有多少根沥粉金柱,一定有人答不出来。

我告诉大家:六根。为什么刚好六根?在皇家建筑中,数字一定是具有象征性的。六根金柱,代表着八卦中的乾卦。

上九 ▬▬▬▬▬
九五 ▬▬▬▬▬
九四 ▬▬▬▬▬
九三 ▬▬▬▬▬
九二 ▬▬▬▬▬
初九 ▬▬▬▬▬

在《周易》中，乾卦由六根阳爻组成，假如我们把太和殿内的六根金柱全部横过来，摞在一起，刚好成了六根阳爻，它代表纯阳，至大至刚。

这六根沥粉金柱，也象征天有六个时辰，所谓"时乘六龙以御天"。

它们是天的象征，是"阳中之阳"，再一次申明了太和殿与上天的联系。

太和殿的六根沥粉金柱，实际上就是八卦里的乾卦。

而东西六宫的排列，刚好组成八卦里的两个坤卦。

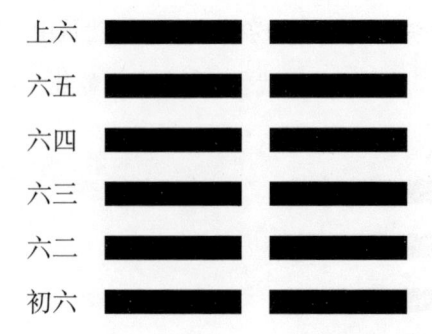

上六　▅▅▅　▅▅▅
六五　▅▅▅　▅▅▅
六四　▅▅▅　▅▅▅
六三　▅▅▅　▅▅▅
六二　▅▅▅　▅▅▅
初六　▅▅▅　▅▅▅

东西六宫，包含两个六，其实坤卦本来就有"六六大顺"的意思。

《易经》说"乾"时说:"大哉乾元,万物资始,乃统天。"[39]

意思是:蓬勃盛大的乾元之气,是万物创始化生的动力资源,这种强劲有力、生生不息的动力资源,统贯于整个天道运行的过程中。

《易经》说"坤"时说:"至哉坤元,万物资生,乃顺承天。"[40]

意思是:最伟大的,是作为万物之元的坤卦啊!万物都靠它的资元而有生命,它柔顺地承受天道的法则。

如果说太和殿的六根金柱代表的乾卦,象征着乾阳元气是上天赋予的;六宫代表的坤卦,就是大地深厚而载育万物的象征。

明嘉靖十四年(公元1535年),朝廷干脆把东六宫中永宁宫的名字改成承乾宫。

承乾,就是顺承乾的意志。

天(乾)的意志再伟大,终归还是要落地的,这就要靠后宫(坤)了。

后宫的任务就是为皇帝生儿育女,延续王朝的命脉。

因此我们可以理解,为什么东西六宫的四座门,分别命名为百子门、千婴门、螽斯门和麟趾门。百子千婴自不用说,螽斯就是蝈蝈,繁殖力强,善鸣,《诗》云:

螽斯羽,诜诜兮。宜尔子孙,振振兮。

> 螽斯羽,薨薨兮。宜尔子孙,绳绳兮。
>
> 螽斯羽,揖揖兮。宜尔子孙,蛰蛰兮。[41]

不过是在赞美蝈蝈张翅膀,低飞翔,子孙多,家族旺。《诗》里又云:

> 麟之趾,振振公子,于嗟麟兮。
>
> 麟之定,振振公姓,于嗟麟兮。
>
> 麟之角,振振公族,于嗟麟兮。[42]

"麟"是麒麟;"趾"是指麒麟的蹄。

《麟之趾》以麒麟比人,同样是祈求多子多孙,子孙品德高尚,犹如麒麟。

"麟趾",后来被人们当作恭贺结婚和生子的贺词。

第四十四章

正像埃及金字塔和古希腊神殿,紫禁城的建筑中暗藏着许多神奇的数字，显然，它们并非随意出现。如果不借助资料，一个普通的游者恐怕很难发现其中的玄奥。它们"如同某些位于黑暗深处的神秘法则，正行使着权力，但永不显形"[43]。

"九一八事变"之后的1934年至1937年，日本全面侵华之后的1941年至1944年，在中国营造学社社长朱启钤先生的策划组织下，建筑学家对紫禁城建筑以及北京城中轴线上的主要建筑进行了两次测绘。

第一次测绘，由中央研究院拨款五千元，由营造学社执行，具体由梁思成负责，邵力工协助，完成了对天安门、端门、午门、太和门、太和殿、中和殿、保和殿、角楼等建筑的测绘。因抗战爆发，测绘被迫中止，已完成的测绘图纸连同照片、研究报告等一起存入天津麦加利银行保险库，因1939年天津大水而惨遭损坏，抢救出来的一千多张被浸泡的测绘图稿，现存清华大学建筑学院。

第二次测绘，是在北京沦陷时期用五年时间完成的，由伪北京工务局委托基泰工程公司张镈主持。这次详细测绘了南起永定门、北至钟鼓楼的数十座重要古建筑，七百多张测绘图纸完整保存至今，以期保存最真实的古建筑基础资料，一旦古建筑被毁，日后重建将有所依据，同时，对于后来的古建筑保护与研究，都具有开创性的意义。

此后的半个多世纪中,中国的建筑学专家们对紫禁城进行过多次测绘。

1994年起,曾任梁思成、刘敦桢助手的傅熹年先生,承担起建设部科技司下达的《中国古代城市规划、建筑群组布局、单体建筑设计手法和构图规律研究》专题研究任务,重点对形成中国古代独特建筑体系并能持续发展起重要作用的规划设计手法进行探索。

紫禁城游人如织,人们丝毫没有注意,一个拿着皮尺的老人,正在发现他们眼前这座古代宫殿的营造秘密,从数字中解读紫禁城营建者设置的密码。他首先测出后寝二宫组成的院落,南北长度为218米,东西宽度为118米,二者之比为6∶11;而前朝三大殿组成的院落,南北长度为437米,东西宽度为234米,二者之比也是6∶11,而且前朝院落的长、宽几乎都是后寝院落的两倍,也就是说,前朝的院落面积是后寝的四倍。接着,他又测出后宫部分的东西六宫和东西五所,长宽尺度与后寝院落基本吻合。

傅熹年先生对紫禁城的营造比例作出这样的推测:中国封建皇帝有"化家为国"的观念,所以以皇帝的家也就是后寝为模数,按比例规划前朝与其他建筑群落。

随着测量的深入,规律进一步显现——明代奉天殿,也就

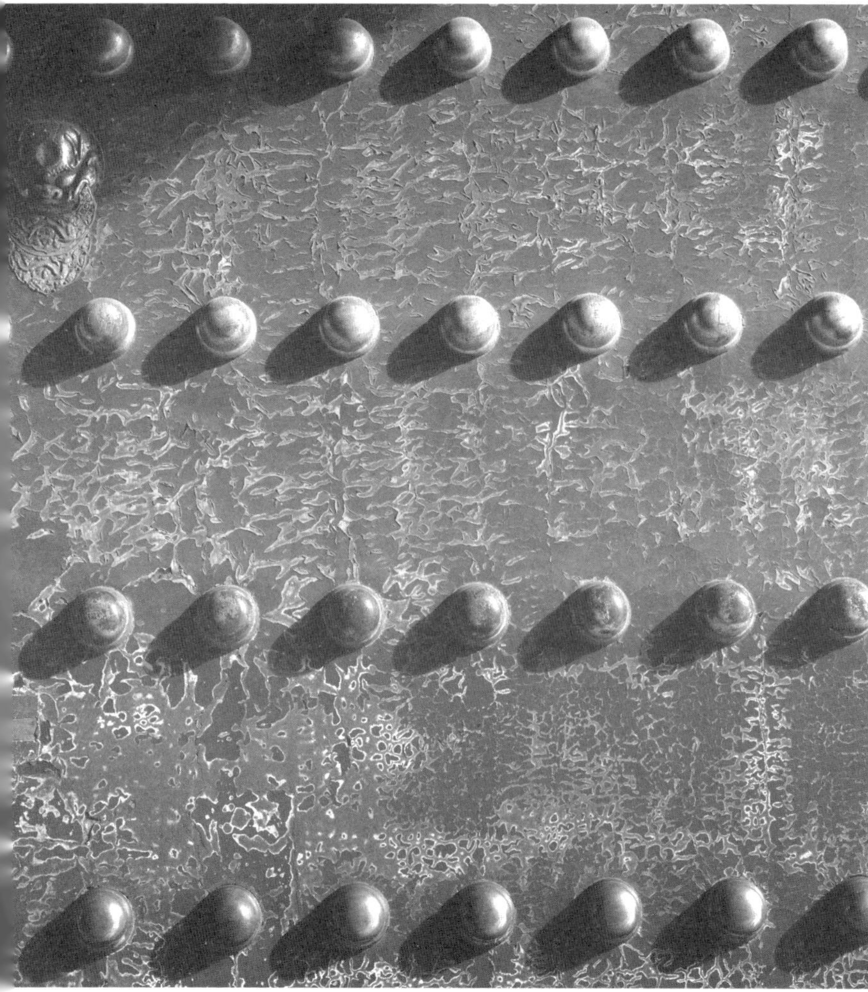

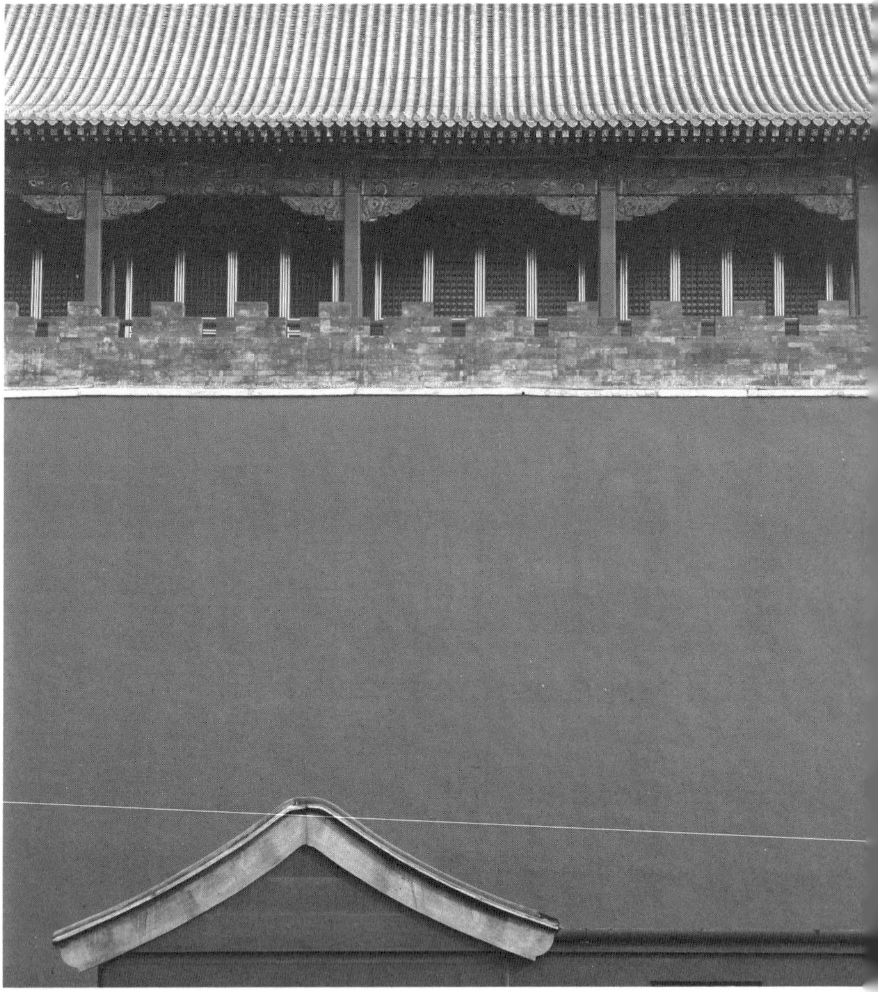

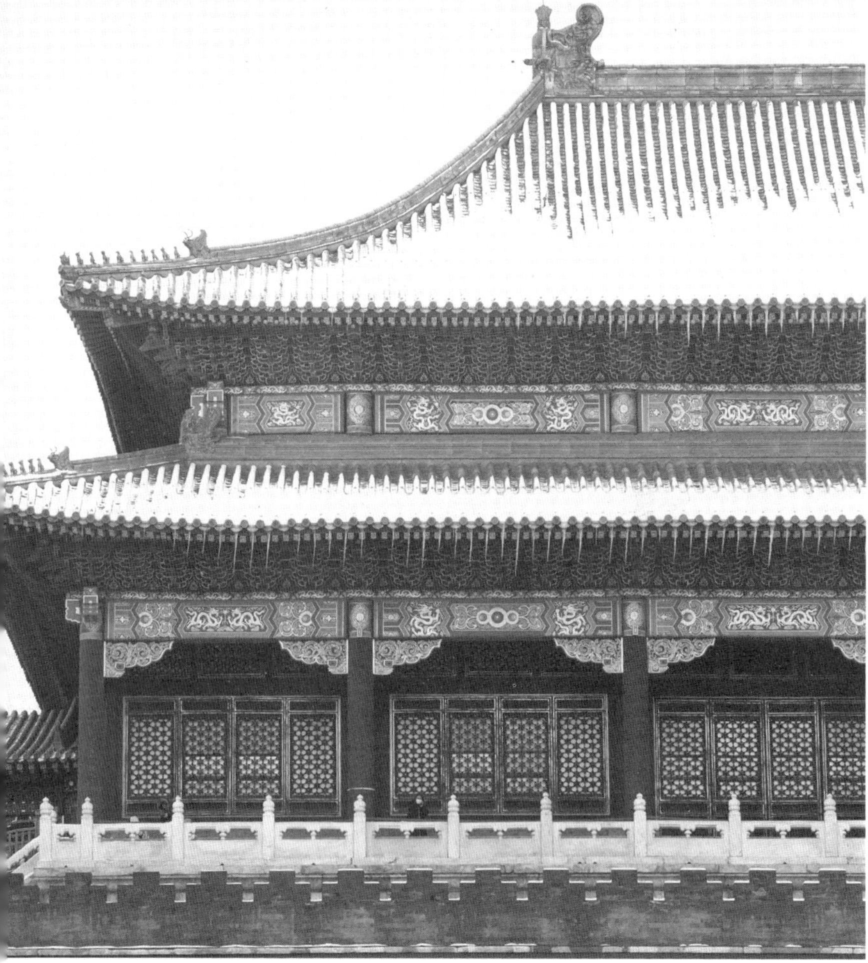

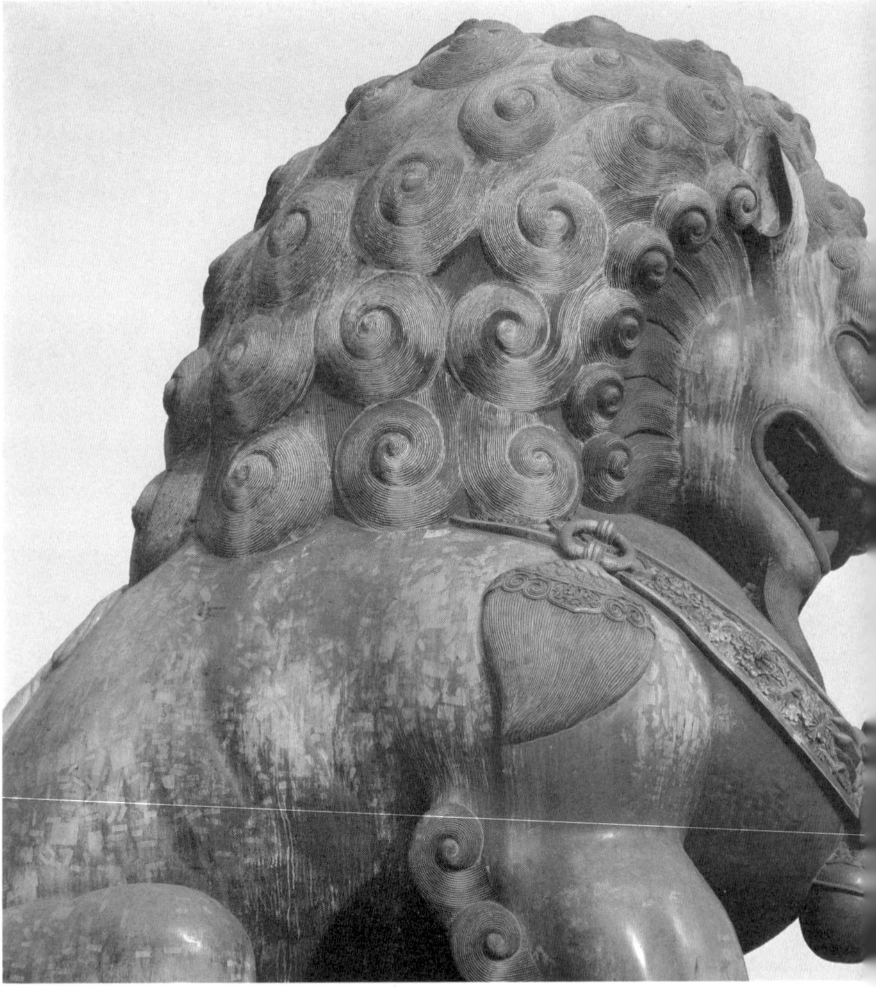

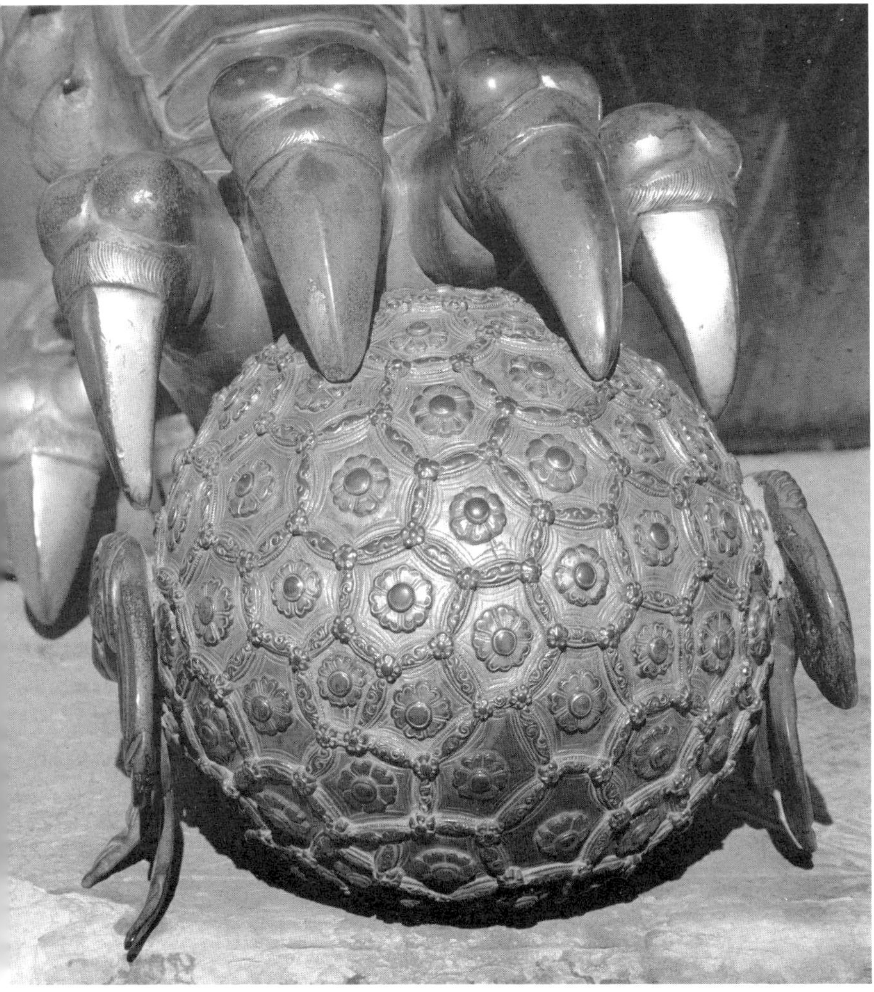

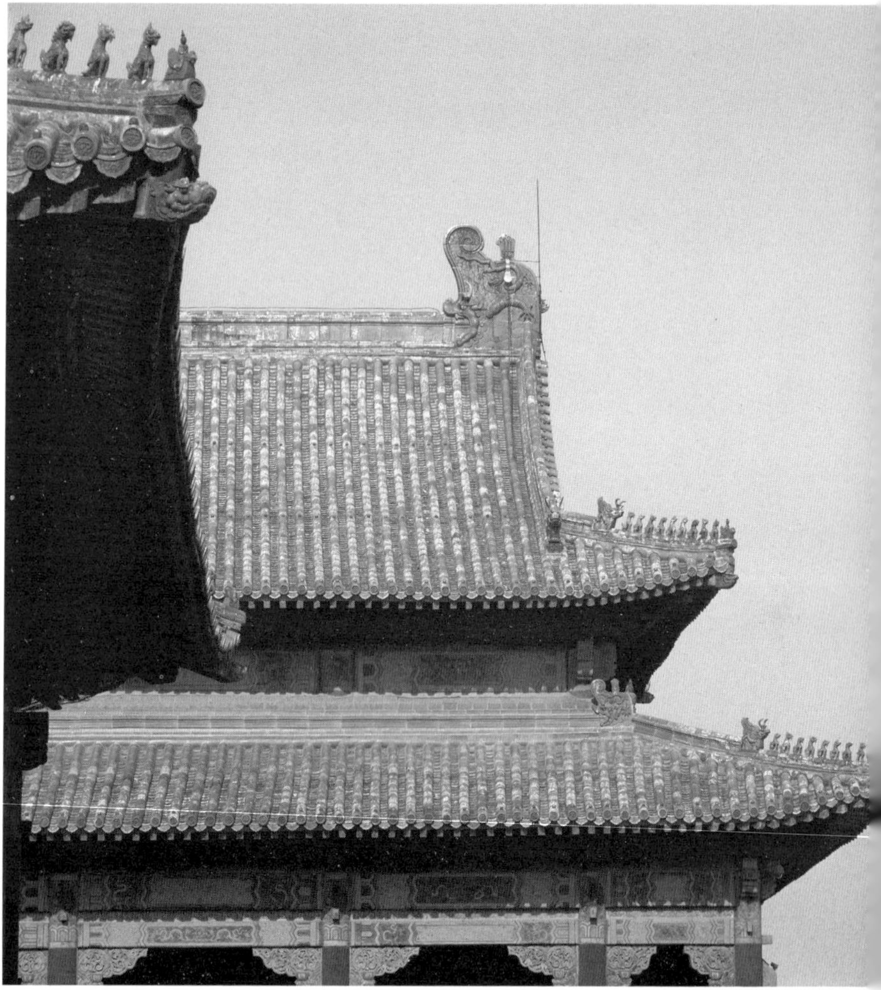

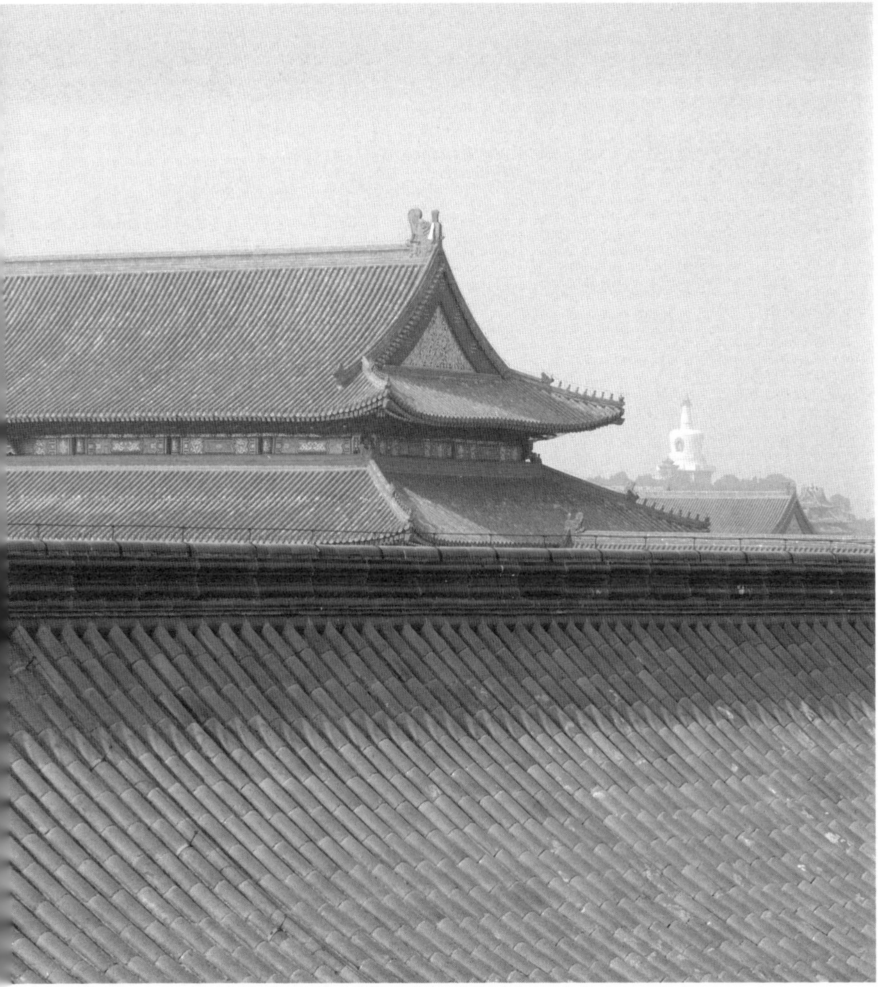

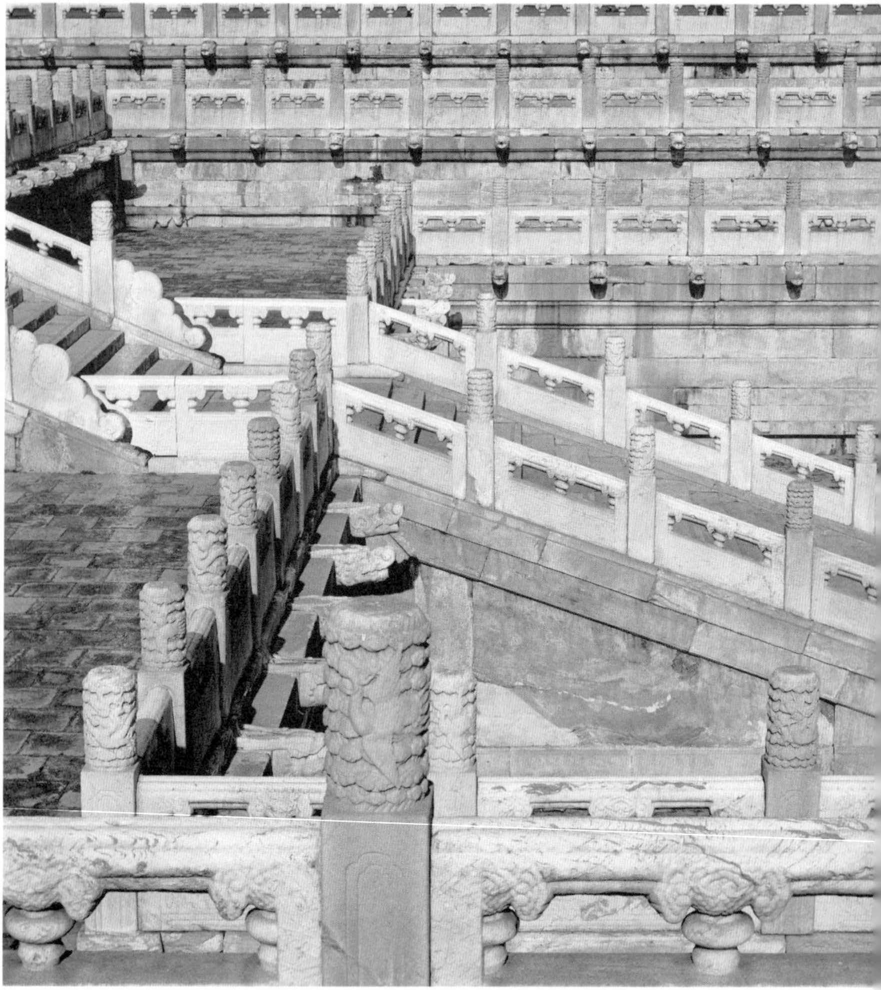

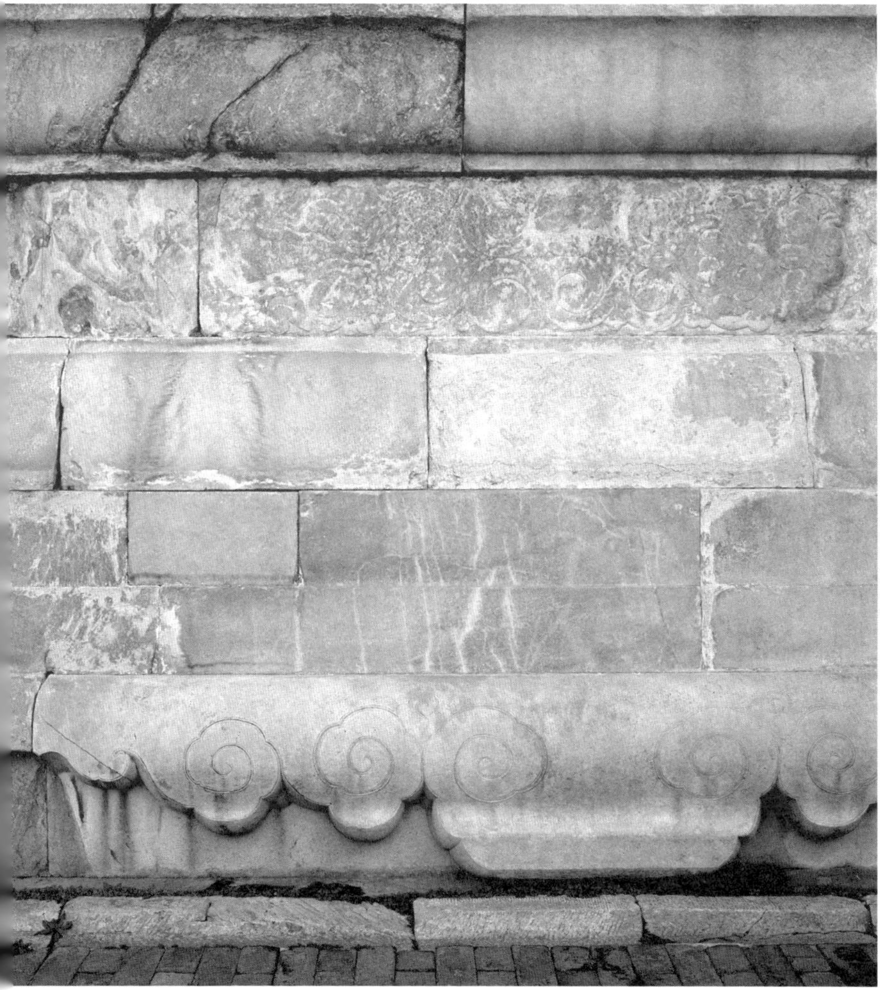

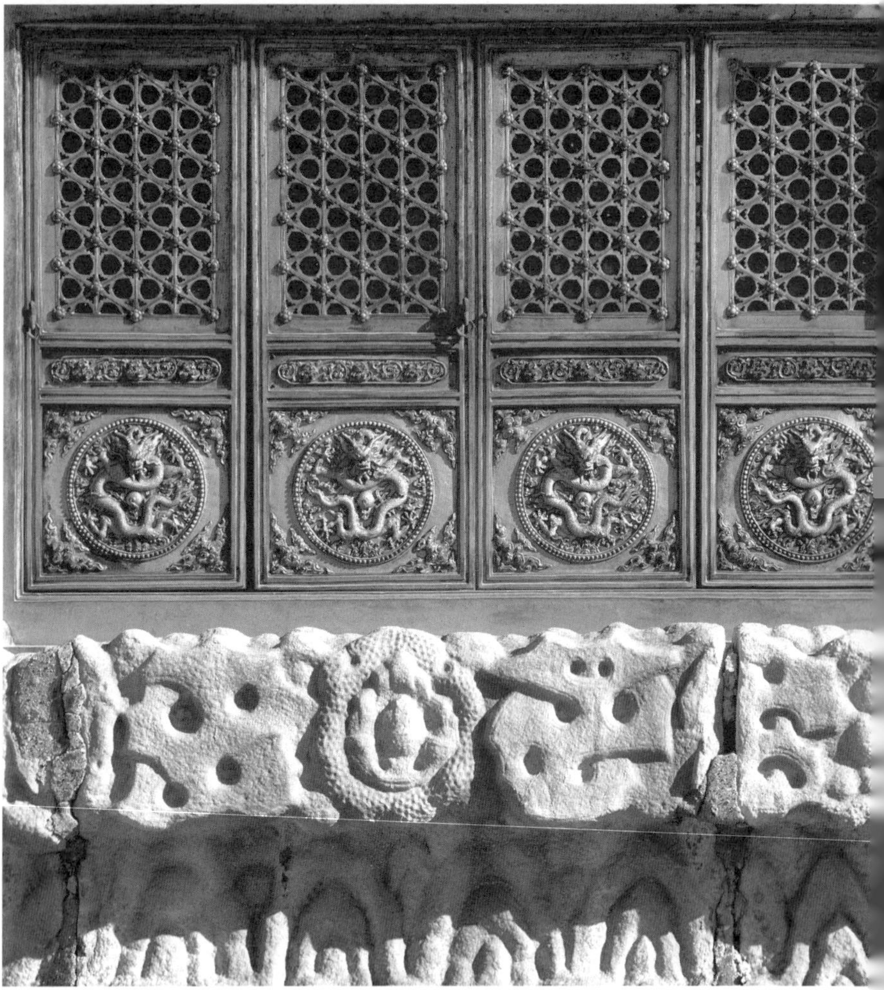

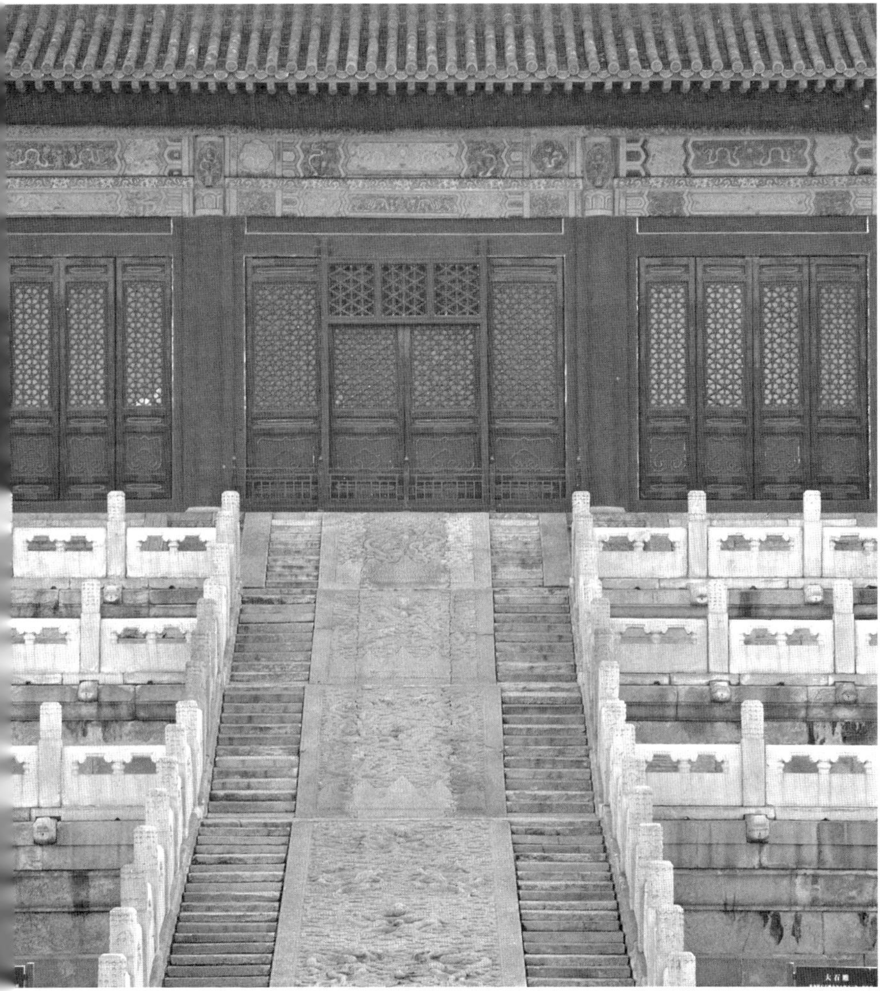

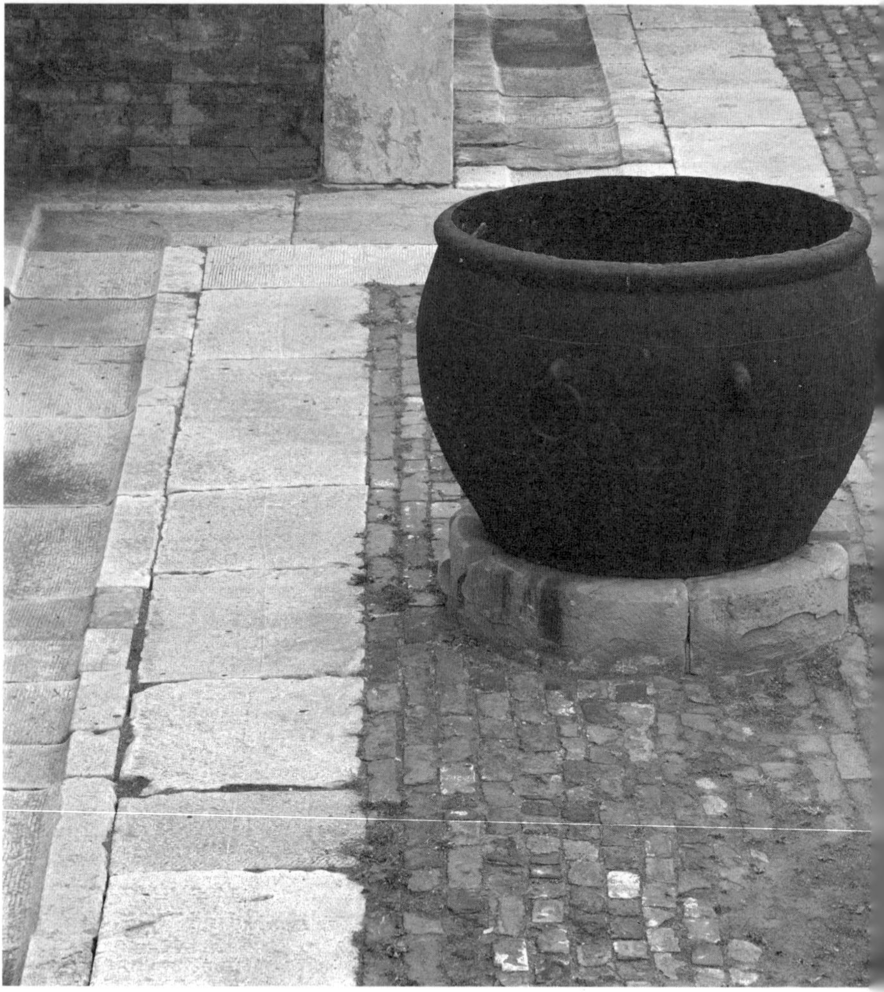

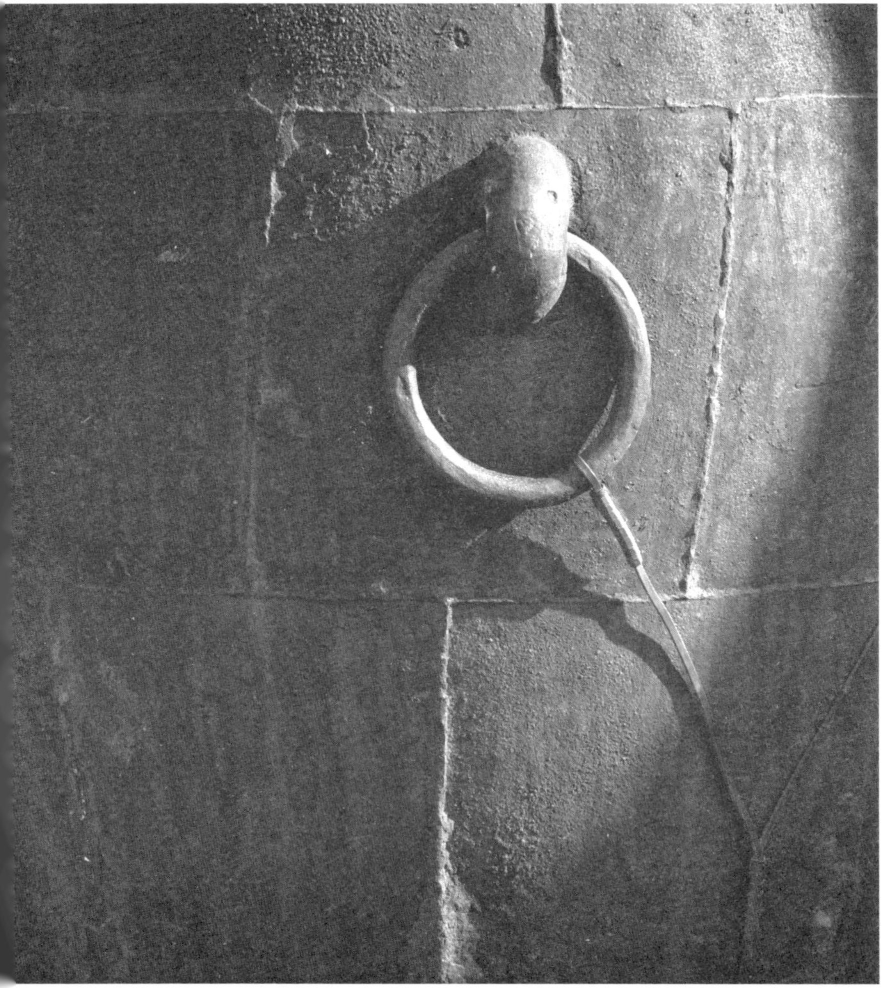

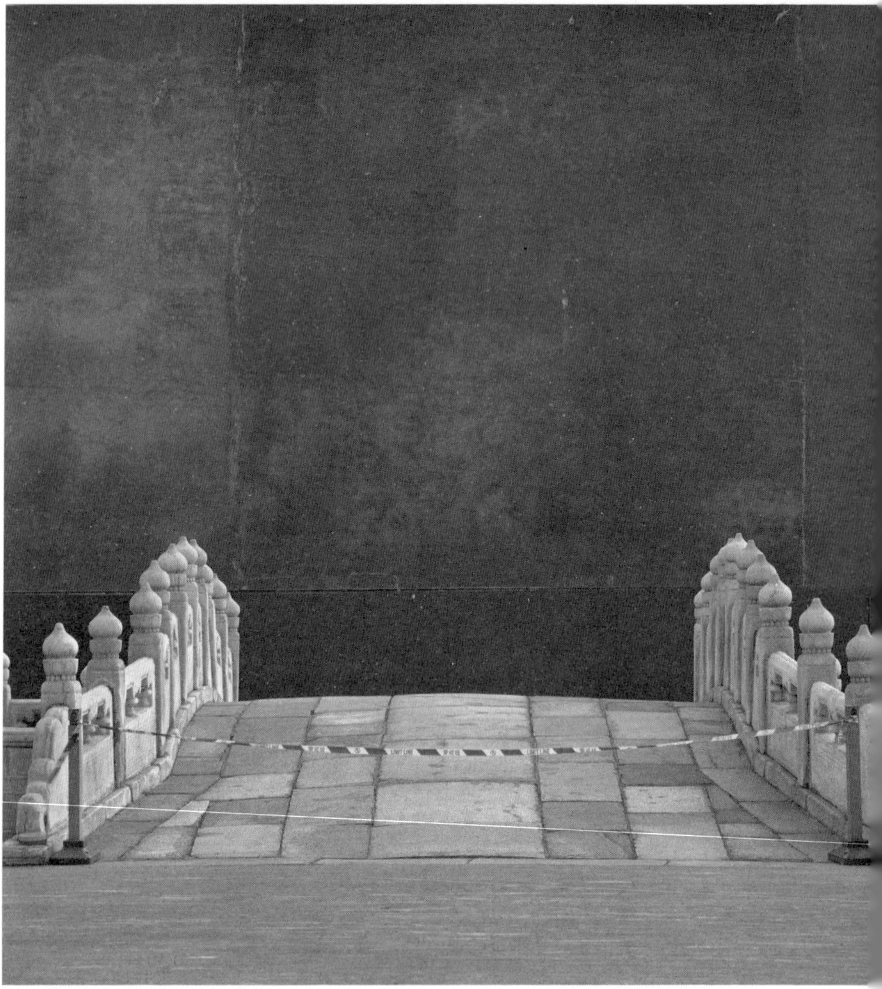

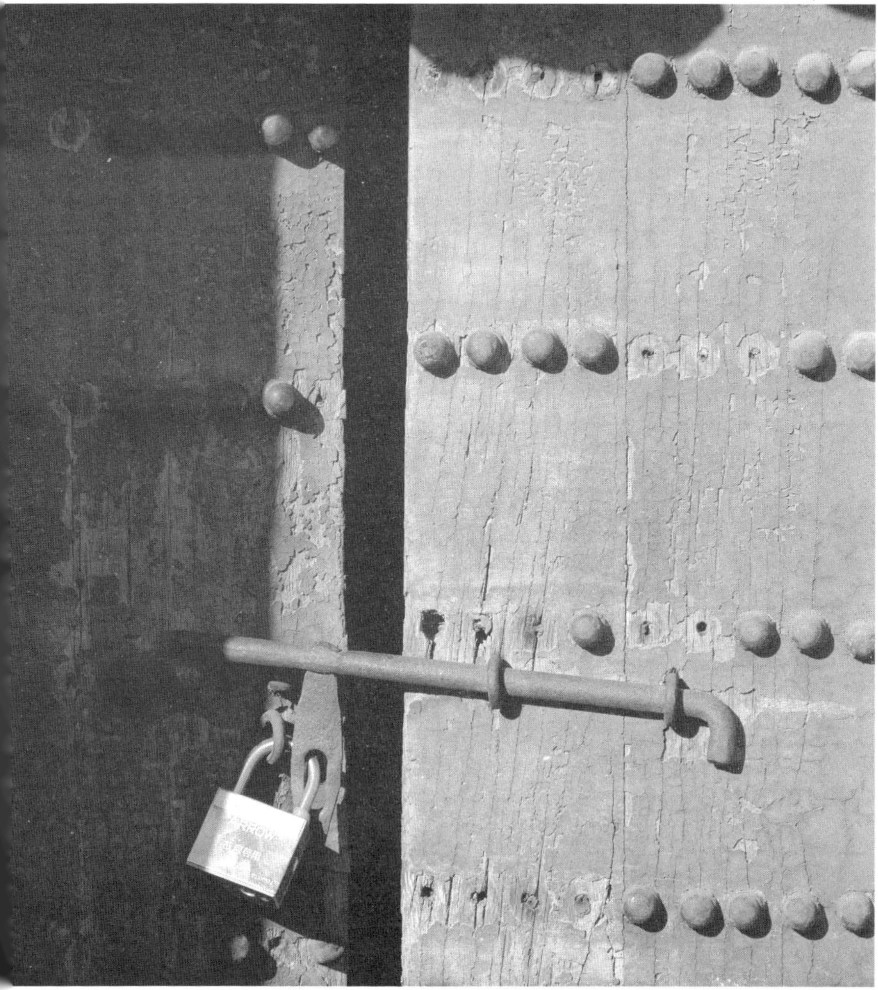

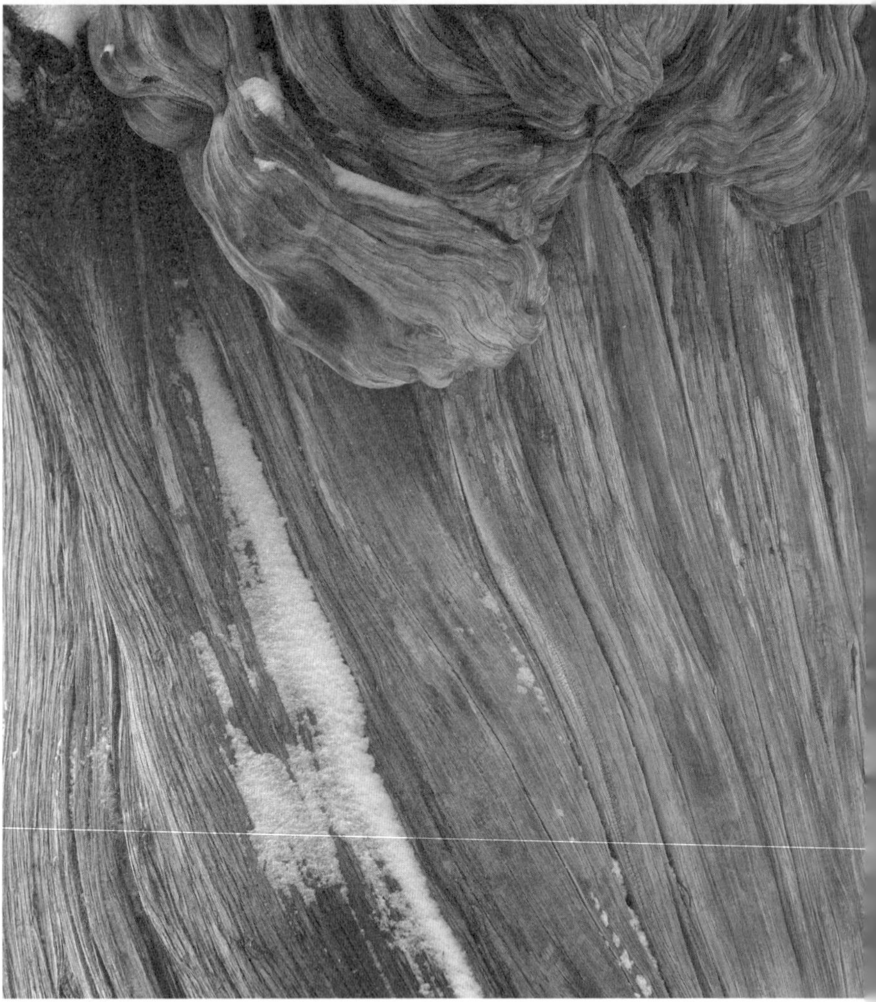

是清代的太和殿，采用的是宫殿建筑的最高等级形制，面阔九间，进深五间，二者之比为9∶5；太和殿、中和殿、保和殿共处的土字形大台基，其南北长度为232米，东西宽度为130米，似乎没有什么奥秘，但对二者约分，傅先生发现，二者之比也刚好为9∶5。

古代数字有阴阳之分，奇数为阳，偶数为阴。紫禁城中前朝部分宫殿数量皆为阳数，而后寝部分宫殿数量则皆为阴数。阳数中九为最高，五居正中，因而古代常以九和五象征帝王的权威，称之为"九五之尊"。午门城楼、保和殿等正面都是九开间的殿宇。显然，这些数字与那些措辞华丽的颂歌没有区别，都表达了对王权的顶礼膜拜。

显然，数字在这里成为衡量等级地位的尺度。作为最高的阳数，"九"更是在紫禁城的建筑中频繁出现。然而，也会发现例外。

细心的游人会发现，今天的太和殿，面阔并不是九间，而是十一间，无法印证以上说法。实际上，这是因为奉天殿在李自成进京后被毁，清康熙八年（公元1669年）重建时，老技师梁九亲手制作了模型，却因找不到上好的金丝楠木，只好把面阔改为十一间，以缩短桁条的跨度。[44]

宫殿檐脊上的走兽数量通常为单数，也就是阳数，最多为九。而太和殿檐脊上的走兽，却有十个。

太和殿脊兽的排列顺序是：龙、凤、狮子、海马、天马、押鱼、狻猊、獬豸、斗牛、行什（猴）。多了一个行什。古代建筑上的脊兽，行什仅出现过一次，就是在太和殿上。这是为什么呢？

与高高在上的脊兽相比，门钉数量的"错误"也许更容易被发现。帝王宫殿的门钉通常都是每扇九路，每路九颗。而午门的左右掖门，以及东华门的中门和左右侧门，却都是每扇只有八路。

显然，这并不是营造者的粗心造成的。有人认为清代帝后死后经过此门出殡，属于"鬼门"，所以用阴数。

第四十五章

黄金分割比值约为0.618，这个比例被公认为是最能引起美感的比例，因此被称为黄金分割。建筑师们对黄金分割比值特别偏爱，无论是古埃及的金字塔、希腊雅典的巴特农神庙，还是法国的巴黎圣母院、埃菲尔铁塔，都有黄金分割的痕迹。画家同样不会忽略这个最美的比值，达·芬奇《维特鲁威人》《蒙娜丽莎》《最后的晚餐》这些名作中，都运用了黄金分割。当今女性，腰身以下的长度平均只占身高的0.58，而古希腊的著名雕像《断臂维纳斯》通过故意延长双腿，使之与身高的比值为0.618，而使她的身材趋于完美。

在伊苏斯战役中，亚历山大大帝因在波斯军队的左翼和中央结合部作为攻击点而大获全胜。有人把这视为"黄金分割率"在战争中的完美运用。

在东方建筑中，是否存在黄金分割呢？傅熹年先生测出，太和门庭院的深度为130米，宽度为200米，其长宽比为130∶200＝0.65，与0.618的黄金分割率十分接近。

从紫禁城最重要的宫殿——太和殿上，暂时没有找到与黄金分割有关的证据。但是如果我们把太和殿放在中轴线的整体尺度上进行衡量，情况就会发生变化。中国古代建筑的传统审美视点是庭院中心。从大明门到景山的距离是2.5公里，而从大明门到太和殿的庭院中心是1.5045公里，用1.5045除以2.5，神奇的事情发生了——得出的结果，刚好是0.618！

我们突然明白，大明门为什么被放在距离紫禁城如此遥远的地方，甚至不惜拆除元大都的南面城墙。以前我们总是直觉地认为这是为了延长宫殿的序幕，使进入宫殿的人产生一种期待值。但是，数字关系却让我们对紫禁城有了更深刻的认识，让我们醍醐灌顶。

古希腊数学家欧几里得在《几何原本》系统论述了黄金分割，使它成为最早的有关黄金分割的论著。我在《远路去中国》一书里写到，这部著作在万历三十五年（公元1607年）由意大利传教士利玛窦（Matteo Ricci）和徐光启根据拉丁文本译成中文，而在此一百八十多年前，紫禁城就已建成。

我只能说，人类对美的追求是相通的，中国人在自己的实践中，得出了对黄金分割的认识。

第四十六章

公元1521年，明成祖朱棣迁都北京整整一百年后，远在北京两千里之外的安陆州[45]突然成为帝国的焦点。来自北京宫廷的接驾队伍浩浩荡荡地开到兴献王府，迎接兴献王朱祐杬的生子朱厚熜入京承继大统，成为大明王朝的第十二位皇帝。

十二天前，正德皇帝朱厚照撒手尘寰，使用了十六年的正德年号戛然而止，此时正德并未立皇太子，帝国的皇位骤然空缺。

空缺的原因，是正德皇帝死时刚过而立之年，还没有子嗣，根据宫廷典制，要遵循"兄终弟及"的原则，将皇位传给正德的弟弟。然而，正德皇帝又是家中独苗，没有兄弟。满朝官员一时不知所措。

要解释这种尴尬的状况，需要把这个家族的血缘关系上溯到正德皇帝的爷爷成化皇帝那里。成化皇帝朱见深共有十四子，老大、老二早亡，继位的是老三朱祐樘，这就是弘治皇帝。弘治死后，他唯一的儿子朱厚照继位，是为正德。正德死，既然他没有兄弟、没有儿子，皇位就应该推回到他爹弘治皇帝那一辈，根据"兄终弟及"的原则，由弘治皇帝朱祐樘的弟弟、排行老四的兴献王朱祐杬继承。

然而，朱祐杬也已在两年前去世，于是只能循着这皇朝的血脉推演，目光于是落到了朱祐杬的长子朱厚熜身上。

朱厚熜是正德皇帝朱厚照的堂弟，他的父亲朱祐杬与正德的父亲、弘治皇帝朱祐樘是亲兄弟，此时，大明王朝的皇位已经结结实实地落在他的身上，一个天高皇帝远的皇族后裔，命运就这样发生了根本性的转变。这就可以理解，由司礼监太监谷大用、内阁大学士梁储、礼部尚书毛澄等组成的庞大团队，为什么只用了十二天，就从京城火速赶到了远在湖广安陆的兴献王府。

在上述官员的护送下，朱厚熜一行抵达北京。然而，就在朱厚熜距皇位只有咫尺之遥的时候，他突然止步不前。

他提出了一个问题，难倒了所有的朝廷大员。

按照礼部的安排，朱厚熜本当由崇文门进北京，再由东华门入皇宫，过继给朱厚照的母亲张太后为子，并在文华殿完成成为皇太子的仪式，再以皇太子的身份登极为皇帝。但对于礼部的周密安排，朱厚熜并不认可。因为"兄终弟及"一语，在此产生了一个重大的歧义——究竟是朱厚熜继承了堂兄朱厚照的皇位，还是自己的父亲朱祐杬继承了弘治皇帝朱祐樘的皇位？礼部官员认为是前者，朱厚熜却解释为后者，因为在他看来，"兄终弟及"，当然是指他父亲与弘治皇帝这对亲兄弟，而不是指自己与朱厚照这对堂兄弟。假若他的观点成立，那么，他已经死去的爹实际上也成了皇帝，而他朱厚熜，就不是从正德皇帝朱厚照那里继承皇位，而是从自己的父亲朱祐杬那里直接继承皇位。

这一切好像文字游戏，但是当朱厚熜提出这一点时，所有的官员都面面相觑，大脑一时短路，因为对于这文字的歧义，所有人都不曾想到。假如他继承的是堂兄，那么他就必须遵循礼部的安排，从东华门入宫。假如他继承的是父亲，就不需要过继给张太后，而以皇帝的身份直接登极，这样，他就可以从午门进入紫禁城，在奉天殿完成登极大典。

于是，浩浩荡荡的队伍在北京城外突然停顿，所有的人大脑短路，没有人知道朱厚熜该由哪座门入宫。大臣极力劝谏，朱厚熜绝不妥协，正德遗诏中一个小小的漏洞，竟变成难以解决的僵局。

他不仅要给自己正名，更要给死去的父亲正名，因为那样的话，父亲的身份就不只是王爷，而要被追认为帝王。在这里，朱厚熜充分显露出他锱铢必较的本性。

从午门到东华门，距离不过几百米，对朱厚熜来说，却别如天壤。

国不可一日无君，此时的大明王朝，皇位虚位以待已经超过一个月。帝国官员们心急如焚，却又拿不出丝毫办法。相比之下，朱厚熜却无比淡定，因为他知道，皇位已经被他锁定，再怎么拖，皇位也不会跑掉。

这是典型的皇帝不急太监急，当然，官员们最急。

他决定坐地起价。从没见过大世面的朱厚熜，在这里展现出过人的沉稳。

那一年，他只有十五岁。

第四十七章

高昂的午门,阻挡不了朱厚熜执拗的脚步,因为朱厚熜的意志更加高昂。面对门的威严,这个十五岁少年表现出不屈的意志。因为是从午门还是从东华门走进宫殿,不仅关系着他的名位,也关系着对他已逝父亲的定位——假如从午门进入,就说明他的父亲朱祐杬是从弘治皇帝朱祐樘那里继承了皇位,然后再传给他,也就是说,他爹虽然已死,但他是以皇帝的身份死的,身后将配享帝王的祭祀。他一心为自己的父母争得一个帝、后的称号,犹如一个贞洁烈妇,至死也要争得一个象征名誉的牌坊。

朱厚熜还没有登极,就与朝廷百官摆出了分庭抗礼的架势。"庭",是太和门前的大庭院;"礼",是大臣们教条主义的"礼"。在这座深不可测的宫殿里,这个叛逆青年不愿受官僚的摆布,一定要给他们一个下马威。除了捍卫死者的荣耀,其中当然也有现实的考虑:他不愿奉堂兄朱厚照之母张太后为母,使自己成为他人手中的木偶。于是,在朱厚熜这个光杆皇帝与以杨廷和为首的朝廷百官之间,进行了旷日持久的抗衡。眼下,这僵局一直僵着,双方都没有让步的意思,最后,还是张太后"发扬风格",表示"天位不可久虚,嗣君已至行殿,内外文武百官可即日上笺劝进"[46]。

四月二十二日,朱厚熜终于从正阳门进入北京城,经大明门进入皇城,经午门进入紫禁城。派遣官员履行完祭告天坛、地坛、太庙、社稷坛的手续,朱厚熜身穿孝服前往正德皇帝灵前谒见,又叩拜了张太后,之后换上衮冕服,在奉天殿(今太和殿)前行告天地之礼,登上奉天殿,神情庄重地在御座上坐定,颁诏大赦天下,改元"嘉靖"。

登极危机终于解除了,但嘉靖与宫门的纠葛并没有终结,气势恢宏的太和门广场,竟然成了嘉靖与群臣角斗的战场。登极危机虽已化解,但皇帝和大臣之间的紧张对峙局面,在朝廷中暗自发酵,终于演变成一场明火执仗的正面冲突。嘉靖通过登极,正告朝廷百官一个铁打的事实,"兴献王"朱祐杬才是自己正宗的爹,他是从亲爹手里继承的皇位,弘治皇帝朱祐樘并非他的亲爹,而是他的伯伯,他没有打算过继给这个弘治伯伯(实际上是过继给弘治皇帝的皇后张氏)当儿子,把自己的亲爹变成自己的伯伯。不仅如此,他还得寸进尺,要给自己的亲爹亲妈争得一个帝、后的名位,因为弘治皇帝死,根据"兄终弟及"原则,应是他亲爹朱祐杬继位。由于朱祐杬也死了,才轮到他继位。嘉靖的胃口还不止于此,他还想把自己九泉之下的亲奶奶加上皇太后的名分。

以内阁首辅杨廷和为代表的朝臣们只能苦笑了。他们不断上奏，企图说明一个道理：你爹不是你的亲爹，你奶奶也不是你的亲奶奶，已逝的弘治皇帝尽管没有生你养你，但以他为亲爹，王朝血统才真正称为一脉相承，紫禁城体现的血缘政治才能严丝合缝、滴水不漏。他们越想越激动，终于在嘉靖三年（公元1524年）七月十五日，太和门御门听政之后，聚集在左顺门前集体请愿，酿成一起群体事件。上至九卿，下至翰林、部、寺、台谏诸臣，二百多人齐声呼号，在巨大的广场上形成一种空前的声音效果，史料记载："一时群臣皆哭，声震阙廷。"

他们忘记了，嘉靖是一个极其敏感自尊的人。登极时由于准备不足，礼部给他准备的龙袍略长，他就怀疑是朝廷官员瞧不起他，诚心出他的丑。直到杨廷和急中生智，说"此陛下垂衣裳而天下治"，才龙颜稍霁。此时，朝廷百官光天化日之下向他示威，那不是明摆着拿窝头不当干粮吗？这不仅不能吓住嘉靖，反而激发了他的斗志。一怒之下，嘉靖竟然下令逮捕闹事的官员。有一百三十四人被拘捕，另外八十六人待罪听候处理。两天后，又下令对一百八十多位事件参与者施以"廷杖"，就是脱裤子打屁股，直接间接被打死者，凡十九人。

嘉靖死活不肯向群臣低头，除了解决父母的名分、自己的出身问题之外，其实还暗藏着一个心照不宣的事实，就是皇帝和大臣争夺话语权乃至对王朝的控制权。对当事人而言，名分问题固然重要，但朝廷的主导权更加重要，双方都不过拿这事"说事儿"而已。

还有一个重要的时代背景，就是嘉靖所处时代，刚好是"王学"（王阳明之学）兴起的时代。对于程朱理学将"人欲"与"天理"对立起来的绝对化倾向，王阳明及时做出修补，提出"心即是理"，主张回到人的本心。嘉靖敏锐地觉察到这一时代主题的变化，紧紧抓住"王学"这一理论武器，向以杨廷和、杨慎父子为代表的"吃人"旧礼教发出挑战，不仅一举确立了自己在王朝政治中的主导权（那时他只有十八岁），也把自己推上了道德的制高点。

第四十八章

嘉靖即位的前二十年，嘉靖表现出极强的政治进取心，紫禁城也迎来了建筑疯长期，如嘉靖元年（公元1522年）重建文华殿，嘉靖四年（公元1525年）重建仁寿宫，嘉靖十四年（公元1535年）在乾清宫左右建端凝殿、懋勤殿，嘉靖十七年（公元1538年）建成慈宁宫，嘉靖十九年（公元1540年）建成慈庆宫……

然而，在嘉靖二十一年（公元1542年），杨金英等十六名宫女将一条黄花绳套在嘉靖柔软的脖子上，发生一场谋杀未遂事件之后不久，至嘉靖四十五年（公元1566年）驾崩，他的身影就再也没有在太和门出现过，从此隐居西苑，过起专心炼丹的生活。史书说："上就迁西苑……不复视朝。"[47]

对于新上任的臣子来说，皇帝犹如一个传说，从来没有出现过；而那些见过皇帝的旧臣，想必也已记不清皇帝的模样。

大臣们似乎忘记了，这朝廷还有一个皇帝。

权力的缝隙里，严嵩及其党羽的势力，如野草般猛长。

那个很有主见的少年天子，就这样一步步沦为被海瑞唾骂的"竭民脂膏，滥兴土木，二十余年不视朝，法纪弛矣"的腐朽皇帝。杨金英或许不会想到，她们的弑君行为不仅成为嘉靖皇帝个人生涯的拐点，也让大明王朝的剧情急转直下，从此走向万劫不复。

很多年后，人们向康熙大帝讲起嘉靖、万历荒怠朝政的旧事，还令康熙感叹不已。

在长达半个世纪的岁月里，康熙皇帝每天准时出现在乾清门。年轻时，他在早上七点（辰时）就已完成早朝，因此早朝常常是摸黑进行的（尤其在冬天）。后来照顾到大臣（因为大臣要提前两三个小时到宫门外等候），朝廷的作息时间改为春夏辰初三刻（约七点四十五分）、秋冬辰正三刻（约八点四十五分）开始早朝。有大学士奏请，早朝可以每三四日一次，不必天天举行，康熙回答："朕听政三十余年，已成常规，不日上御门理事，即竟不安；若隔三四日，恐渐至倦怠，不能始终如一矣。"人都是有惰性的，所以康熙才不敢耽于安逸，严格要求自己，每天凌晨不到四点就会起床，"未明求衣，坐以待旦"。

康熙说："（朕）无他欲，惟愿天下治安，民生乐业，共享太平之福而已。"

身为创业之帝，他深知这江山得来不易，你怠慢了天下，天下就会怠慢你。

临近下班时，人潮渐渐退去，天色渐渐暗下来，我有时会独自来到太和殿广场，站在粗糙的砖地上，看天空深蓝如海，听大风在身边横行，想宇宙苍穹之广大、生命之卑微。六百年了，不知有多少人站在各自的时空里，像我这样抬头看天，想着一些久远的事情。一个人面对宫殿，就仿佛独自面对天地山川、宇宙星河，给人一种寂寥感，像李白独坐敬亭山时所写："众鸟高飞尽，孤云独去闲。"群山之巅，坐着一个小小的人影，那人就是李白，被巨大的孤独包围着，让他感到茫然、无语。

上朝勤政，朝天祈愿，求的是王朝得到天眷，能太平清宁，繁华永固。但那些人，包括一代一代的天子，全都消失在虚空，只有这天穹，像当年一样干净和透亮，天边那颗北极星，永远在孤独地闪耀。

第四十九章

面对宫殿，我胡思乱想，如果我有选择颜色的自由，我会给宫殿漆上什么颜色？是土地似的棕黄，还是天空似的瓦蓝？那种童话般的色彩无疑会消解帝王的威严。只有血的颜色，是对权力最恰当的注解。它既诠释了权力的来路，又标明了权力的价值。如果有人对宫墙所庇护的权威感到质疑，那么，请你用等量的血来交换。宫殿简单明了地注明了权力的暴力内涵。如果你不进入权力系统，宫殿只是你视线中的风景；如果你对皇权发出挑战，那被残阳照亮的血色宫阙便时刻质问你，你所准备的勇气和牺牲是否足够。

在蓝色的天空下，红色的宫墙，以及宫殿屋檐下成排的红色立柱、门窗显得格外醒目。红、蓝这两种颜色对立得惊心动魄（色彩学上称为补色）。红色一直延伸到宫殿内部，比如那些巨大惊叹号式的大红漆柱。只有寝宫，色彩才恢复日常生活的本色，显示出温和平易的一面，像养心殿东暖阁，天花、槅扇均以木质本色取代了大红大绿的油彩，墙壁索性为白色的粉壁，或者糊以白纸，阁内散发着旧式家具的味道，坐榻边的古钟早已停摆，取消了时间的存在；在宁寿宫后面的乐寿堂，同样可以看到天花、槅扇的木质本色，满堂天花全部饰以木雕花纹，槅扇的槅心部分糊着蓝色纱绸，有的中央还加小块字画，上面有肥白的花朵，裙板和边框上用景泰蓝式的珐琅镶嵌，加上笔力粗重酣畅的书法匾额，虽不失高贵考究，但与庄严的殿堂相比，毕竟显出几分平凡古朴的书香气质。

  宫墙如血。朱棣显然对此别有一番感受，而且不仅在他做出迁都北平、重建宫殿决定的时候；当他决定参与那场命中注定的角逐的时候，甚至更早，他就已深知帝王之尊需要靠什么来换取。在他眼里，柏的行为完全是对其身份的背叛。那是一场风险和利益都最大化的游戏，人世间一场最大的赌博。游戏的结局暗藏着惊人的回报，但并不是所有人都敢把自己的命运压上去。

  许多年中，无人敢于向皇帝的权威发出挑战，无人胆敢参与到这场残酷的赌博中，帝王的威严令他们望而却步。因而，即使是孱弱的昏君，也能坐稳朝廷。像许多开国皇帝一样，朱元璋、朱棣父子在残酷的比赛中，以更大的残酷而成为赢家，他们赢得的资本使得他们的后代不断地享用着它们的利息，成为最受惠的食利阶层。纵然到了不堪一击的程度，仍鲜有挑战者出现。压力的缓解，使帝王的安全系数一步步增加，而帝王的勇气和才能一代代递减，沦为外表华丽的可怜虫，他们的宫阙也因其主人的孱弱而终将变得岌岌可危。

从景山的万春亭眺望紫禁城的时候，很容易想到一个人——大明王朝的末代皇帝崇祯。大明的江山到了朱由检的手里已经彻底输光。说起来朱由检还算是个励精图治的皇帝，屡次下诏减膳，堪称艰苦朴素、以身作则。但社稷的气数已尽，他刚好赶上了大厦倾覆的最后一个环节。

李自成打到北京的时候，朱由检在乾清宫杀死袁贵妃，女儿长平公主和幼女昭仁公主次晨仓皇出逃，他登上景山，恰好站到我现在站的这个位置。所以，他眼里看到的景物和我现在所看到的几乎没有不同。他看到的是自己的祖先朱棣建立起来的辉煌宫殿，层层叠叠的屋顶在夕照中反射着黄金一样的光芒，仿佛王朝盛世的回光返照。清人王誉昌《崇祯宫词》里写：

风摧败叶一时散，

水漫浮萍随处生。

莫笑杞人忧自剧，

果然此日见天倾。

我猜他会流泪——面对不再属于他的重重宫阙，但山顶上呼啸的风会将泪水吹干，他感到脸上紧绷绷的。这场豪赌让他体验了人生的两极——由至尊到至悲，失败剥夺了他生存的意义，留给他的，只有死亡一条路。

朱棣目睹了元朝大内（紫禁城）的毁灭与大明皇宫的崛起，他显然对王朝的灭兴深有感触。但是，当他第一次看见紫禁城时，他还来不及思量前朝的灭亡，更无法预想几百年后，他为压胜前朝的"风水"而堆筑的万岁山（即景山），反倒成为帝国消亡的死穴。我看到永乐十八年，皇帝的冠盖车辇自地平线上蜿蜒而来。士兵身上锃亮的铠甲上，红色的反光越来越明显。朱棣来到了紫禁城前，身后是他的军队和国家。从承天门（即天安门）、端门穿过后，午门突然出现令他半天没有说话。高大的午门与南京的城门几乎相同却又有所不同。他思量半天，说不出心中的感觉。显然，北京的皇城更加气势威严。那血红的宫墙令他联想起权力的资本。这时摆在他面前的事情只有一件：从中间的门洞快速进城，奔向那在寂寞中等待已久的龙椅。

第五十章

"六百年的故宫,那么沉重。我不想沉重,我想轻灵,想自由,像从故宫的天际线上划过的飞鸟。为此,我找到我自己的方法。营建这座城是有方法的,否则,像这样一座占地72万平方米的超级工程,在那个没有起重机的年代,是不可能在十五年之内(主要工程在三年半内)完成的。表达故宫,必然也要找到方法,才有可能找到一个支点,撬动这个庞大的主题。雨果写《巴黎圣母院》,罗兰·巴特写《埃菲尔铁塔》,三岛由纪夫写《金阁寺》,都成为了世界文学的经典之作。当然,他们都是伟大的作家,我不可望其项背,但他们的作品,至少证明了写作的可能性,即:通过文字来驾驭一座伟大的建筑是完全可能的,甚至可以说,文字不仅描述了一座建筑,甚至构成了一座建筑。"[48]

过去我们看紫禁城,都是由外向内看的,那是我们的视角、今天的视角。但在当年,紫禁城的居民们(尤其是皇帝)不是这样看的,他们的视线正好相反,是由内向外的。我们说紫禁城居天下之中,太和殿又是紫禁城的中心,说紫禁城前朝后寝,都从我们的视线出发,穿越一层层砖墙的围困,最后抵达紫禁城的。

而大多数皇帝生来就住在寝宫（明朝皇帝大多住在乾清宫）里，就像一只寄居蟹，居住在螺壳里，生于斯，死于斯，天经地义，以至于许多皇帝至死都不知道外面的世界是什么样的。所谓皇帝，其实就是寄居在硬壳里的软体动物，寝宫是他们铁打的营盘，上班时才到前朝的大殿去——明朝奉天殿烧毁后，皇帝曾在奉天门听政，到清代康熙以后，改在乾清门前听政，从而缩短了每天上班的交通距离。雍正以后，皇帝朝见大臣改在了后宫里的养心殿，今天游人汇集喧闹的太和殿，其实是皇朝平日里最冷清的地方。因此，住在紫禁城里的人（皇帝、后妃、太监等）看这座城，与我们惯常的眼光刚好相反。他们的视线不是穿越了外部世界的层层围困才能看到这座城，而是穿越了这座城才能看到外部世界。视角不同，必将带来思维、行动乃至命运的不同。因此我想，我应该改变自己的视角，由内至外地写紫禁城，如此，我才能更深刻地观察这座城，体悟"城里人"的命运与结局。

第五十一章

紫禁城是一个巨大的空间的存在，一个巨大的空间意识形态的载体，它以巨大体量，表明皇权对于天下的绝对占有。一个人，无论有着怎样的传奇履历，一旦进入紫禁城，就像一粒尘埃飘进沙漠，变得无足轻重，必须听从于宫殿在空间上的调遣——他的行走坐卧，必须遵守空间的法则；只有皇帝相反，因为只有他才是宫殿的主人，几乎可以不受限制地出现在任何场合，太和殿上的那把龙椅，使他成为所有视线的焦点，而不至于被巨大的空间所湮没。

帝王通过宫殿，占有并操纵着所有人的身体。早在古典时代，权力就已经把身体当作自己的对象和目标。于是，它以各种方式，完成对身体的管束和征用。帝国的仪式，便是其中一种方式。而宫殿，则是安放仪式的器皿。没有宫殿，所有的礼仪都将丧失它的严肃性和有效性。福柯将它称为"一种支配人体的技术"，它的目标是"要建立一种关系，要通过这种机制本身来使人体在变得有用时也变得更顺从，或者因更顺从而变得更有用"。它创造了"既是建筑学上的，又具有实用功能的等级空间体系"[49]。紫禁城通过对他人身体的征用与控制，建立了一种权力的模板，并在帝国的范围内，通过级别不同的建筑得以贯彻和执行。

这也是中国自秦汉帝国时代以后，纪念碑式建筑层出不穷的原因。早在"郁郁乎文哉"的周代，以建筑为标志的大地重塑运动就轰轰烈烈地展开了。齐景公修筑了宏伟的柏寝台，站在上面，他看到了自己国土的辽阔，这使他在想象和现实中获得了双重满足，他由衷地感叹："美哉，室！其谁有此乎？"[50]赵武灵王修筑了野台，更使他的目光超越了王国的边界而抵达比邻的齐国[51]。楚庄王以他不可一世的"五仞之台"向诸侯显示权威，宾客们战栗的手几乎握不住酒杯，他们众口一词地说着："将将之台，窅窅其谋。我言之不当，诸侯伐我。"[52]诗人屈原在投江前写下他著名的楚辞——《哀郢》，使我们在两千多年后，仍可目睹楚国郢都玉碎宫倾的宏大场面，坍颓的宫殿轻而易举地压碎了诗人的脊梁。

宫殿是帝王权力和野心的纪念碑。早在20世纪20年代，希特勒在他著名的慕尼黑啤酒馆演说中就直言不讳地指出："建筑是一个国家权力和实力的重要象征，伟大的德国必须要有伟大的建筑与之相应。""我们拥有新的意识形态和对政治权力的不懈追求，我们必将创造我们自己的建筑史书。"希特勒上台后，他在建筑上的野心在第三帝国的疆域内得以充分的施展，成为他疯狂事业的一部分，他和他宠爱的建筑师们准备在柏林原市中心的西边，重新建设一个新的中心，一个以"日耳曼尼亚"命名的世界首都，一个由希特勒的元首府、戈林的元帅府、一系列纪念碑、政府部门和商业中心组成的超大都城，其中的圆顶大会堂主体高达1000英尺，能一次容纳18万人，而那一系列"胜利纪念碑"，在"胜利"还遥不可及的时候，就已经迫不及待设计完成，强化着纳粹的权威和不可战胜的光环。

他们的新柏林计划如此庞大、如此威势逼人，在评论家的眼中，俨然"一个邪恶狂热的白日梦"。与它相比，伦敦唐宁街10号的英国首相官邸，实在是不值一提，它只是一处平易的乔治亚式连幢屋，居住其中的英国首相，与一位普通的公职人员没有什么不同。在他们看来，只有那些没有安全感的独裁者才会建造像贝希特斯加登鹰巢一样庸俗的东西，或者是需要威尼斯宫巨大的文艺复兴厅来壮胆——这个文艺复兴厅一度是墨索里尼在罗马的办公室。

第五十二章

帕金森发现，存在着一个"办公大楼法则"，那些依托于壮丽、豪华的办公大楼的机构或组织，存活时间都十分有限，包括凡尔赛宫、布伦海姆宫、白金汉宫、英国殖民部办公大楼、国际联盟大厦等，其中有些组织，在他们纪念碑性的大厦落成之后没有多久，就无疾而终。相反，那些在简陋房屋里办公的组织，却更能得到时间的认可。

其原因并不复杂，形象工程不仅带来沉重的财政压力，而且很容易转移一个组织的目标。他们企图通过纪念碑式的建筑物表达他们对永恒、不朽的期许，以抵抗流逝的时间，却适得其反，他们得到的，恰恰是时间的否决。

在中国，最典型的例子来自秦代，秦始皇以营造长城、阿房宫、秦皇陵等超大型建筑的方式，耗尽了自身的生命能量。自秦以后，除了清代继承了前朝的宫殿以外，各个朝代几乎都会另起炉灶，重新营建自己的宫殿，作为自己王朝强盛的象征。这使那些宫殿无论多么宏伟都如昙花般一闪即逝，更重要的是，这些不可一世的宫殿内部已经暗藏了对这个王朝的咒语。

无可否认，"修造建筑物有着情感上和心理上的目的，同样也有意识形态的和实用的原因"，"科学和技术一般独立于意识形态之外，而建筑则不然。它本身可以承载大量的特殊信息，既是一种实用的工具，又是一种有表现力的语言"[53]。

如前所述，紫禁城的意识形态，就是在矮化人民身体的同时，把帝王推举到一个至高无上的地位上。在这一点上，世界上没有一座宫殿比紫禁城做得更加到位。紫禁城的面积是法国卢浮宫的四倍，俄国圣彼得堡冬宫的九倍，英国白金汉宫的十倍，欧洲最大宫城——莫斯科克里姆林宫，面积也不足紫禁城的一半。可以说，无论是忽必烈的故宫还是明成祖朱棣的紫禁城，都在某种程度上具有世界意义，不仅中国朝廷的文武百官自大明门经过漫长的千步廊，经天安门、端门、午门、太和门，进入太和门广场时，面对蓝天下那座有着飞翔动感的超级殿宇顶礼膜拜，连最早进入中国宫殿的西方人，当他们面对那些宏大的殿宇和漫长的朝拜之路，他们的意志也会彻底崩溃，他们留下这样的记录："他穿过一堵又一堵空墙，走过一重又一重殿门，发现其后不过是又一条平淡无奇的路，通向另一堵墙、另一重门。现实虚化成梦境，目标就是在这个线性迷宫的遥远尽头。他如此专注于这个目标、如此期待着高潮的到来，但这高潮似乎永远也不来临。"[54]

五百多年后，德国设计师施佩尔为希特勒设计的新总理府使用了相同的建筑语言——那座已经完成的、占地16.3万平方英尺的旧总理府已经不能满足希特勒的胃口，一座计划占地两千五百万平方英尺的新总理府应运而生。从新总理府正门抵达希特勒办公室门前的路程长达半公里，这条森然的长路会对所有的觐见者进行心理施压，使所有与德国元首平等对话的非分之想都土崩瓦解。

中国皇帝将无形的权力化作有形的宫殿，又将有形的宫殿化为无形的权力。紫禁城不仅为帝国的等级建筑建立了一种模板，也为帝国的社会形态建立了一种模板——它的建筑与它的社会，完全形成了一种同构关系。

朱元璋说："为天下者，譬如作大厦。"将"天下"与"大厦"的同构关系表露无遗。朱元璋生于乱世，亦成于乱世，没有人比他更知道乱对于他的王朝社稷意味着什么，把社会改造成原子状态并非他的最终目的。散沙在风吹日晒之下，也会自由流动，形成沙丘，构成新的不均匀不稳定状态，他必须用"草格子固沙法"，为流沙建立一种强大的规范。"朱元璋盘踞在帝国的中心，放射出无数条又黏又长的蛛丝，把整个帝国缠裹得结结实实。他希望他的蛛丝能缚住帝国的时间之钟，让帝国千秋万代，永远处于停滞状态。"[55] 帝国的律令、制度，形成了一座无形的宫殿，使整个社会形成了一种层层有序的环形结构，只有皇帝居于那些同心圆的中心，通过一层层的国家机器对他们进行监视。

大明王朝延续了元代的职业世袭制，把帝国人口分工农兵三大类，在三大类中再分成若干小类，组成一个牢固的金字塔结构。每个人的职业先天决定，代代世袭，任何人没有选择的自由，比如一个裁缝的儿子，只能以缝纫为生，不论他是否残疾。同时，帝国实行严格的户籍制度，如同钉子，把每个人钉牢在原地，即使发生灾荒,也不能逃难,而只能死在原籍。

在用一个严密而均匀的大网网罗了他的人民的同时,朱元璋还写了《授职到任须知》《皇明祖训》等文件,为官员乃至皇族子孙确定行为规范。他像一个教练,对所有人进行规训,把人民变成木偶,"每个动作都规定了方向、力度和时间。动作的连接也预先规定好了。时间渗透到肉体之中,各种精心的力量控制也随之渗透进去"[56]。

宫殿的投影,覆盖整个国土。

第五十三章

紫禁城不仅表明了空间的哲学,也暗藏着时间的秘密。今天走进紫禁城的人对于紫禁城的阅读是历时性的——他必须从一个宫殿走到另一个宫殿;同时也是共时性的,因为每一座宫殿,都是时间叠加的结果,曾经的历史云烟、风云际会,都会同时展现在人们面前。

从这个意义上说,整个紫禁城就是一个巨大的计时器,记录着日升月落、王朝灭兴,每一个皇帝都会出现在上一个皇帝曾经出现过的位置上，所有发生过的事情，在宫殿里都可能重演，当人们走进一间宫室，面对一件器物，附着在上面的已逝时间就会不分先后地浮现。宫殿如同一个循环往复的时钟，历史围绕着它，周而复始地运转。

接踵而至的帝王年号、历法，像钟摆一样，执行着计时、报时的功能，为宫殿提供着时间的刻度，整个世界，必须依据宫殿的时间表核准自己的时间，决定各自的行动。皇帝御门听政，常在拂晓前进行，整个朝廷的办公时间，都必须根据帝王的生物钟制定；帝国的时间表——科举、征税、征兵等等，决定着日常百姓的命运；钟鼓楼上的晨钟暮鼓，更把帝王的权威渗透到市井生活中。宫殿通过时间将政治权威合法化，将帝国的一盘散沙纳入一个完整有序的网络中，它对帝国的控制，比空间更加有力和彻底。

然而，帝王在通过时间来贯彻自己的权力意志的同时，他自己也处于时间中，接受时间的安排。他可以控制自己在空间中的位置，却不能改变自己在时间中的位置；高大的宫殿凸显了他的伟岸，而无边的时间却反衬了他的渺小。

紫禁城的每一座宫殿、每一件器物，都向他提醒着时间的存在，因为那些宫殿和器物都是在穿越漫长的时间之后抵达他面前的，有着无比复杂的履历。它们既指涉"过去"，也指涉"现在"，它们构成了对时间秩序的视觉表达，它表明，所有的"现在"都将沦为"过去"，一切皆在时间的流程之中，而宫殿，则同时存在于"过去时"和"现在时"两种时态中。皇帝自己，也只不过是这一巨型钟表上的一个零件而已。每一任皇帝，尽管都是宫殿里过客，但他们无一例外地表现出对于时间的超强敏感和持续渴望。这使他们变得无比焦虑。我想起王莽在公元3世纪建起的明堂——一座履行着计时器功能的奇特建筑，美术史家巫鸿先生把它称作"古代中国创造的最复杂的皇家礼仪建筑"，它把"时间、空间和政治权威所构成的三角关系变得更为复杂和有机"[57]。据说明堂是由远古时期的圣贤发明的，但这一古老传统在很大程度上被周代以后的人们所遗忘。《汉书》云："是岁，莽奏起明堂……"[58]

在这座明堂的顶部，是一个被称作"通天屋"的观象台，底层围绕四周的，是代表着十二个月的十二间屋室，皇帝每年都要从东北角的第一间屋（阳气源起之处）开始，按顺时针方向，在每个房间轮流居住。不仅皇帝的空间位置，甚至他的一切活动，如政务、吃穿、乐（yuè）事、祭祀等，都与月令相对应，他在空间中的辗转和漂移，也同时在时间中完成。他试图以此化解帝国政治与时间的冲突，完成权力与时间的同构关系。但是它们的和解只是暂时的，如今，当皇帝接二连三地在明堂出现和消失之后，明堂自身也在时间中隐遁了。直到朱棣时代，紫禁城中的中和殿，周代明堂九室的形式才得以仿制——据说它保存了自夏商以来即已有的四面合围成庭院的廊庙形制，成为引导我们回溯历史的一个路标。

作为大明王朝的死穴，在紫禁城的正北方，景山见证了大明王朝末代皇帝崇祯的死，朱棣的权力意志不能挽救他的后裔，景山也因此具有了墓地的性质——它不仅是崇祯的墓地，也是朱棣的墓地，是一切权力欲望的墓地。这一空间组合使紫禁城的隐喻性质变得更加明显——紫禁城是由帝王控制的超级时间机器，景山则陈列着帝王在时间中的尸骸。太和殿并非皇帝永恒的幸福之源，而只是他暂时的驿站，一个又一个的皇帝在时间中从太和殿鱼贯而入，又排着队，奔往北面的超级坟墓。他们在时间中挣扎和躁动的心，只有在沉寂的墓地里，才能得到安宁和拯救。

第五十四章

不仅帝王，连宫殿本身也深陷于时间的控制中。尽管帝王企图通过宫殿来施展他对永恒的期许，但时间告诉他，这种努力是荒谬的——世界上绝不会有一座永恒的宫殿，它如同任何事物一样，都必须接受时间的裁决。

在前文中，我描述了紫禁城生长的过程，却没有写到它的死亡；其实，每座宫殿，都经历着生与死的过程。对于宫殿来说，生存与毁灭，决不是一个问题，因为它每时每刻都存在着，也每时每刻都毁灭着。生与死对它来说并非时间上的接续过程，而是同时并存、相互渗透的。它们从两个相反的方向对宫殿的意义进行着诠释——所谓宫殿，只是一个权力的幻象，既是实的，又是空的，既带来自慰式的满足（如朱棣），又带来空虚与破灭感（如屈原）。

紫禁城既是一座金碧辉煌的宫殿，也是一座时间中的废墟。当帝制已成为往事，人民成群结队地拥入故宫，这座宫殿就不再具有丝毫的私人性质，它也就被从历史的母体中剥离出来，变成历史的标本。于是，它绚丽的图景都已经不在历史的情境当中，也无法与它所处的历史环境形成互动关系，它变成了一座失去了弹性与活力的建筑。人们可以进入它，观赏它，却无法与它发生实质性的联系，从这个意义上讲，故宫无论怎样完整，都改变不了它的废墟性质——它是用来凭吊、观看、探寻、研究的，这与肇建者的初衷背道而驰。

尽管故宫的许多宫室都依原样阵列，但无须苛求管理者，一百八十多万件（套）文物全部回到它的初始环境中，无论如何是做不到的；出于观看的方便，故宫的各种藏品——青铜、玉器、钟表、珍宝等，被分门别类地陈列和展示，迎接着售票口长长的队伍，而更多的藏品则深藏于地下库房，像那些消逝的帝王一样，被置于永恒的黑暗中。（这更表明了故宫的死亡本质——所有的宝物，都是作为已逝帝王的随葬品存在的。）这种"消解原境"（decontextualization）的研究方式完全是沿用西方主流的研究方式，据说这种研究方式导致了形式主义学派（formalist scholarship）研究的盛行，却同时遮蔽了我们探究历史真实的目光。

我们根本没有可能打量紫禁城，紫禁城是一个真正的黑箱，闲人免进；而当我们能够打开它的时候，它已经变成历史的遗骸，不再履行昔日的功能，无论怎样人满为患，它都是一座失去了主体的"空城"。

第五十五章

然而，对于这一死者的庞大躯壳，人们从来没有放弃过对它的"重塑"的愿望。郑欣淼先生将在紫禁城历史中反复进行的"重塑"运动概括为三个方面，即：重建、改扩建和保养维修[59]。著名的紫禁城三大殿（太和、中和、保和），在永乐、嘉靖、万历、康熙年间均不同程度地先后焚毁过，又一次一次地浴火重生。帝国的意志仿佛蜥蜴的身体，有着顽强的重生再造功能，使那些由梁柱拼接起来的壮丽线条，不被岁月轻易涂掉。与此同时，它的增建、移建和扩建工程，以及对它的"三年一小修，五年一大修"，历史上从来就没有停止过，这使紫禁城几乎成为一个永久性的建筑工地。它以此表达着对时间侵蚀的顽强抵抗。实际上，如前文所述，公元1420年建起的那座紫禁城，也非凭空而生，而是一个再生之地，因为它是周代建筑原则（即"前朝后寝""左祖右社""五门三朝"）在明代大地上的投影，是对过往的"建筑记忆"的呈现。所以，1420年的紫禁城，与1520、1620、1720、1820年的紫禁城一样，同时兼任着新城与旧城的双重角色，我们在里面可以同时发现生长、衰老、死亡和复生的痕迹。

这使我每次走进故宫的时候都有一种恍惚感，类似于石涛在《秦淮忆旧》册页中表达出的那种既依恋又想摆脱的复杂心理，因为我同时见证了它强韧的生命力和衰朽的荒芜感。尤其在故宫大修的时候，我曾经在一些现场，比如建福宫，看到一些崭新的构件出现在紫禁城斑驳的框架内,更何况这场规模宏大的木质运动中,"木"再度申明了它在古老阴阳五行体系中作为生命力象征的正统地位:"木是东方、春天和生命力的伟大象征。不仅如此,从汉代开始,几乎所有的儒学家和道学家都认为,龙就是木神,代表东方精神,龙来自水,代表木的生命起源,龙口吐出火焰,象征木能生火的物理本性。尽管龙没有建立独立的神学体系,但它的灵魂却以器物方式渗入日常生活,成为木质文明的隐秘核心。在某种意义上,龙与木是同一种事物的不同表述。"[60]

另一方面,故宫又无疑是一座巨大的废墟,"故宫"是一座以"故"来命名的"宫",那些被挖掘出来的明宫基址,还有那些年久失修的偏僻宫殿,都透露出它的废墟性质。春天的时候,慈宁花园遍地的野花已经没膝,在风中像海浪一样摇曳,乌鸦聒噪着,在苍老的梁脊上成群地起落。这样的图景,表明我们都是"后来者""迟到者",历史早已在我们到来之前发生,而现在,不再有"历史","现在"的时间与"历史"是脱节的,尽管它们在空间上是重叠的,但它们在时间上是不连贯的。我们身处"现在",无法目睹"从前"的宫殿;我们看到的,只是历史缺席之后的虚空。废墟的"墟"字中包含着两重含义:它的"土"字旁,表明了废墟的物质属性,而右面的"虚"字,不仅注明了它的发音,更表明了它的精神属性——它是空的,是历史在现实的水面上的一个投影,我们可以看见它折射出的光芒,却不能真正把它掌握在手里。所以,我们只能像《哀郢》中的屈原一样,缅怀历史中的宫殿,它永远不可能再是历史本身,而只是历史的视觉呈现,是我们感知历史的"现场"。

所以,在我的眼前出现的,至少有两个故宫——生机勃勃的故宫和垂死挣扎的故宫。生与死这两种对立的运动,在宫殿里同时发生,我们甚至可以听见它们较量的声音。这使得对故宫的叙述变得无比艰难——我们很难掌握叙述的时态;叙述的口径,也容易变得含混不清。

第四卷 阳具

皇帝是宫殿里住着的唯一长有阳具的人。

这有些奇特,尤其在夜晚,在那些品级不同的文武百官们过客般地消失之后,在白天的喧哗之后,72万平方米、8707间房屋的紫禁城内,共计只有一个阳具。

第五十六章

娘把孩子领到西华门外,交给了"快刀刘",就再没回来。娘的离去,令孩子感到无依无靠。快刀刘是京城赫赫有名的净身师傅,受过皇封的,六品顶戴,比县太爷还高一级,据说每季要向朝廷内务府供奉四十名太监。娘托了熟人,人家才答应的。但是穷到了这一步,也没什么好孝敬他的,只说孩子日后在宫中得了富贵,再报答他。娘背来二十多斤小米,几担柴,几刀窗纸,一统交给师傅,是日后给孩子用的。娘央求师傅快点动手,孩子是死是活,全凭他的造化了。娘不敢多说,因为她已哭得喘不上气来。她的目光最后在孩子的脸庞上扫了一下,就拉开门，跑了。娘那一扫令孩子的心骤然发紧，在她拉开门和关门的瞬间里，阳光蹿进幽暗的屋内，又突然消失，令孩子略微有些眩晕。

从胡同口能够看到西华门。门后面就是皇城，里面是皇帝住的地方，亭台楼阁，像仙境一样，还有许多仙女一样的嫔妃穿梭其间。娘在来方砖胡同的路上对孩子说了这些话，还说，只要忍下刘师傅这一刀，就像过了一道门槛，以后的路就好走了。刘师傅可以把你送进宫去，天天在宫里待着，和宫女一起侍候皇上。不仅可以得到皇帝的封赏，混好了，还有享不尽的荣华富贵。所以来的路上，孩子使劲看了看西华门。他不知道这门里到底有多深，如同他不知道那一刀到底有多疼。

第五十七章

皇帝是宫殿里住着的唯一长有阳具的人。这有些奇特，尤其在夜晚，在那些品级不同的文武百官们过客般地消失之后，在白天的喧哗之后，72万平方米、8707间房屋的紫禁城内，共计只有一个阳具。这个阳具跃跃欲试、生机勃勃、威武无比，然而巨大无边的空间又使它无所适从，茫然不知所向。繁密的后宫存在着某种巨大的空白，这些空白需要皇帝的阳具去填补。这既是皇帝的权力，也是皇帝的责任。皇帝的绝对权威要求他的阳具像劳模一样勤勤恳恳、任劳任怨。

除开国皇帝外，后世帝王往往生于宫殿，长于宫殿，他们的生命力呈递减趋势。皇帝的威严是通过占有欲和侵略性来塑造的，而帝王阳具在宫殿里的垄断地位，恰好凸显了帝王的侵略性，只不过随着时间的推移，这种侵略性一天比一天微弱，只能对付女人，一出宫墙就弱不禁风、消散无形。

都城的核心是皇城，皇城的核心是皇宫，皇宫的核心是太和殿，太和殿的核心是皇帝，皇帝的核心乃是他的阳具。于是，阳具也就成了大殿的核心、皇宫的核心、皇城的核心、都城的核心，乃至整个江山社稷的核心。它如同玉玺，是权力的象征，是一种从未公开的图腾。它衰弱还是坚挺，牵动着整个国家的命脉。

按说皇帝的阳具和贫民的没有区别，但那只是从生理学的意义上讲，假如从社会学的意义上讲，那差别可就大了。可以说，这是两种不同性质的阳具。皇帝的阳具是他行使帝王权力、体现帝王价值的重要工具，它暗示着皇帝对于国家的绝对占有，跟百姓那些微不足道的阳具比起来，有着无比巨大的附加值。

女人、臣民、江山、政治，无不是皇帝的胯下之物，即使皇帝是虐待狂，他的每一个动作也无不表现出亲切的关怀和超强的驾驭能力。每一个臣民都应谢主隆恩，都应为他出色的阳具而作赋颂歌，都应摆出幸福的表情并且发出充满快感的呻吟。

这个阳具长在皇帝的身上无疑是无比幸运的。它被龙袍、宫墙、城池层层包裹，安全、高效，而且荣耀。其他人，特别是没有任何上升之路的平民，要想跨入那厚厚的红门，走进这个代表权力的巨大庭院，则必须以牺牲阳具为代价。可见，阳具的命运在皇帝身上和在平民身上是多么不同。这证明了阳具的特殊地位：

首先，它是重要的，除去头颅之外，它是一个男人能够付出的最大代价，尤其对于一个一无所有的男人来说，要想扭转自己的命运，所能支付的最大投资，就是他的阳具。据《弇山堂别集·中官考十》记载："南海户净身男九百七十余人复乞收入。"一个小村子里，竟然有着如此庞大的自宫队伍。天启三年，朝廷征募宦官缺额三千人，应征者竟多达两万人。朝廷无论如何无法想象，为什么会有如此多人前来应征？无奈之中，只好增加一千五百个名额，余者安置在京郊南苑的收容所。甚至仕途，有时也不得不搭上阳具。比如五代十国时期，南方有个小朝廷叫南汉，其皇帝刘伥就下令要求凡是朝廷任用的人，无论是进士还是状元出身，一律要阉割。阉割成为当时的知识分子们为他们所报效的朝廷所做的牺牲。需要指出的一点是，古代的阉割技术并不过关，尤其是偏远落后的乡村，阉割成为一种死亡率颇高的手术。据《万历野获编补遗》记载，明代天顺年间，镇守湖广贵州的太监阮让曾将俘获的东苗童稚1565人强行阉割，到上奏的时候，已经死亡329人，又买了同样数目的孩子填补空缺。直至明代，仍有如此多人在阉割后短时间内丢掉性命。但死亡的威胁并没有阻止人们争先恐后的脚步，主要是因为向贫瘠的生存条件就范，死亡率更高。而阉割入宫，或可寻条生路，而且还保留了发达的可能性。高死亡率增加了投资成本，也暗示着回报的可观，因而从事这项高风险投资的人在千百年中络绎不绝。

其次，它是危险的。它连接着欲望，而欲望又是危险和邪恶的同义词。于是，男根通常被作为孽根而予以铲除。南汉王刘伥之所以把知识分子们的阴茎齐刷刷割去，也是因它们妨碍了这些效忠者们的六根清净。

第三，也是更主要的，阉割突出了皇帝的绝对权威。它不仅剥夺了众人身体的健全，也剥夺了他们的人格和尊严，使他们失去了与帝王对话的资格。失去了阳具的男人显然已算不得男人，他们被置于不男不女、不人不鬼的境地。这种身心俱残的境地，正是帝王所需要的，没有它，帝王就很难成为完美无缺的神，让人景仰和供奉。

第五十八章

但是这一切都与眼前的这个男孩儿无关。他只隐隐约约地知道皇帝的存在，知道他主宰天下，无所不能，甚至还无法确定他究竟是庙里的神还是真实的人。至于所谓的荣华富贵，还是一个不切实的远景，根本来不及去想。眼下关键中的关键，是他能否挺过这一刀。

孩子对于疼痛的最初记忆来自童年的一次悲剧。那是一次大规模的流亡。望不见首尾的流民队伍仿佛山坳里一条黏稠的河流，人们背上的包袱如同河流上的肮脏的漂浮物。突如其来的号叫将孩子从梦中惊醒，娘怀抱着他奔跑，他看到山峦和天空剧烈地抖动。没等他抬眼看清眼前纷乱血腥的场景，一片寒光已向他的头顶飞泻下来。娘下意识地用胳膊去挡，却听到劈柴似的一声脆响，那只纤巧的、曾用来绣花的手，在孩子脸上弹跳了两下就落了下去。大刀在娘的手臂上遇到阻力以后，又的呼喊堵了回去。他憋得几乎透不过气来。剧烈的痛感像几条敏捷的蛇，从中间迅速蹿向四周，从他两腿之间蔓延到脚趾尖，他的大脑几乎被那疼痛击昏，但是身子还在激烈地打挺。已经僵硬的小腹还在拼命地用力，企图将自己的睾丸挤出去，仿佛那柔软的丸粒将带走疼痛。睾丸终于被挤出来了，他感到空虚的下身又被什么东西糊住。是事先片好的两片猪苦胆被贴在阴囊两边，以起到止血作用。

孩子觉得自己像融化的冰块一样瘫软下来。他的头发里已全是汗水，身上的汗已在木板上印出一个清晰的人形。昏沉中，男孩听到师傅磨刀的声音，那金石相互碰撞摩擦的声音，像奔跑的鬼魂所挟带的风声，凄厉而嘶哑。师傅在准备第二步：割势，就是割掉阳具。作为身体的一部分，阳具是上帝所造，要改变上帝的意志，显然要付出超常的代价。他感到阳物被师傅用手掐了掐，然后根部被掐紧，刀子在阳物被掐处划过一条深深的弧线。那条弧线开始并没有出血，而是泛起一道白痕，直到刀子已经划出一个平整的截面，尚未完全脱离身体的阳物歪到一边，鲜血才大面积地涌出，如同邪恶的花朵，迸放出肥厚和不规则的轮廓。刀片围绕那柱状物体行走了一周，划了一个完整的圆圈，严丝合缝，完美无缺。师傅把割下来的阳物掂在手里，像面对一件精心制造的艺术品，不无得意地对孩子说："孩子，熬出点名堂，敲锣打鼓把它取回去吧，没了它，你都进不了祖坟。"

师傅把一根剪好的大麦秆插入创口上的小洞，否则肉芽长死，撒不出尿来，可以把人憋死。然后把另一个猪苦胆劈开，呈蝴蝶形，敷在创口上。迷离中孩子觉得分外口干。他央求师傅给点水喝。师傅拿起一个事先剪了小口的旧皮球，从瓦罐里吸水，又举到他的唇边挤出几滴。他干燥的喉咙被苦涩的水滴蜇了一下。他想尿尿。当然他不可能有尿，只是下意识地想尿。尿尿的冲动加剧了他下身的痛感。他已经没有阳具了，但他依然觉得阳具在那里固执地抽搐，仿佛被暴雨淋痛的小鸡。

第六十章

在遗弃男人身体上最重要的部分之后，他们终于成为宫廷的组成部分。阳具安置在宝匣中，如同玄秘的钥匙，为一介平民打开宫殿之门。

他们是勤杂工，司掌着宫内及苑囿有关各处的守护、陈设、洒扫、坐更及巡察火烛等事，运水添缸、安设熟火、运送木柴煤炭、宫内烧炕。

他们是保管员，收藏列祖实录圣训，收贮赏用器物。

他们是秘书，侍候宸翰及收掌文房书籍笔墨物件，登载内起居注，还要收藏御宝、勋臣黄册、鸟枪弓箭、内库钱粮及古玩书画器皿。

他们是保安，负责晨昏启闭，稽查臣工出入，呈报值宿侍卫名单。

他们是仆人，侍候御用冠袍带履，随侍执伞执炉承应，收贮皇帝的甲胄，铺陈寝宫帏幔。

他们要及时检验自鸣钟时刻；他们司掌皇帝的茗饮果品、各处供献，并在宴席中随侍。

他们司掌皇太后、皇后、嫔妃、皇子、公主生活起居一应杂务。

他们司掌陵寝有关杂务。

他们是播音员，传宣谕旨，承应请轿。

他们是接待员，带引召对人员，承接题奏事件。

他们是医护人员，带领御医各宫请脉及煎制药饵。

他们是驯兽员，畜养鹰鹞、猎犬、鸽子及其他禽兽，饲养仙鹤池鱼。

他们是园丁，培浇花树。

他们是祭司，司掌祭神省牲。

他们是道士，奉诵经忏、焚修香火。

他们是僧人喇嘛，主修佛事。

……

显然，没有太监，宫殿只能是一堆华丽无比的零件，它需要有人把它们连接拼合成一幅完整的拼图，而这项使命只能由一群卑贱者承担。太监离政治的神秘性最近，他们往往比皇帝本人更了解宫廷的秘密——也再找不出什么人能够像他们那样了解宫殿里的一砖一瓦，以及宫廷里各色人等的细枝末节。无论是威严的仪式，还是诡秘的情事，离开太监就得瘫痪。因为有太监在场，就意味着始终有眼睛在场，从这个意义上讲，太监取代皇帝成为宫廷里全知的上帝。

因而，太监与皇帝的相互信任十分重要——皇帝、后妃的心腹太监，常与他们心照不宣，达成高度的默契。清代的著名太监李连英，为慈禧太后献上一个马桶，桶底铺以香灰，使得这位更年期老女人出恭时令人难堪的声响不被两旁侍奉的宫女听见，弥溢的气味不被宫女闻到，从而最大限度地维护了她的形象。谁还能够如此体贴？恐怕只有心腹太监能做到。这样的零距离接触，又必将使太监扮演更复杂的角色，甚至由服务性行业直接进入各级领导班子。明代权阉王振、刘瑾、冯保、魏忠贤等，不仅总管内廷事务，而且干涉外廷朝政，确如黄宗羲《明夷待访录》所说的,"无宰相之名,有宰相之实"。

他们掌握军权。明永乐八年,太监王安奉命出监都督谭青等军,另一名太监马靖奉命巡视甘肃,从而开辟了中国太监监军的先例。永乐末年,太监已经直接出镇地方。

他们执掌东厂,这一由明成祖朱棣在永乐十八年亲手缔造的特务组织,权力已经超过了朱元璋创建的锦衣卫。东厂使得太监们的创造力终于获得了用武之地,内心压抑扭曲的他们发明了许多刑罚。他们越发精通化学和机械原理,疯狂地炮制各种毒药和刑具,并极大地带动了相关产业的发展,比如刑具制造业、监狱建筑业、检举告密业、勒索受贿业等。"自是中官益专横,不可复制。"[1]

第六十一章

孩子能站立起来的时候,他已不知道究竟过了多少天。这些天里,他不知道自己一直睁着眼睛,还是闭着眼睛;是清醒还是沉睡。他依稀记得有很多恐怖的故事在他的身体里发生,他知道那是噩梦——每当他感觉到有人在往他的额头上轻轻挤水的时候，额头上很快干燥的水滴会吸走那些噩梦——但又相信自己不可能睡着，在尖锐的疼痛中他不可能入睡。倘真能睡着，或者死去，倒是他的福分。

这是春天，一切都在发芽，连死寂的城墙根，都生出许多碧绿的苔藓。阳光和河水都越来越清澈，黑夜和尘埃仿佛都不见踪迹。但这一切都存在于孩子的身体之外。世界处于骚动和萌芽之中，唯一的黑夜属于孩子。窗户封闭很严，娘带来的那几刀窗纸全都糊在了上面，密不透风，温暖如茧室。他置身于黑暗之中，身体上所有与外界联系的孔隙都随之关闭——包括眼睛。除了屋顶上狰狞的水渍，他看不见任何东西；而他还无法断定水渍那怪异的形状有多少是出于自己的想象——他并没有睁眼，或者说，他根本没有力气抬起眼皮。时间无比漫长，像疼痛永无止境。世界已经缩小成身体的某一个部位——准确地说，是缩小成某一个已经消失了的部位，变成一个黑洞洞的伤口，和那无力发出的叫喊。除了那个小小的部位，他觉得整个身躯都不存在。黑暗中，他不知自己的胳膊、腿脚、手指、头发都去了什么地方。

但他能听见有人在叫喊。无论混沌的白天还是漆黑的夜晚，那叫喊从来没有中断过，而且总是和自己的噩梦结伴而来。几天之后，他约略能够分辨出那叫喊的来源和它行走的路线——

它似乎来自空洞的远方，顺着墙脚蜿蜒行走，像风一样穿越石缝，从房屋的每一个孔隙钻进来。他飘忽的意识和远处的叫喊仿佛两个游魂若即若离，当它们重合在一起，他竟然惊异地发觉，它们其实是一体，那撕心裂肺的叫喊居然发自自己的咽喉。是他时断时续的知觉割裂了自己的喉咙和那恐怖的声音之间的联系，仿佛那声音一旦从他的身体里逃脱，就不再与他有关。他最终被那回旋的叫声吓垮，他不停地颤抖。

他脑海里出现了那叶雪白的刀片，如同一叶扁舟从薄雾中显形。薄薄的刀片有着优美的弧形线条，轻轻晃动着，炫耀着它的锋利，像净身师傅用以消毒的烈酒一样，令他眩晕。这么多天，他觉得那叶刀片始终未曾离开过他的下体。刀锋与筋肉血液交织摩擦的那种滞涩与滑腻感，一直在他的两腿之间重复。他因紧张而绷紧的筋肉微弱地抵抗着，但抵抗无疑又加深了他的痛感。他觉得那叶刀片在骨骼处遇到了阻力，然后就像拉锯一样，在一个位置上反复磨蹭。这个过程陪伴了他多日，当然这不可能——他的阳具在与刀片接触的第一瞬间就飘落下来，仿佛一片孤零零的羽毛，被细心的人收藏在一只小巧的匣子里。

孩子终于站在地上——当然两只手全都扶在炕沿上。这些天的大便一直处于失禁的状态——通过他躺着的那副门板中间的圆洞，落在地上的瓦盆里。臭大麻水使他几天中一直眩晕和腹泻，现在他只剩下一副皮囊。他身体很难站直。小徒弟按照净身师傅的吩咐，整理好门板和秽物，就走过来，扳着孩子的腿往上抬。这一莽撞的动作立即被一声尖锐的哭喊所中止，剧烈的疼痛几乎令孩子昏死过去。他没看清师傅的身影，却听到师傅粗哑的嗓音："挺住，不然你的腰就永远挺不直了。"

第六十二章

孩子的阳具现在被师傅搁在了一个隐秘的地方，只有师傅能够找到它。那里摆着数以百计的小匣子，每个匣子里都躺着一个阳具。它们有着各自的主人。它们如同手指，指示着主人的去向。除了皇帝之外，整个内宫的阳具全都在净身师傅那里集合。再过几十年，师傅也不会将它们混淆。因为那时，它们的主人可能会权倾朝野，倘若净身师傅丢失了他们的宝贝，等待师傅的将是远比阉割更加残酷的刑罚。

阳具保鲜的方法是：先装上半升石灰，把一只阳具和两只睾丸在里面放好，用石灰吸干水分，以免腐烂。然后，把净身之前签订的生死契约用油纸包好，放在阳具旁边，最后用大红布将升口包好扎紧。红布色彩鲜艳刺激，如同宫墙，暗示着血与权力的联系。由于净身者多为穷苦百姓，净身师傅有时也会分文不取。他将包装好的阳具小心翼翼地放在密室的房梁上，暗暗地等待着它们的升值。他们把这叫"红步（布）高升"。太监们不论发达与否，黄土盖脸、入土为安之前，都必须把阳物赎回去，骨肉还家，求得全身，否则不能进祖坟。倘赎不回来，连阎王爷都不会收留。那个时候，才是净身师傅们索取钱财的最好时机。

太监们以神圣的仪式迎接自己的阳具。他们大都先请地方上有势力的人物到净身师傅家中拜望，打探师傅的要价。净身师傅看人下菜碟，而挣扎一辈子的太监们，也不在乎这点银钱，有的还大肆铺张，只图顺顺当当迎回自己的宝贝。

回到昔日的鬼门关，太监们显然需要勇气。也许是出于炫耀，也许是出于某种补偿，正式迎升的日子往往奢侈而隆重，净身房张灯结彩，鞭炮齐鸣。有身份的太监会令继子坐在花轿里，手捧装满银两的托盘，来到昔日的净身房——那是喜钱，而赎金则需另付。

屋里的香案早已铺上了红布，净身师傅即使满脸高傲，此时也会倍加小心地从梁上取下红升，置于案上。太监会以颤抖的手打开升盖，取出那个油纸包，年幼的阳具终于见到它年迈的主人。空间和时间的距离在这一刻霎然瓦解。他又看到了那份契约，印着自己小巧的指印。此时他要对着那血红的指印说话，他要大声告诉它已经实现了对未来的承诺，嘶哑的嗓音如同初被阉割时那般歇斯底里。此时的太监，即使宾朋满座，也会抱头痛哭。

受难的阳具给了他今天的一切——这是一种奇特的交换。太监的荣耀，令许多走投无路的阳具跃跃欲试。

第六十三章

太监和宫女绝对是一组奇妙的组合。在宫殿之外的广大民间，帝王对民女的掠夺造成《墨子》所说的"男多寡无妻、女多拘无夫"，以及《汉书》所云"内多怨女，外多旷夫"的局面。而大量男人受阉入宫，客观上为民间删除了部分多余的欲望，达成了性别比例的平衡。这是太监制度一项意想不到的好处。而在宫殿之内，与文官武将相区别，太监和宫女是皇帝的绝对奴隶——他们自己也以"奴才"自称。文武百官中时刻蕴含着叛逆之心，皇帝没有一天放松对他们的提防，而太监宫女，从灵魂到躯体，都已不再是自己的，他们始终在被皇帝征用。尽管宫殿剥夺了他们的自由，但在宫殿之外，他们更难有立锥之地。卖身成为他们生存的唯一保障，他们为皇帝成为自己的买主深感庆幸。公元1923年7月16日，逊帝溥仪宣布裁撤宫内全部太监，无处投奔者暂住地安门内的雁翅楼。据当事者回忆，那些被驱逐的太监衣衫褴褛地在廊下生火做饭，与难民无异，哭号咒骂淹没了雁翅楼。

宫女的命运很大程度上掌握在太监手里，当宫女惹怒主子，刑罚要由太监主持。刑罚之一是当众脱下裤子由太监杖打，而且要求情。屈辱的行为无疑是这些肉身被永远隔绝的男女们唯一可能的亲密接触，因此他们大抵能够密切合作，无论鞭挞还是哀号，都格外投入——如同一个素食的帝王惩罚别人吃肉，裸身的杖打对于禁欲中的人们有时是一种奖赏。在平时，他们甚至连食欲都受到控制，宫女太监一律不准吃葱蒜，以免在呼吸时有异味。当然，真正的惩罚并不鲜见，而且每一次都鲜血淋漓，令人痛不欲生。反过来也是一样，一旦宫女被皇帝垂幸，她们也可以百般役使和羞辱太监。他们之间维持着复杂的生态平衡，任何一方的灭绝都会取消对方存在的价值。

太监宫女使宫殿里阴气弥漫。人们几乎可以看见帷帐间缭绕的那股气息。新的皇帝就呼吸着这种气息成长。一个注定将当上皇帝的男孩从一出生就与他们打交道，那些变态的人们比起正常人更加真实。文武百官乃至社会精英进入朝廷要跨越重重障碍，但太监宫女却和皇帝、准皇帝们朝夕相处。他们在无形中为一个未来的皇帝建立了某种精神氛围。长久生存其中的皇帝会对这种气息形成依赖，他喜欢这种尊严感，尽管他的尊严十分脆弱，仅由社会最卑贱的群体支撑；他们会将对太监宫女的人格要求运用到朝廷百官中，消除他们的人格底线；他会看其他男人的阳具不顺眼，因为它如同玉玺标志着自己的特权，所以中国历代刑罚，如凌迟、车裂、腰斩、枭首、剥皮、剖腹、挑筋、抽肠、炮烙、烹煮、刷洗、称竿、黥面、割鼻、截舌、切耳、剜眼、断手、刖足、活埋、击脑、棒杀等，只有宫刑贯穿始终，从夏商到清末，从未被废除过。因而我们即使不必一一清点也可以轻而易举地得出结论：五千年中，被割下的阳具比被砍下的脑袋要多得多。被砍下的脑袋成为一个人生命的句号，而脱离欲望的阳具却可能成为一个新的路标，它的主人将由此成为最受信任的人。孱弱的皇帝对健全的人格通常心怀警惕、嫉妒和排斥，这是那些充满阳刚之气的官员在仕途上屡受挫折的一个隐秘内因。皇帝通过惩罚来取消他们的优势，皇帝身边就永远是匍匐的朝拜者。

第六十四章

宫殿就在孩子的前方，比孩子梦中见到的还要圣洁和瑰丽。但那个时候孩子还没有目睹它的景象。幽深的净身房和华灿的宫殿之间的距离，不是一个孩子的想象所能跨越的。孩子只能想象自己身边的事，比如一个香喷喷的白面馒头，就是他对于天堂的完美想象。

消失的阳具如同一条看不见的通道，在他和宫殿之间建立了联系。孩子懵懂地向它靠近，梦境里曾经呈现的万花筒般的纷乱风景也渐渐聚拢起来。孩子忐忑地走近娘为他描述过的宫殿。宫殿如同巨大的谎言，它把仇恨、残忍、凌辱、虐待乃至残杀隐藏起来，只能看到红墙上的金光灿烂的琉璃瓦。

孩子脱下了自己的裤子——自从他走进西皇城外那间净身房，他就不断地重复这一动作。此时他还不可能预料，这个动作在不久的将来会成为他的谋生手段。小便的时候，他看到了肚脐下面的洞口，隐藏在创面愈合后的皮肤皱褶中。第一次看见洞口，他本能地用手捂住它，辛酸地叫了一声"娘——"。无论如何，他得感谢"快刀刘"的手艺，不但没有因手术失败而要了他的性命，而且他尿出的尿液基本上是一条抛物线，而不是一个扇面。他应当给净身师傅多磕几个响头。

　　他看见年老的太监在为自己验身。这里聚集着成群的孩子，正处于肆意调皮年龄的他们，表情都像木雕一样僵硬。他们一起进入一个阴谋当中，但他们认为——或者爹娘们迫使他们认为——幸运即将降临。老太监的眼睛快要凑到自己的腿根上，然后有一只枯瘦的手掌从腹下细细摸过。未来的一切都寄望于平展的下体。他发现有的孩子没有割净，这使他们处于一种两难境地。老太监们正用古怪的嗓音劝说孩子再割一次，否则不能入宫。对于一个刚刚从地狱逃脱的孩子，恐怕很难再有勇气重返那黑暗的门口。

　　褴褛的衣衫变成垃圾，抛在墙角的大筐里，他们换上了统一的新衣。宦官的袍服过于肥大，瞬间吞没了他们弱小的身体。在杂沓的脚步声中，他们朝着一个统一的方向行进。

　　孩子们早已忽略了时间的存在。现在让我们告诉他们——验身的日子，是宣统三年旧历十二月二十五日（公元1912年2月12日），就在这一天，隆裕太后在天安门上降下懿旨，宣布皇帝退位并授命袁世凯以全权组织临时共和政府。中国最后一个皇帝，悄然退出了历史舞台。

第六十五章

我曾经偶然见到一张摄于民国后期的太监照片。拍摄地点大概是南城天桥一带。这张老照片呈现这样一个场面：一个"男人"正撩开长袍，展示自己没有阳具的下体。那是一张苍老的面孔，洁净无须，眉宇间流露出谄媚的笑容。看得出来那是一个阳光灿烂的日子，拍摄光线很好，背景的房屋拖着很深的黑影。但那笑容却让人倒吸一口凉气。

据说他是以此来乞讨度日。

写下上述文字，正是得自这张照片的启示。

第五卷 宫殿(下)

真正万寿无疆的,是旧宫殿,而不是那些自命不凡的帝王。与宫殿相比,他们都是短命的。从这个意义上说,宫殿是一座深邃而华丽的坟墓,日复一日地吞噬着帝王们的肉体。

第六十六章

说到宫,我们想到的,其实首先是子宫。

那是世界上最小的宫殿,幽秘、温暖、潮湿。

我们看子宫的造型,真的很像宫殿——宫腔呈倒三角形,上方两角为"子宫角",像撑开的伞,更像宫殿的大屋顶,胎儿住在里面,会感到安全、妥帖,什么都不用担心。

它是所有人生命的起始,因此,它是神圣的,尽管古今中外艺术家很少有人歌颂过子宫。尤其中国人,对于女人身体的某些部位,更加讳莫如深。但每个人都在子宫里待过,而且待得挺舒服,不大愿意出来,所以当母亲分娩的一刹,胎儿总是用一声啼哭，向子宫告别。

天底下所有的子宫都是一样的——我指的是构造，子宫里居住的胎儿也都是一样的——那时他们还没有获得社会身份，也就没有高低之分、尊卑之别，但胎儿一经告别子宫，变成了婴儿，一切都会发生变化。因为每一个生命都是具体的，他们的身份、地位、道路、命运，都会因人而异，大相径庭。婴儿睁开眼的一刹，不知道是否能看清自己命运的莫测。看不清，他会哭；看清了，他更会哭。

在紫禁城，一个孩子离开母亲的子宫，就马上堕入一个巨大的迷宫。

是权力的迷宫、欲望的迷宫、命运的迷宫。

有人在，这座宫就摆脱不了"宫斗"。

哲学家说：人是生而平等的。

假如乾隆听到，他一定会轻蔑一笑：你是什么时候学会瞎扯淡的？

第六十七章

宫殿代表着欲望，然而，与宫殿本身的宏伟壮丽相比，宫殿的建筑细节却表现出对欲望的节制。除了醒目的丹陛条石上刻着龙凤和云纹，其他构件一律简洁质朴。宋代李诫的《营造法式》为我们提供了许多奢华的柱础图样，在宋代官式做法中，柱础的雕饰十分讲究。我曾在山西天龙山石窟中见过北齐皇建元年（公元560年）的廊柱柱础，铺地莲花，仿佛叶片能在风中摇动。同样生动的莲花盛开在山西佛光寺大殿檐柱之下。而故宫宫殿所选用的鼓镜柱础，在宋代则属于低等级柱础，是素覆盆柱的变形。华板和望柱的雕饰简化为海棠线。殿内除藻井及有结构功能的构件有所雕饰外，一律不用木雕（太和殿、交泰殿和皇极殿的裙板是清代遗物）。砖雕同样难以发现。在故宫营建的年代，即使富贵一点的民居中，砖雕也已普遍使用，但除了为数不多的小块透风砖之外，砖雕从宫殿的形体上悄然隐去。

再细的花瓣我们也可以继续细分，柱础栏杆呈现出的图形线条可以同欲望一起无限繁殖。这是一项没有止境的游戏，它可能使工程永远处于正在进行的时态中——精致的目光将迫使工具被永无休止地改进，使铁钎深入花蕊，使在时间中接续出现、日益精细的图案呈现出奇妙的动画效果，宛如花朵生长，云纹飘曳。但是，铁钎没有过多在这个场合出现，欲望戛然而止，繁花没有来得及闪耀就已经泯灭，我们看到的是石头——明代的石头按照明代皇帝的意愿排列，质感厚重、表情朴实。

这或许与营建的匆促有关——朱棣既容不得工程没完没了，使唾手可得的宫殿沦为永远无法接近的海市蜃楼，也容不得他的王朝始终处于尘土飞扬的工地之中。然而，时间并不是最关键的因素。它取决于朱棣的某种意念——他在匆忙中并没有丧失他固有的冷静。

这个词我们并不陌生——"克己复礼"。"批林批孔"时代，它有幸成为最流行的词语。这个词语最早出现在《论语》中："颜渊问仁。子曰：'克己复礼为仁。一日克己复礼，天下归仁焉。为仁由己，而由人乎哉？'颜渊曰：'请问其目。'子曰：'非礼勿视，非礼勿听，非礼勿言，非礼勿动。'"[1]孔子所说的"克己复礼为仁"这六个字中，包含着三个名词和三个动词：己、礼、仁；克、复、为。三个名词之间构成逻辑上的链条关系，前者递次为后者之因，后者依序为前者之果；而三个动词，则提供前者向后者转换的方式和条件。克制己身私欲，是为了恢复礼制；而恢复礼制，则是为了实现仁德。孔夫子的公式两端分别是有欲望的"己"，和没有欲望的极致化精神境界"仁"。但我还是不敢肯定这个"仁"是一个人还是一个什么东西，或者说它不是人也不是东西。从汉字的形义上看，"仁"由两部分构成，一部分是人形的符号，显示出它与人有关；另一部分是平行的两横，或许就暗示着人与天的某种关系。董仲舒把它概括为"天人"——

一种非人或者"理念人"。基督教中人的精神境界得自上帝的教诲（为此上帝首先必须完美无缺），它的方向是从天向人、从上向下；而孔教中人格的超越则取决于自我完善，它的方向与耶教相逆，是由人而天、由下向上。而在这一切之上，对欲望的限制，显然成为人类精神达到理想境界的首要前提。

假设孔夫子的公式成立，那么"礼"无疑是运算过程中的一个重要环节。它决定了宫殿的排列方式，决定了个人的行为规范，决定了皇帝的统治法则。由于普通人与符合孔夫子标准的"圣人"素难谋面，而这个肥差又不能空缺，在这种情况下，皇帝通常自告奋勇地充任"天人"或者"上帝"的替身，成为人格完美的最高样板。像朱棣这样有追求的皇帝同样不希望别人看出破绽。这需要高超的演技和恰当的道具。而宫殿，无疑是他最重要的道具和布景。

第六十八章

如同萧何提出兴建皇宫的建议时，刘邦的回绝是言不由衷的谎言一样，朱棣的"克己"，也仅仅是点到为止。出任"仁"

的形象代表，显然不是一件轻松的工作。它可以把帝王推到一种在钢丝上行走的绝境之中——任何正常欲望的流露都可能使他扮演的角色穿帮。而帝王的存在依据，恰在于他没有止境的欲望和野心。所以，身为偶像，皇帝的主要工作就是掩盖自己的本性。当然，他并非独自一人，有一大群热心的群众演员来帮衬他，即使偶有露拙也有人往回找补。孔子向他亮出了"礼"的具体指标："恭""宽""信""敏""惠"——"恭则不侮，宽则得众，信则人任焉，敏则有功，惠则足以使人。"[2] 如果真的采纳这些建议，结果只能使帝王离皇位越来越远。当邪恶缺席，获得和掌握权力就只能是纸上谈兵。好在皇帝并不是死心眼儿，他一面在暗地里嘲笑那个两千多岁的老书呆子，一面准备一套自己的法则，它们像魔术的诀窍一样只能置于暗处，秘不示人，否则他的魔术就会失效。皇宫是他的舞台。我们所能见到的部分——那些造型平易、用工节省的柱础、栏杆、脊饰、砖雕——仅仅是他们愿意给我们看的部分，它们终归是有限的，而那些看不见的部分则幽深而无限，它们安全地躲在暗箱里，被一只熟练的手拨弄。普通人常被自己的视觉欺骗，他们不可能看到背后的过程，只能惊诧于最后的结果。

第六十九章

我惊异于宫殿设计者对领导意图的领会能力。拍马屁的风险在于：丝毫的偏颇都可能引来杀身之祸。如果把奢华作为宫殿的最高主题，就等于将他的主子置于仁德的对立面上；如果把替身当成圣人，中规中矩地服从"克己"思想，那他就真的成了皇帝的"克星"，整死他活该。显然，他在进行着某种冒险，他要在圣人和替身的狭缝中艰难行走，他要在皇帝骚动的阳具和威严的脸面之间寻求某种平衡。因此他要精于算计，不是计算土料石方，而是计算欲望和节制，他要精确地计算出它们最恰当的比例，并按照这种比例放大成一座巨大的宫殿。我们不能不对吴中、蔡信们陡升仰慕之情，他们不仅是建筑设计大师，而且是一部准确的计算器，结果准确无误。一部欲望经济学不知不觉在其中生成。一个心怀鬼胎的皇帝必须拿出一定的精力假装圣人。欲望经济学提示皇帝：要用最小的成本换取最大的利益。由此我们看到，简朴之风在建筑上的体现十分有限，但它们无一例外地出现在最外露的位置上，仿佛颂歌里最诱人的语言镶片。而在宫殿的内部，我们看到的是无以复加的豪华场景，比如殿堂内部布满青绿彩绘的天花和梁枋、蟠龙金漆柱、巨大的藻井，谁能数清皇帝的御座究竟镶嵌了多少颗宝石？

第七十章

　　大量的鸟兽栖落于宫殿的建筑群落中，使宫殿成为天堂动物园。它们择木而栖，寻常人等很难目睹它们的姿影，因为它们大多不生存于凡俗的尘世。它们仅仅是想象中的生灵，但它们却有着可触的轮廓和鳞羽，它们与云层般的台基相呼应，集体构成着宫殿非人间的幻象。

　　它们有些具备建筑的实用功能，但更多却出于审美、迷信，以及对身份的界定。如同龙袍与华盖，檐角的脊兽是皇帝尊严的象征。奇数在古代象征阳性，檐角的走兽通常为奇数（紫禁城宫殿的前朝部分几乎所有数字为奇数），最多九个，一个也不能少——如同王公贵族的府邸，脊兽一个也不能多——唯独皇极殿（清改称太和殿）檐角的走兽为十个，分别是：龙、凤、狮子、海马、天马、押鱼、狻猊、獬豸、斗牛、行什（猴）。多出的一个是"行什"。我无法破译其中的深义，仅知屋上有"行什"装饰瓦件，皇极殿是孤例。不管怎样，皇极殿的檐角走兽显然标明着这座宫殿的最高级形式。

我不知这些神兽有着怎样的身世，是什么样的经历使它们成为宫廷檐脊上的法定居民。不知是连它们也迷恋权力，还是权力借助它们的羽毛鳞爪接近天堂？它们是宫殿的装饰，也是一种深奥的语言符号。它们凭借神秘的排列顺序，建立了某种比喻关系，将皇帝的凡胎与神明联系在一起——在宫殿内部，这是一个不再需要复述的常识。神兽们通常缄默不语，只有深夜，皇帝在嫔妃的酥胸间歇息，鸟兽们才可能以自己的方言私语和喧哗。

鸟兽们往往成群结队、触目皆是，设计者从不在建筑的关键词语上"节制"和"省略"。龙是一个最常用的词汇。在宫殿中，它盘踞在最醒目的位置上。建极殿（即保和殿）下层的御路、皇极殿内的六根金柱、天花中心灿烂的藻井，乃至门窗裙板上细致的雕饰……它无处不在，仿佛一个永远无法省略的主语。黄金被打成金箔，贴在皇极殿（太和殿）的六根楹柱上。飞翔的巨龙和它身体下方汹涌的海浪，线条精细地在楹柱上显形。金箔极薄，一两黄金打制面积相当于一亩三分的金箔，当然绝不是为节省，它是技术的悬崖边炫目的舞蹈。

有人数过三大殿共用的"土"字形台基的须弥座四角及望柱下，总共有1142个螭首（龙生九子之一），每一个都眉目清晰、刻工细腻。这是一个多么庞大的建制，像一支排列齐整的军队。

在雨天，人们会看见一千只螭首步调一致地喷水，听到神兽间默契的合唱。

寿命长久的龟鹤在宫殿中起到什么修辞作用就不必多说了。它们不但表达了帝王对时间的某种妄想，同时也是他装神弄鬼的道具。它们制作工艺的考究，就是理所应当的了。大殿前面的铜龟铜鹤，不但有着华美的外表，其内在结构也无比复杂。它们的内部是空心的，每逢大典，都会装上燃料，香烟便从它们口中缭绕而出，那是它们的话语——带着天堂的口音。

所谓的实用功能取决于皇权的需要。在皇帝眼中，这些构件无疑是最具有实用功能的。当然，他的实用乃内心之用而非物质之用。显然，皇帝选错了参照物——与他相伴的是神奇永恒的鸟兽，他炮制的虚假天堂只能反衬自己的日益衰朽和丑陋。乌龟被请上神坛，一个有趣的反讽是：在乡俚民间，这个词是最恶毒的谩骂与咒语。

第七十一章

空旷的宫殿使御座格外突出，仿佛原野上的一座山峰。它景象奇异，却是一座隐形的墓地，专门收藏野心者的骨骸。

似乎有必要仔细打量一下这个神奇的坐椅。它当然是豪华无比，在普通人的视线无法抵达的宫殿核心。它金光耀眼，几乎成了宫殿内部的一个发光体。它与宫殿外的阳光同步明亮起来，在每天清晨的早朝中，它的光芒能够照亮老臣们昏花的眼神。皇帝沿着台陛[3]，踏上金丝楠木制作的金漆须弥座式平台，端坐在宝座上御朝的时候，御座及其背后的髹金屏风上的无数条金龙，开始从宫殿内混沌的背景中脱离出来，逐渐显露形骸。

御座平台四周镶嵌的宝石，晨露般时隐时现。它们纯洁、明净，一尘不染。与圣洁的珠宝相匹配的芳香缭绕在御座周围，是焚香与藏香相混合的气味。它们分别来自香几上安静的香炉和香几前的香筒。仙鹤并立，皇帝的表情出现在御案后面，暧昧似谜。

内部的奢华弥补了外部的简约。宫殿内所有的装饰构件与实用器具，无不工艺繁琐。1963年，故宫博物院仅对皇极殿（太和殿）御座的修复，就耗用766个工日。

当然，御座的争夺战并非起源于它的工艺价值，而是它的权力属性。是它与绝对权力之间的对应关系，让无数的权力爱好者趋之若鹜，然而，百分之九十九的人只能铩羽而归，死无葬身之地。豪华的龙椅中暗藏着无比恶毒的咒语。

《宏艺录》写道——

奉天殿御朝，上坐定，内使捧香炉，上刻山河之形，置榻前。奏云："安定了。"

第七十二章

宫殿的天空中飘飞着植物的枝叶。紫禁城各殿堂内的天花，大都为金莲水草天花图案。出淤泥而不染的莲花，高高在上，花纹深隐，存留着记忆深处的某种暗香。它们脱离原野湖沼，在宫殿的顶部疯狂地繁殖。它们出现在支条框定的格子里，线条被简化，成为符号或者标志，表达着帝王的某种精神洁癖。

莲花不知从哪一天起被赋予形而上的含义，由一种普通生物升格为道德标志。中国人擅长通过暗喻来为自然物质重新命名。无论腊梅、修竹还是青松，都有了明确和具体的指向，成为精神的标兵。这些附加意义实际上与花木本身无关，中国人自古具有一种道德强迫症，试图令世间的一切都服从于道德的律令，即使一片草叶也绝不放过。

作为气节的赋形，莲花出现在宫殿之上颇具讽刺意味。宫殿是莲花最理想的墓地。这里空气窒息，没有水分，寸草不生，所谓气节无一例外成为权力的敌人。这是一个悖论，气节的提倡者实际上是气节的屠杀者。而莲花，实际上只是一种迷惑性的诱饵。

金莲水草天花笼罩着御座，皇帝坐在莲花的下面，显得庄重、正义和自负。皇帝到来之前，无数工匠精细地绘制天花，对上方的长久仰视令他们晕眩和疲倦。

第七十三章

玻璃曾经是宫殿最华贵的建筑构件。

西方使者最初把玻璃进献给康熙爷的时候，这位高傲的皇帝露出了惊异的神色。显然，他无法理解一件坚硬的物体如何能够不遮蔽任何光线，或者说，不遮蔽光线的事物缘何有着如此坚硬的外形。康熙用手握住它，清凉似水，但他不能融化它，它不是冰。

三百多年前，玻璃比珠宝更加罕见。到了乾隆时代，这种情况依旧没有改变。《记事录》中记载了乾隆四十九年（公元

1784年）玻璃的价格："四德裁裂玻璃（长八尺三寸，宽五尺一寸）价赔六百二十二两二钱九分三厘。"六百两纹银，在当时可买下一座很好的宅子。

在东西方交通的迢迢路途上，玻璃无疑是最难运输的物品。几乎所有的道路都是它的敌人，都可使它粉身碎骨。这一点颇像瓷器。比纸还薄的官窑瓷器，怎么能毫发无损地出现在西方贵族的客厅里？

颠沛的玻璃，到达北京时可能只残留几块。那么这几块玻璃就要承担起全部的价格。这是贸易中的守恒定律。物品不在了，但它们的价格没有消失，并且全部追加在幸存者身上。如同一场战役之后，牺牲者将荣誉叠加于生还者，使凯旋的士兵擢升为将军。

物以稀为贵，在大清帝国，它的价格使帝王都望而却步。它比黄金和珠宝还贵，因而它最初仅出现于皇帝的书房。除了玻璃，高丽纸是最昂贵的窗纸。西洋画家郎世宁在宫廷作画时，用高丽纸糊窗，已是皇帝恩赐他的最高待遇。

神秘的玻璃，隔得住寒风却不阻挡天光。如果在宫殿营建之前它就出现，它也许能改变宫殿的结构，比如它的门窗比例，以及采光角度。至少在门窗槅扇上，无须出现那么细密的菱花。优雅茂盛的花纹，迷离如同锦缎，一只角叶的脱落可能使整扇窗格变形。花格的密度显然是为了防止北方的寒风吹破脆弱的窗纸,但它们同时阻挡了阳光。在炫目的图案背后,宫室幽暗阴郁。诡计、权谋、刺客……纷纷埋伏在宫室的重帘之中,华丽宫室的内部,让人从身心深处生出苔藓。

玻璃是无需描绘的,因为我们看不见它,它是那种看上去并不存在,然而一旦依赖就难以离开的事物。重帘打开,花草在宫室内部生长,温室的效果使室内春意融融;即使在夜晚,皇帝也能对窗外明察秋毫……许多事物的改变,与看不见的玻璃有关,只是这种改变还不够大,对西方物质文明的享用并没有让大清的皇帝真正看清世界,他的周围到处是摸得着却看不见的阻隔。

第七十四章

当意大利传教士利玛窦在明万历二十八年十二月二十一日(公元1601年1月24日)进献大小两座自鸣钟以后,西洋钟表便陆续出现在宫殿的各个角落。它们的表针并没有使这个王朝与西方的时间对接,这个王朝有自己的时间,它并不需要来自外部的时间。

利玛窦如果早来二百年,他的这些聪明的奉献都可能被当做"淫巧奇技"而遭到拒绝。大明军队占领北京后,曾经缴获元朝司天监所制的计时工具"水晶宫刻漏",制作极其繁琐精巧,每当报时,都有木偶小人击鼓。朱元璋将元帝国的灭亡归因于其皇帝的玩物丧志,遂"令左右碎之"。但是先祖禁忌的约束力敌不过"淫巧奇技"的吸引力,宫殿终将沦为后世皇帝的游乐园。

利玛窦的两架自鸣钟令万历很快沉迷其中。《续文献通考》对这两架自鸣钟的描述如下:"大钟鸣时,正午一击,初未二击,以到初子十二击;正子一击,初丑二击,以到初午十二击。"就是说,中午一点击打一下,两点击打两下,以此类推,到夜里十二点击打十二下;夜里一点又击打一下,两点击打两下,到中午十二点击打十二下。"而小钟鸣刻,一刻一击,以至四刻四击。"即每十五分钟击打一下,到整点时击打四下。在璀璨的外壳内部,力量被齿轮机关传递和推动,过程隐蔽在背后,结果是声音与时间的神秘吻合。

钟表的内部令皇帝望而生畏,这是万历将利玛窦留在身边的原因——他希望这位西方传教士成为他的专业修表匠。更奢侈的举动是:由于宫中没有一座内殿能够容下这座大钟,他命工部于第二年专为此钟建造一座钟楼。如同自鸣钟本身一样,钟楼有着奢华的外表和复杂的结构，无论楼梯、窗户还是走廊，奇异的装饰举目皆是，匠心雕刻的人物楼台在鸡冠石和黄金的背景下闪闪发光。它们赋予时间一种虚拟性，仿佛时间能被持有、控制和收藏。钟表是一种与生命相连的机器，其中包含深奥的哲学主题。万历被钟表的趣味性所吸引，而丝毫没有注意时间深处包含的寓言。

宫殿是技术的容器，也是技术的牢狱。它垄断了能工巧匠，而他们创造的器物，无论有多么精密的构造，都被捆上华丽的镣铐，无法逾越那道深红的宫墙。

第七十五章

养心殿是一座三合院，面南背北，南面是一道院墙，正中有门，就是养心门，正殿是养心殿，是雍正以后的清代皇帝生活和战斗的地方。东西各有配殿，三面房屋，围绕着一个庭院，庭院中有两棵树，一棵是槐树，另一棵也是槐树。

从养心殿明间后檐穿过去，是后殿，即家属区，后妃可以在此临时居住，两侧各有耳房五间，一个叫体顺堂，另一个叫燕喜堂。

养心殿在后宫区域的西南部，最靠近三大殿的位置上。在形制上，与紫禁城保持着同构的关系，或者说，养心殿本身就是一个缩小的紫禁城，虽然它只是皇帝的寝宫，但是它仍然保持着"前殿后寝"的形制，工作生活两不误——在前殿，军机大臣们虔诚地聆听着皇帝的旨意；在后寝，是环肥燕瘦，竞相争宠。

从这里我们可以发现，紫禁城后宫几乎所有的建筑，都与大紫禁城保持着某种同构关系。我们可以把紫禁城任意放大和缩小，把大紫禁城缩小，它就是后宫的某一个庭院，把庭院放大，就变成了大紫禁城。

因此，紫禁城里的许多建筑，包括小小的养心殿，都可以串连出一部完整的清朝通史——它建于明代嘉靖十六年（公元1537年），大清王朝的皇帝顺治就在这里断了气——他的死，即使在三百年后，仍然显得扑朔迷离。顺治死后，帝国迎来了康雍乾的盛世光辉，养心殿也成为一个令人瞩目的场所，在经过一系列的改造、添建之后，成为一组集召见臣工、处理政务、皇帝读书和居住为一体的多功能建筑群。

葵花朵朵向太阳。在宫殿中，只有皇帝才是真正的太阳，是一切建筑的核心。所以，无论在大紫禁城中，还是在某一宫、某一殿，皇帝永远构成了建筑的核心部分，其他人和建筑，都紧密地团结在皇帝的周围。在宫殿之外，在帝国广袤的版图上，皇帝的意志又与层层叠叠的行政系统相连，通过分级严格的官衙建筑得以视觉化的表达，渗透到帝国的每一个细胞中，使皇帝的意志像波浪一般，波及帝国最遥远的边疆。

《礼记》说："凡治人之道，莫急于礼。"[4]故宫建筑体现礼治，根本上是"治人之道"。任何一座宫殿庭院都不是孤立的，而是通过皇家建筑特有的格式，与一个更广大的建筑系统相连。反反复复的宫殿庭院，拐来拐去的夹道回廊，无数繁复的装饰与构件，都服从于帝国治理的法则。紫禁城看上去眼花缭乱，实际上条理清晰，什么人，什么时候，该出现在什么地方，一切都井然有序。由此，我们可以见证帝国建筑统摄全局的强大控制力。养心殿，则是这"治人"的心脏。

"劳心者治人"，帝国有大大小小、不同级别的"治人者"，他们层层管治，所以那些"治人者"既"治人"，又"被治"。在所有"治人者"之上，皇帝是"总治人者"，因此他也是最"劳心"的那个人。

皇帝是治天下者，是那个"总治人者"，是"孤"，是"寡"，虽然不是"孤寡老人"，却称得上是"孤家寡人"。他就像天上的北极星，是独一无二、没有同伴的，因此，"孤家寡人"必定是孤独的。

不同的皇帝选择了不同的方式来抚慰这种孤独。有的皇帝对后宫充满热爱，除了满足色欲，还顺带帮他克服对孤独的恐惧。

乾隆是另一种皇帝，他酷爱文艺，所以在他居住和处理政务的养心殿里，开辟一间"三希堂"，供他"怀抱观古今，深心托豪素"，去与古人对话，一展文化情怀。

在"三希堂"，他以"三王"（王羲之、王献之、王珣）为友，后来又聚集了晋以后历代名家134人的作品，包括墨迹340件以及拓本495种。这些人、这些书（法），密密匝匝地拥挤在这八平米的小屋里，让他的世界活色生香。

"三希堂"是另一片江山，"咫尺之内，而瞻万里之遥；方寸之中，乃辨千寻之峻"[5]，在那里，他才能真正地呼朋唤友，与他们同歌同舞、同笑同哭。

乾隆一生作诗四万余首，一人单挑《全唐诗》（《全唐诗》收诗四万八千九百余首，由二千二百多位诗人创作）。虽说"这大鱼大肉的四万多首诗，抵不过李白清清淡淡的一首"[6]，但对于乾隆自己，倒可能是心满意足的。倘若没有了这些书（法）、这些诗，在他八十九年的人生、六十余年的皇帝岁月里，他又和谁聊天呢？

第七十六章

三希堂位于养心殿西暖阁，原名温室，乾隆皇帝把它当作自己的书房。"三希"即"士希贤，贤希圣，圣希天"，意思是士人希望成为贤人，贤人希望成为圣人，圣人希望成为知天之人。这是新儒学的开山鼻祖周敦颐提出的命题，宋代以来一直为中国士人所尊崇。这"三希"不仅为中国士人提供了终极理想、人生目标，而且提供了实现这一理想的路线图。

第一步，成为有知识的读书之人，实现"人希士"；第二步，成为有道德的贤德之人，实现"士希贤"；第三步，成为立德、立功、立言的圣贤之人，实现"贤希圣"；第四步，成为通晓天、地、人的知天之人，实现"圣希天"。

乾隆从小在上书房读书，享受帝国最优质的教育，人生第一步——"士"，他应当说已经完成了。尽管乾隆没有经过科举考试的测试，但从他的诗文来看，还是文从字顺，通晓文墨，大学本科水平还是有的，本科学位是学士，那也算是"士"吧；至于这个"士"够不够"贤"，实现《左传》里提出的立德、立功、立言"三不朽"，这个不好说，至少在他心里，他是够标准的，有他八十二岁时写下《御制十全记》、自称为"十全老人"为证；

至于"圣",儒家认为,整个中国历史只出了三位,即尧、舜和孔子,此外还有一些专业领域里的单项冠军,也以"圣"来称呼,像画圣吴道子、草圣张旭、诗圣杜甫等,乾隆一个也沾不上边;至于"天",也就是知天之人,在人类星球上还没有诞生过。以"三希"为书斋名,只能说明乾隆理想远大、自我要求严格而已。

三希堂还有一种含义:古文"希"同"稀","三希"就是三件稀世珍宝。乾隆十一年(公元1746年),乾隆得到了晋朝大书法家王羲之的《快雪时晴帖》、王献之的《中秋帖》和王珣的《伯远帖》,一并存入三希堂。三希堂也因这"三希(稀)"而得名。

第七十七章

现在的三希堂已徒有虚名了,它因之得名的三件国宝——王羲之的《快雪时晴帖》已在台北故宫博物院落了户,而王献之《中秋帖》和王珣《伯远帖》真迹则在经历了一系列的颠沛流离后,回到了它们在北京故宫的家,躺在文物大库中享受着恒温恒湿的五星级服务。

然而,即使在这间已然名不副实的三希堂里,我们仍可感觉到它的气质不凡，在金碧辉煌的宫殿内部，堪称特立独行。这首先体现在它的狭小——它只是一间只有八平方米的小房间，在紫禁城约九千间房屋中，几乎可以忽略不计，但它的丰富性，正是由于它的狭小而得到凸显——它狭长的室内进深，用楠木雕花隔扇隔分成南北两间小室，里边的一间利用窗台设摆乾隆御用文房用具；窗台下，设置一铺可坐可卧的高低炕，乾隆御座即设在高炕坐东面西的位置上；乾隆御书"三希堂"匾名、"怀抱观古今，深心托豪素"对联分别张贴在御座的上方和两旁；低炕墙壁上五颜六色的瓷壁瓶和壁瓶下楠木《三希堂法帖》木匣，被对面墙上落地大玻璃镜尽收其中，小室立显豁然开朗；此外，还有小室隔扇横眉装裱的乾隆御笔《三希堂记》，墙壁张贴的宫廷画家金廷标的《王羲之学书图》、沈德潜作的《三希堂歌》以及董邦达的山水画等。

在这抄一段台湾蒋勋先生对三希堂的描写，其实，这段文字更近于想象："一个仅容一人拥被围炉的炕床，下面烧了热炕，热呼呼的。一张小案，案上放着三件书卷，尺寸都不大，只有二十几公分高。拉开来看，字也不多，《快雪时晴帖》只有二十八个字，最长的《伯远帖》也只有四十七个字，随手拿得到，把玩卷收，看一会儿，看累了，靠在锦枕睡去。觉得遥远南朝偏安的闲适自在仿佛就在身边，江左文人谈笑风生的洒脱自在也在身边,乾隆在'三希堂'这小小的'窝'里似乎做了一个荒诞而可爱的南朝的梦。"[7]

精雅的三希堂,让我们感受到了紫禁城将宫殿和博物馆功能完美统一。紫禁城就是一座超级博物馆,一是因为它文物藏量的宏富浩瀚,二是因为紫禁城是世界上现存规模最大的古代皇宫建筑群,它本身就是一件超级文物[8]。只不过在帝王时代,这博物馆是为皇帝私人服务的。紫禁城里的珍宝,重申了皇帝对天下不可置疑的所有权。

第七十八章

于是,我们看到历史中一种单向的流动,即国家珍宝由天下民间源源不断地流向宫廷。乾隆亲自发起和领导的书法征集运动,就是一个例证。而皇帝的万寿之日,如雍正、乾隆六十寿诞,又为这种文物征集活动提供了一个名正言顺的理由。连乾隆自己都承认:"自乙丑至今癸丑,凡四十八年之间,每遇慈宫大庆、朝廷盛典,臣工所献古今书画之类及几暇涉笔者又不知其凡几。"

乾隆九年（公元1744年）开始，根据乾隆旨意，内廷词臣张照、梁诗正、励宗万、张若霭、章嘉胡土克图、庄有恭、裘曰修、陈邦彦、董邦达等人，开始将宫廷收藏的书画"详加辨别，遴其佳者"，分类统计记录，编订成书，第二年编成四十四卷，这就是著名的《石渠宝笈初编》。"石渠"二字，取自汉代典藏宫廷典籍的"石渠阁"的名字。此后，随着宫廷收藏的日益增多，在乾隆五十八年（公元1793年）又编订了《石渠宝笈续编》，共四十册。乾隆去世后，嘉庆皇帝决心继承父亲的遗志，化悲痛为力量，继续编订了《石渠宝笈三编》，于嘉庆二十一年（公元1816年）成书，共二十八函。《石渠宝笈》经过初编、续编和三编，收录藏品计有数万件之多。其中著录的清廷内府所藏历代书画藏品，分书画卷、轴、册九类，每类又分为上下两等，真而精的为上等，记述详细；不佳或存有问题的为次等，简要记述。

《石渠宝笈初编》中记录的书画藏品都收藏在紫禁城中，分藏在不同的殿堂，除了三希堂，还有乾清宫、重华宫、御书房、宁寿宫、建福宫（主要是延春阁、静胜斋、静怡轩）、毓庆宫、景阳宫（主要是学诗堂）、懋勤殿、漱芳斋等等，几乎遍布整个紫禁城。《石渠宝笈续编》和《石渠宝笈三编》中书画藏品的收藏地点已经超出了紫禁城范围，涵盖了西苑（今中南海）、圆明三园（圆明园、长春园、绮春园）、三山（万寿山清漪园、玉泉山明静园、香山静宜园)和行宫(避暑山庄、静寄山庄)[9],所以这三编《石渠宝笈》,根据贮藏之所各自成编。这也是《石渠宝笈》在编辑体例上的首创,目的是为了方便检寻藏品。

目前知见的《石渠宝笈初编》完整抄本共有六部,其中确认为内府正本的共有五部,其中三部现藏北京故宫博物院,两部藏于台北故宫博物院。

目前知见的《石渠宝笈续编》完整抄本共有六部,其中确认为内府正本的共有四部,其中三部现藏北京故宫博物院,一部藏于台北故宫博物院。台北故宫博物院另外还有一部《石渠宝笈续编》,抄本上没有宫殿玺,因此不知其是否正本。

目前知见的《石渠宝笈三编》抄本共有六部,其中确认为内府正本的共有五部,其中四部现藏北京故宫博物院,一部藏于台北故宫博物院,没有宫殿玺,但可以确定为正本。[10]

《石渠宝笈初编》编成三十一年后,乾隆四十一年(公元1776年),乾隆时代的超级丛书,也是中国历史上规模最大的文化工程——第一部《四库全书》缮写完成,入藏文渊阁,《石渠宝笈初编》被整部编入《四库全书》,《石渠宝笈续编》和《石渠宝笈三编》因成书晚而未能编入《四库全书》。

收入《四库全书》的《石渠宝笈初编》,称为《石渠宝笈初编》"《四库全书》本",是一种"内府衍生本"。《四库全书》前后抄成七部,收入《四库全书》的《石渠宝笈初编》也就"衍生"为七部。这七部"《四库》本《初编》"被含纳在七部《四库全书》之内,它们的命运,也就与七部《四库全书》的命运完全一致。至于七部《四库全书》的命运,我在《故宫的隐秘角落》里写了,这里就不重复了。

不断膨胀的书画著录,见证了清宫收藏的不断扩充。现在北京故宫博物院收藏的书画藏品共约15万件,这个收藏量占全世界公立博物馆所藏中国古代书画的四分之一,其中属于清宫收藏的多达4万余件。[11]

正因为贮量宏富,这些"国宝"才遍布三山五园、皇宫行宫,但最集中、最丰富、最重要的贮藏地点,当然还是在紫禁城。三希堂的宝藏是皇家收藏的缩影,也代表了乾隆一朝书画收藏的巅峰。

第七十九章

与乾隆等皇帝相比,慈禧太后巾帼不让须眉。除了将整个宫殿变成她的收藏仓库以外,她个人还专门用三间大屋储存宝物,与三希堂相映成趣。这三间大屋由三面木架分隔成柜,每柜中置有檀木盒一排，统共三千箱，各自标有名称，至于藏于他处不须记载入册的宝物，就无法统计了。[12]

据说慈禧太后寿诞之时，从中央到地方各级官员都在敬献的宝物上费尽心机。初入军机的刚毅特意制作了十二面镂花雕饰精美的铁花屏风；直隶总督袁世凯送上的则是一双四周镶有特大珍珠的"珠鞋"，算上成本和宫门费（即用酬金打点太后的近侍太监们），总共70万金。

于是，在宫殿与民间之间，形成了一种施虐与受虐的关系。所谓天下，就是帝王的权力能够抵达的地方，说白一点，天下就是用来虐的，不虐怎能体现皇帝的威权？而宫殿中的宝物，刚好体现了帝王对天下的征用关系。有意思的是，许多受虐者乐此不疲，这是真正的"痛并快乐着"。这是因为每一个受虐者，转过身来就可以成为施虐者，去虐那些更下游、更弱势的群体。于是在帝国上下，形成了一条关于珍宝的食物链，这一出一进，有望实现收支平衡，说不定还会赚上一笔。的确有许多官员开辟了一条崭新的生财之道，就是以为皇帝进贡之名搜刮民财，最著名的例子，就是大家熟悉的和珅了。和珅不仅大肆受贿，还公开索贿，地方督抚每当进贡，比较"懂事儿"的，都要准备双份，给皇帝一份，给和珅一份，和珅也因此有了一个绰号——"二皇帝"。

还有一个原因：即使受虐，他们也是心甘情愿的，因为他们相信自己不会白受虐，受虐是有回报的。与受虐比起来，他们更看重回报。他们相信，吃人家嘴短，拿人家手短，即使皇帝也不例外。固然，"溥天之下，莫非王土"，这大地上包括地面下的一切都是皇帝的，皇帝可以白拿。但是他们向皇帝"献宝"，皇帝总会心生喜悦，也总有不好意思的时候，于是总会想方设法"意思意思"。那"意思"可能是宠信，也可能是用王朝的政治资源来置换。置换来置换去，皇帝身边的"宠臣"越来越多，王朝的政治权力也一点点被掏空。

于是，在重大节庆之日向宫廷"献宝"，在大清王朝几乎成了风俗，成了习惯，成了"世人皆知的秘密"。它使行贿成为公开，成为默契，甚至成为规则。这种行贿是以艺术品为媒介的，因而更加具有艺术性，看上去很风雅，送或者收，都没有什么不好意思的。唯一不好意思的，是有些官员实在拿不出皇帝看得上的书画精品，只得造假交上去，没过几天，书画退回来，上面多了几个字："假的不要！"是皇帝写的，而且是真迹。

在皇帝的带动下，收藏热在大清王朝的行政系统中方兴未艾。庆亲王奕劻的王邸（庆王府）门口，今天北京西城区德胜门大街与定阜街交叉处，来路各异的献宝者络绎不绝。有一位名叫陈璧的道员级闲官，贫困之中，以孤注一掷的决心，将亲戚所开金店中的稀世之宝东珠、鼻烟壶数件进献庆亲王，果然换来了邮传部尚书这一正部级职位。1911年10月10日武昌起义，蒙古镶蓝旗出身的锡良自告奋勇，率兵督陕，紧要关头，奕劻仍不忘记向他索贿，气得锡良大呼："生平不以一钱买官，况此时乎！"

但这还不算典型，最典型的是1911年底，各省独立之际，袁世凯力请清廷颁布《逊位诏书》，奕劻亦不误商机，向袁世凯索贿。国破之际，具有商业头脑的庆亲王奕劻在天津租界内创办一家"人力胶皮车公司"，赚了不少钱，也使他成为民国早期著名的收藏家。这是奕劻的能耐，他的"国"都亡了，他的钱照赚不误。

第八十章

天下珍宝，一旦进入了紫禁城，就被封闭在这座城里，"大门不出，二门不进"。它们仿佛进入了一个巨大的黑洞，从"天下"失踪了，没有人能够与它们再度谋面，即使贵为天子，也看不过来。它们终将由"藏在深宫一人识"，变成"藏在深宫无人识"。

那位为慈禧太后制作了铁花屏风的新任军机大臣刚毅深知这一点,所以他不得不收买近侍太监,将他的宝物摆放在慈禧太后的必经要道上,才可能被太后看到。

由于古代中国没有博物馆的概念,皇帝家国一体,皇帝的私人收藏也就等同于国家收藏,因此,紫禁城这座大博物馆,客观上起到了为国家收藏珍宝的功能。据1925年出版的《清室善后委员会点查报告》记载,国立故宫博物院成立时,共清点出117万余件宫廷遗留的文物,包括玉器、书画、陶瓷、珐琅、漆器、金银器、竹木牙角匏、金铜宗教造像、帝后妃嫔服饰、衣料和家具等,另有大量图书、典籍、文献、档案。郑欣淼院长说,当时的故宫博物院,"应当是世界上藏品最多的博物馆之一"[13]。截至2020年,故宫博物院现有藏品1862690件(套),其中百分之八十以上是清宫旧藏。

清宫收藏的巨量国宝,不仅远远超出了一个人的实际需要,而且成为他的巨大负担,最后变成了一个无关紧要的数字。它们以存在的方式消失了,消失于"天下",也消失在皇帝的视线中。

难怪有人将这些国宝称为"逆产"。那是1928年6月,张作霖下令奉军从北京退往关外,国民革命军开入北京,北伐宣告成功,南京国民政府正式统治全中国。故宫博物院刚刚由南京国民政府接收,一位名叫经亨颐的南京政府国府委员,在国府第七十四次会议上提出一项议案,主张废除故宫博物院。

这项议案首先向故宫博物院的名称发难,经亨颐对"故"字有意见,认为"故"字虽代表"过去",但带有怀念之意,比如"故乡",认为应将"故宫"改为"废宫",以此表明与封建王朝的一刀两断。接下来他还对"博物院"的"博"字不满意,认为"故宫这几件珍贵品,不过古董一小部分",无意中暴露了他的无知,但他的目的不是咬文嚼字,在他眼里,故宫博物院压根儿就不应该存在,因为故宫博物院里的文物都是"天字第一号逆产",民国了,为什么要保护封建皇帝的财产?(他的原话是:"皇帝物品为什么要重视?")于是他主张要废除故宫博物院,在首都(南京)另建"一个伟大的博物馆,可于最短期内成立","比没意思的故宫博物院,年年花许多钱维持下去,好得多"[14]。

第八十一章

的确,紫禁城的宝藏来路各异,除了外国传教士带来的"礼物"、外国使臣进贡的"国礼"、宫廷造办处"国产"的生活艺术品,也不乏巧取与豪夺,比如朝廷的"征集"、官员的"进贡",

以及对"罪臣"的查抄没收，但是，这些都不应当牵连到这些珍宝自身。紫禁城里的每一样文物、珍宝上面，都积累了中华文明几千年的艺术与技术，由一些精巧匠人完成，用今天的话说，是劳动人民创造的。它们置身于帝王的宫禁，凝聚的却是中华文明的辉煌成就，既是物质遗产，又是非物质遗产——文物本身是物质的，凝结在上面的艺术与技术则是非物质的。

所以经委员这项荒诞不经的议案一经提出，就触怒了我的故宫前辈们。那志良先生很生气，说："比如我们家里的东西，被人偷去了，经过破案之后，原物发还给我们，我们能说这是贼赃，而丢了它？"[15] 时任故宫博物院院长的马衡先生，趁着蒋介石、冯玉祥、阎锡山、李宗仁、邵力子、李济深、吴稚晖、张群等在7月里参观故宫的机会，把事先印好的传单发放给他们。传单是这样写的："无论故宫文物为我国数千年历史所遗，万不能与逆产等量齐观。万一所议实行，则我国数千年文物，不散于军阀横恣之手，而丧于我国民政府光复故物之后……我国民政府其何以自解于天下后世？"[16]

连南京政府大员都振臂一呼了，时任国民党中央政治会议委员、司法院副院长等职的国民党元老张继先生都在中央政治会议上提交一文，力保故宫博物院。文中同样给皇宫的收藏做了定性："故宫已收归国有，已成国产，更何逆产之足言？故宫建筑之宏大,藏品之雄富,世界有数之博物院也,保护故宫,系为世界文化史上尽力,无所谓为清室逆产尽力也……即张作霖,亦不敢排当时清议,受千载恶名也。至经(亨颐)委员以为拍卖古物,可以建筑博览会,是直如北京内务部之拍卖城砖以发薪矣。尤而效之,总理在天之灵,亦必愤然而不取也。"[17]

故宫博物院保住了,里面的宝藏也保住了。从那以后,国家经历了抗日战争、解放战争,故宫文物几经流散,但经过几代故宫人的努力,总体上留存了下来。而且随着中华人民共和国成立以后国家交拨、故宫回购、社会捐赠,故宫的文物越聚越多,养心殿装不下,《石渠宝笈》也装不下,才有了今天位列"世界五大博物馆"[18]的故宫博物院,有了今天的"国宝热""文创热",有了单霁翔院长所说的"把故宫文化带回家"。

这正是在紫禁城里建立一座博物院的意义所在,也是将帝王的收藏回馈给全体国民的最好方式。

第八十二章

宁寿宫区位于紫禁城内外东路,就是今天的故宫珍宝馆,这里曾是紫禁城里唯一一座太上皇宫。故宫六百年，太上皇不止一位。明朝被瓦剌人俘虏的明英宗朱祁镇（正统），归来后就做了太上皇。但他没有太上皇宫，从蒙古高原归来后，皇位早已被弟弟朱祁钰取而代之，是为景泰皇帝。后来朱祁镇夺回了皇位，证明自己才是"正统"，之后改年号为"天顺"，又把朱祁钰关起来。大仲马小说《三个火枪手》里，法王路易十四抓捕了自己的孪生弟弟菲利普，给他戴上铁面罩投进巴士底狱，后来被秘密救出，并悄悄地替代真正的路易十四，这情节与朱祁镇与朱祁钰的皇位转换几乎如出一辙。朱祁镇当年的囚禁之所，在西内的一间旧宫殿内，那寒碜的居所，谈不上什么太上皇宫。西内的位置在现在的北海、中海、南海区域，并不在紫禁城内。

乾隆皇帝活了八十九岁，到八十六岁退位时，身体依然朗健，他的长寿，在历史帝王中，古今无二。于是，他提前花了五年的时间，对宁寿宫进行了扩建、改建，准备当作自己退休后的居所。明朝时，这里只有稀疏的几座宫殿——仁寿宫、哕鸾宫、喈凤宫，是供太后、太妃养老的宫区，像万历皇帝的宠妃郑太妃、泰昌皇帝朱常洛的宠妃李选侍、天启皇帝的皇后张氏等，在丈夫驾崩、自己"升任"太后以后，都曾在仁寿宫居住。

到了清康熙年间，康熙皇帝为了让皇太后颐养天年，于康熙二十八年（公元1689年）建造了宁寿宫，为那个年轻守寡的顺治皇后孝惠皇后颐养天年。关于顺治皇帝与孝惠皇后之间的恩怨纠结，我在《故宫的隐秘角落》里写过。到乾隆时代，宁寿宫迎来"历史性的发展机遇"，乾隆决计不超过祖父康熙大帝在位六十一年的执政期限，等他秉政满六十年就宣布退休，把权力交给他的儿子颙琰（后来的嘉庆皇帝）。乾隆三十七年（公元1772年），乾隆皇帝六十二岁。这一年，在乾隆生命中，至少有两件大事发生，一是开始编修中国历史上规模最大的丛书——《四库全书》，十年后完成；二是下达诏书，大规模改建宁寿宫，"以是为燕居地"[19]，去那里，做一个自由自在的太上皇。

乾隆他力图在有限的区域内，把他一生中最得意的宫殿建构集中起来，打造他的理想居所。所以，在宁寿宫区，殿阁楼台、亭斋轩馆无不具备，达到了宫殿建筑的最高水准，成为皇家建筑的经典之作。

第八十三章

宁寿宫是紫禁城的城中之城，乾隆改造后的宁寿宫建筑群，犹如紫禁城的缩影，也分前朝、后寝两部分。前部有九龙壁、皇极门、宁寿门、皇极殿、宁寿宫，规制分别仿紫禁城中路的午门、太和门、太和殿、中和殿和保和殿。宁寿宫的后部又分为中、东、西三路。中路有养性门、养性殿、乐寿堂、颐和轩、景祺阁和已毁的北三所，东路有扮戏楼、畅音阁、阅是楼、寻沿书屋、庆寿堂、景福宫、梵华楼、佛日楼，其中畅音阁为清宫内廷演戏楼，其建筑宏丽，全称为宁寿宫畅音阁大戏楼。西路是宁寿宫花园，俗称"乾隆花园"，有古华轩、遂初堂、符望阁、倦勤斋等建筑。开合起伏，承转铺点，以草木峰泉为笔墨；立意布局，塑形取材，以造化气韵为宗法。植树种花，选折枝曲干；叠石理池，择浅近高远。[20]这座皇家园林本身，就是故宫引以为豪的珍宝。

尽管后来乾隆并没有真正住进宁寿宫，而是最终死在养心殿——对于权力，他有着至死不渝的坚守，但从宁寿宫，甚至仅从乾隆花园来看，乾隆皇帝的完美主义倾向已显露无余。他要当"千古一帝"，在政治上超越秦皇汉武、唐宗宋祖，同时试图主宰文化的江山，在玄黄寒暑、岁月轮回中，弹弈写绘，吟咏唱和，接通上下五千年的文明电波。他不想当单项冠军，只想当全能冠军，去当他理想中的圣人（所谓"贤希圣"）。这全能，包含了文治，也包含了武功。他自称"十全老人"，历史上没有一个帝王敢这样大言不惭吧。

"十全"，就是十全十美了。他八十二岁上（乾隆五十七年，公元1792年）写《御制十全记》，充分发扬表扬与自我表扬的精神，对自己不平凡的一生，尤其对在自己为国家统一所建立的"十全武功"给予了充分的自我肯定，"以昭武功而垂久远"。这"十全武功"是："平准噶尔为二，定回部为一，扫金川为二，靖台湾为一，降缅甸、安南各一，二次受廓尔喀降，合为十。"乾隆《御制十全记》写本，纸本，墨笔楷书，开本29.5cm×14.6cm，版心23.5cm×10.9cm，月白绫镶裱，书册上下有楠木夹板，书函为硬木制，现存北京故宫博物院。

《御制十全记》是给自己立传，这还不够，还要树碑。"御制十全记碑"立得有点远，立在了拉萨布达拉宫前，也是乾隆五十七年（公元1792年）敕建的。1965年将这座"御制十全记碑"和碑亭一起迁到了布达拉宫背后宗角禄康公园的大门内侧，现已被迁回扩建后的布达拉宫广场。在故宫漱芳斋的墙壁上，也钩刻着《御制十全记》。

乾隆在政治上有作为，他的家庭也算多子多福、富贵满堂。乾隆共有十七子、十女。储君嘉庆在他的培养下茁壮成长，已初具帝王之象。他不仅把自己的王朝推向了盛世巅峰，而且完成"禅让"，把皇位完好无缺地交给继任者。一个人的人生，已经很难像乾隆这样完美。

但人生没有十全十美，命运面前人人平等，纵然贵为天子也不能例外。其实乾隆一生并不是那么完美，他在爱情上是有缺失的，政治上也并不"十全十美"，比如他执政后期吏治的败坏。就在写下《御制十全记》的第二年，他拒绝了英国使臣马戛尔尼代表英国女皇提出的贸易通商请求，他的闭关锁国政策拉大了清朝和西方的差距，使清朝的国运在乾隆晚年开始急转直下，四十多年后，就发生了鸦片战争。这些，我在《远路去中国》《故宫六百年》这些书里都分别写到，这里就不啰嗦了。

苏东坡早就说过："月有阴晴圆缺，人有悲欢离合，此事古难全。"《红楼梦》里秦可卿托梦王熙凤说的那句名言也常被引用："常言'月满则亏，水满则溢'……荣辱自古周而复始，岂人力能可保常的。"[21] 我想起当年史铁生看奥运会，看到他崇拜的美国短跑名将刘易斯被约翰逊战胜，刘易斯茫然的目光让他心疼，也粉碎了他对"最幸福的人"的定义（原本，在无法走路的史铁生眼里，刘易斯——世界上跑得最快的那个人就是"最幸福的人"）。刘易斯的失利让他明白了一个道理："上帝从来不对任何人施舍'最幸福'这三个字，他在所有人的欲望前面设下永恒的距离，公平地给每一个人以局限。如果不能在超越自我局限的无尽路途上去理解幸福，那么史铁生的不能跑与刘易斯的不能跑得更快就完全等同，都是沮丧与痛苦的根源。假若刘易斯不能懂得这些事,我相信,在前述那个中午(即刘易斯被战胜的那个时刻——引者注),他一定是世界上最不幸的人。"[22]

我特别喜欢这段文字,史铁生去世后,朋友、粉丝们在地坛为他举行的追思会上,我就朗诵了这段文字。假如我有机会面见乾隆,我愿把这段文字朗诵给他,因为无论苏东坡还是史铁生,都在说明一个意思:人生不可求全,无常才是平常。贪大与求全,其实都是幼稚的表现。不知道乾隆听到这话,会恼羞成怒,还是会心一笑。

第八十四章

御花园的空间相对狭小,自宫殿和广场拥来的人流汇聚在这里,使御花园的人口密度剧增。摩肩接踵中,很少有人注意到,在御花园西侧偏北的宫墙上,嵌有三间悬山卷棚顶抱厦,那是一扇门,在它的后面,藏着一个神秘的空间。

漱芳斋是宫殿内部最重要的娱乐场所之一,一座在乾隆营建太上皇宫殿时建起的"文化活动中心"。"漱芳"的意思,是花卉在经过洗濯之后更加明丽和绚烂，隐含着修养美好德行之意。漱芳斋内器具之精美、宝物之丰盈，在紫禁城中是罕见的。每次走进漱芳斋，我都会被前殿东次间整墙的多宝格吸引，上面原样摆放着百余件玉瓷珍品。这里曾经是皇帝的书房，室内曾挂着一幅匾额，上面写着："静憩轩"。

漱芳斋是一座"工"字形殿，坐北朝南，有前后两座厅堂，中间有穿堂相连。前殿与南房、东西配殿围成独立的小院，其间有游廊相连。有时我在故宫里去其他部门办事，穿过开放区，遇到游客，见我胸前有故宫工作人员的胸牌，就会问我："小燕子住哪？"我知道，小燕子是琼瑶的小说《还珠格格》里的人物，这部小说后来拍成了电视剧，赵薇演小燕子，张铁林演乾隆。这部电视剧我拒绝看，主要是受不了张铁林的笑声。电视剧（小说）里的小燕子就住漱芳斋。查清宫档案发现，自乾隆朝一直到清末，从未有任何一位格格在漱芳斋里居住过。所以《还珠格格》里的小燕子，根本不可能，也不应该住在漱芳斋。当然，《还珠格格》是艺术创作，娱乐娱乐就可以了，不必较真，但是的确有许多来故宫的游客，受到了电视剧的误导。

漱芳斋前的庭院里，与漱芳斋前殿正对的是一座大戏台。这是故宫内仅次于宁寿宫畅音阁大戏台的一所戏台，也是宫中最大的单层戏台。戏台每面四柱，当心间稍宽，作为台口。台的上方设有天井，覆以重檐歇山式屋顶，装饰极为华丽。清代帝王对戏剧情有独钟，乾隆、嘉庆、道光、咸丰乃至慈禧皇太后都喜欢看戏，每年元旦（今春节）、万寿节（清帝与太后诞辰）和冬至都离不开戏剧演出；元宵、端阳、中秋等各大小节令及皇帝的大婚、册封后妃、皇子出生等重要活动，也要演戏庆贺。每年元旦，习艺的太监们要在凌晨四时三刻入宫，皇帝在金昭玉粹宫进早膳时，上演《喜朝五位》。不到六点，漱芳斋的戏台上就已打起细乐，上演祥瑞例戏以及散出小戏。六点整，皇帝要去接受群臣朝贺，演出暂停，皇帝回来后，再接演小戏。只有在这里，他们才安于以观众的身份，打量帝王将相的旧日传说。

皇帝坐在漱芳斋前，面对着庭院里的戏台看戏。戏台的视觉效果和音响效果，在当时堪称一流。表演者站在戏台上演出，他的嗓音就会犹如天籁，即使在表演者自己听来，他们的声音也赏心悦耳。这是只有在宫殿内部才能获得的神奇效果。他们或许并不知道，营建这座戏楼的时候，在楠木铺成的台面下面挖了四眼水井，以增加声音的共振，使声音更有质感。

演员们上天入地，翻手云，覆手雨，无所不能。在这里，他们可以是身穿蟒袍的王，是法力无边的神，让现实中的皇帝哭之笑之。

皇帝高兴了，也会加入表演的阵容中。有一次，宫中唱《黄鹤楼》（是在宫中的另一座大戏台——畅音阁大戏台），同治皇帝唱赵云，一个名叫高四的太监唱刘备，"赵云"打躬参见"主公"，高四赶紧站起来说："奴才不敢。"同治皇帝说："你这是唱什么戏呢，不许这样，重新来！"[23]

他们（表演者）的特权只在戏台上有效，从戏台上下来，他们就立刻成为一粒草芥。所以，他们的"权力"是虚拟的，也是暂时的，它来自皇帝的赐予，皇帝也随时可以收回。

漱芳斋的庭院布局，体现了皇帝的意志——在漱芳斋正殿前，坐着世上最高贵的观众，即使娱乐的时候，他也要坐北朝南，因为皇帝要"面南而王"[24]。为此，他甘愿牺牲看戏的视觉效果，因而他眼中的画面，全部是逆光的。这是贯彻在紫禁城里的空间意识形态，在有些时候，它宁肯与生活的常识背道而驰。

第八十五章

一缕清渠从山石间穿过。周围是名贵的树木，古木交柯，与山屏结合，有闲云野鹤的空灵感。明代紫禁城北部有一座御花园，当时名叫宫后苑。与整座宫城的布局相统一，宫后苑也采用了中轴对称结构，左右均齐，大小有序，四平八稳，僵滞呆板，与宫苑本身所应具有的灵动性相违背。清代帝王显然对此不满。乾隆三十七年（公元1772年）开始，用了六年时间改修宁寿宫，修建了宁寿宫花园，就是今天常说的乾隆花园。

紫禁城营造在明清两朝五百年的时间内从未终止，我们看到的是一个连续的过程，是宫阙园亭在时间中的叠加效果。灿烂的花园在明宫坍毁的旧址上出现。整个宁寿宫工程耗银130万两，尚不包括鼎、炉、缸、座、日晷、月影、铜龟、铜鹤、铜鹿、铜狮以及装饰彩料、硬木、铜锡金属等价款——后者显然是不应忽略的支出，仅宁寿宫门前那对镀金铜狮，就镀金五次，耗用黄金三百多两。

乾隆花园地处大内深宫，八米高的宫墙把它隔离成一个世外桃源。禊赏亭位于花园最突出的位置，曲水流觞，不仅从造园的意义上化解了花园无水的缺憾，同时勾勒出帝王对风雅的归附。

乾隆手书的"禊赏亭"字匾透露出这里与古代知识分子某种精神传统的联系。它让人想起三百年前的一个皇子——像水一样飘逸的柏，以及他筑在水边的景云阁。作为古代禳灾祈福的一种巫祭活动，河边"禊赏"的古风始终未曾中断，只是随着时间的演进而有所变易，衍化为文人士大夫之间的一种宴乐形式。

流动的河水不仅为他们诗酒相酬、比兴咏怀增添诗意的氛围，更因逝水是一种无形的容器，包含许多在人们经验和想象之外的东西，如同时间，它用自身的无限指出了人生的限度，它的一去不返暗藏着严厉的训诫，河水里浸泡着全部的历史，因而冥思者总是愿意与流水接近。"莫（暮）春者，春服既成，冠者五六人，童子六七人，浴乎沂，风乎舞雩，咏而归。"[25] 曾皙这样表达他的渴望。东晋永和九年（公元353年），会稽[26]兰亭举行的那次民间诗会，注定会成为知识分子精神史中的一次重大事件："永和九年，岁在癸丑，暮春之初，会于会稽山阴之兰亭，修禊事也。群贤毕至，少长咸集。此地有崇山峻岭，茂林修竹；又有清流急湍，映带左右。引以为流觞曲水，列坐其次，虽无丝竹管弦之乐盛，一觞一咏，亦足以畅叙幽情。是日也，天朗气清，惠风和畅，仰观宇宙之大，俯察品类之盛，所以游目骋怀，足以极视听之娱，信可乐也。"[27] 这样美的书法，这样美的文字，让一千四百多年后的乾隆依然惊艳。

　　大隐隐于朝。皇帝的归隐之所距离他的朝廷并不遥远。从太和殿到乾隆花园，涵盖了他后半生的全部道路。曲折的幽径，暗示着朝廷与江湖的隐秘联系。当然，皇帝的江湖与真实的江湖并不相同。皇帝的江湖充满匠意，透露出"移天缩地在君怀"的贪婪。皇帝的宫苑必须有宫墙和禁卫军看护，皇帝永远不可能从宫殿重返遥远荒僻的山川林野。宫殿里的山水，虚假而矫情，透露出帝王关于归隐的谎言。

乾隆去世前的遗嘱是："若我大清亿万斯年，我子孙仰膺昊眷，亦能如朕之享图日久，寿届期颐，则宁寿宫仍作太上皇之居。"[28] 他的意思是要这座世外桃源永作太上皇宫，讽刺的是，他身后的皇帝个个短命，这个王朝再也没有太上皇出现过。华美的宫苑被长期废置，直到光绪年间，才又以六十万两白银重新修葺，作为慈禧太后的寝宫。

第八十六章

相比于高大宏伟的宫殿，军机处无疑是一个低调的存在。军机处原是辅佐皇帝办理日常事务的办事机构，相当于国家元首的办公厅。雍正七年（公元1729年），因用兵西北，往返军报频繁，而当时兵部所处的位置在天安门外，现在天安门广场的位置上，令心急火燎的皇帝鞭长莫及，于是在这一年元月，在宫殿中增添了这一办事机构。

后来曾任军机处章京（文书）的王昶，在《军机处题名记》

中写道："雍正七年，青海军兴，始设军机房。""军机房"是初始时的名字，雍正十年（公元1732元），更名为"办理军机处"，简称"军机处"。军机处初设时，它的权限仅限于军务。《清史稿·军机大臣年表序》说："初只承庙谟商戎略而已。"但在皇权的护佑下，它的权力一步步扩大，由国防部升格为总揽帝国政治、经济、军事、外交、民族、文化各项事业的最高决策机构。一切机密大政均归于军机处办理，而远在宫殿外的内阁，则沦为办理例行事务的机构。

无论是军机处的工作人员，还是雍正本人，或许都没有想到，这一临时机构在帝国的历史中存活了一百七十年。直到1912年2月12日，隆裕皇后在天安门上宣告皇帝退位并授命曾任军机大臣的袁世凯组建临时共和政府以前，一直是朝廷中最重要的政治枢纽，甚至在清朝覆灭后，这一传统又以国民党中央军事委员会委员长（蒋介石）侍从室的名义得以继承和发扬。

然而，你若发现位高权重的军机处，只是隆宗门与乾清门之间那一排不起眼的几间板房的时候，一定会大失所望。那是一座十二间的通脊长房，面积不足200平方米，无论从体量上还是装饰上，都乏善可陈，在波澜壮阔的宫殿内部，仿佛一块漂浮的舢板，弱不禁风。

从三大殿绕过来，站在保和殿的台基上，目光自然地向北延伸，越过乾清门华丽的琉璃檐顶，落在景山的万春亭上。而军机处，则刚好出现在人们视线的盲点上。无论从哪个方向看，军机处都是视线中最容易被忽视的部分。它像一条冬眠的蛇，蛰伏在乾清门一侧的宫墙下。

如今的军机处也成了一间展室，里面那张著名的通铺已去向不明，一排长长的玻璃框取而代之，里面陈列着从前的各种文牍实物。我记得很多年前第一次看到那张通铺时的惊讶，它几乎占据了整个房间一半的面积，因而显得格外醒目，除了它侧面的楠木饰板以外，那实在是一张再普通不过的通铺，上面摆着炕桌。在寒冷的冬夜，军机大臣们就倚着那张炕桌，怀抱着铜质錾花暖手炉，处理帝国军机。这里曾是中国官场金字塔的顶端、一个众人仰望的权力机构，它的一端，通过一系列反反复复的奏折、文牍，与全国各地的官僚网络相连，而它的另一端，又与皇帝相连，是宫殿系统的一个组成部分、一个不可或缺的机关，只有把它握在手里，皇帝才能驱动那台庞大而沉重的权力机器，否则，国土上那些层层叠叠的衙门，就变得遥不可及。军机处处于双重体系的交合点上，它的重要性不言而喻。

然而，权力系统内部一个如此重要的器官，却是这样隐匿在宫殿内部，不动声色。一代一代的政治明星——鄂尔泰、张廷玉、和珅、董诰、允祥、永瑆、赛尚阿、李鸿藻、奕䜣、奕劻、载漪、荣禄、翁同龢、李鸿章、瞿鸿禨、徐世昌、铁良、载沣、张之洞、袁世凯等，无一不在这一狭长的空间内闪展腾挪，对王朝政治施加影响。

它朴素得过分，实在看不出任何帝国最高决策机构的迹象，甚至与宫殿中的内阁公署、内阁大库、方略馆、内务府这些职能部门的建筑相比都相形见绌。军机处办公的地方不称衙署，仅称"值房"。军机大臣的值房称为"军机堂"。军机处的内部除了那张大炕，青砖的地面上几乎空无一物，只有东墙下摆着两把明式椅，墙上挂着一只"喜报红旌"的木匾，看上去实在像一个"清水衙门"。不知李鸿章、张之洞、袁世凯这些曾经拥有豪华衙署的地方大员，在擢升为军机大臣后，是否对自己的"办公环境"感到满意？

如果说雍正年间设立军机处是仓促之举，那么，在以后的一百七十年间，军机处的建筑为何没有丝毫的进步？

实际上，那些权倾朝野的军机大臣们，每时每刻都处于冰火相激的状态中——一方面，作为朝廷要员，他们是神圣的，他们在那间破房子里写下的每一个字都牵扯着国家的命脉；另一方面，在至高无上的帝王面前，他们只能做唯唯诺诺的磕头虫。

在外朝和内廷的夹缝中，军机大臣们仿佛被皇帝呼来唤去的伙计，无日不被召见，无日不承命办事。他们头戴顶戴花翎，器宇轩昂地出没于宫廷内外，又动作整齐地在皇帝的面前下跪。皇帝所到之处，军机大臣也无不随从在侧。他们既无品级，也无俸禄。对军机大臣的任命，没有制度上的规定可循，完全由皇帝的情绪决定。他们站在权力的高峰上，脚下却是万丈深渊。军机大臣的职务也没有制度上的规定，一切都是皇帝临时交办的，所以军机大臣只是承旨办事而已——"只供传述缮撰，而不能稍有赞画于其间"。

历史上曾经出现过两次军机处全班换人的情况，而且全部与慈禧有关。一次是咸丰十一年（公元1861年），在慈禧发动的宫廷政变中，咸丰皇帝留下的顾命大臣全部被废掉，变成被刽子手收割的人头和流放地的一群孤魂野鬼；还有一次是光绪十年（公元1884年），慈禧太后懿旨抵达军机处的时候，所有的军机大臣都大吃一惊："以恭王为首，包括大学士宝望、李鸿藻，尚书景廉、翁同龢在内的军机处大臣全班撤职，改换以礼王世铎为首，包括额勒和布、阎敬铭、张之万、孙毓汶、许庚身在内的另班人马。"懿旨并特别强调，遇有重大事件，须会商醇亲王办理。这次全班换人，表面原因是为法国在越南进行的战争中清军的节节败退负责，实际原因是慈禧忌惮奕䜣，因为恭亲王奕䜣外有洋人支持，内有领导剿灭太平天国之功，一股旺盛的野心正在他的胸中熊熊燃烧。他兴洋务，建工厂，设招商局，筹建亚洲第一的中国海军,创办同文馆,办新式教育,派留学生,整饬吏治,像肃顺那样任用汉臣——帝国的十名总督,他用了九名汉臣,曾国藩、李鸿章、左宗棠、张之洞,接二连三地被奕䜣一手提拔起来……一个又一个中兴计划在他的胸中酝酿,他的主人翁精神使慈禧太后——宫殿的真正主人深感不爽,所以他必须被清除。而醇亲王——光绪皇帝的亲生父亲,在宫殿里度过一系列如履薄冰的岁月后,于光绪十七年(公元1891年)忧惧而死。所以,那排匍匐在养心殿前的简陋值房,正是军机处真实处境的视觉化体现。它只是一群官僚的临时栖身之所,一个存放牵线木偶的仓库。

同样的例子可以从纳粹德国的新柏林计划中找到,在新柏林壮观的南北轴线上,居于中心位置的是庞大的新总理府,成为"绝对权力的体现和化身"[29]。与它相比,议会的建筑不值一提,"在法西斯主义体制下,德国议会无足轻重"。[30] 希特勒的内阁也仿佛军机处的翻版,它只是施佩尔设计的总理府中一个普通的会议室而已,它的地理位置也与内廷中的军机处出奇地相似:"通过一个专用的走廊和希特勒的工作室相连,以便于元首自由进出,但希特勒极少用到它。"[31]

只有皇帝的办公室是巨大的,三大殿与四隅崇楼、东面的体仁阁、西面的弘义阁、前后九座宫门以及周围廊庑,共同构成了占地约八万平方米的巨大庭院，面积是军机处的四百至五百倍。太和殿和它前面的巨型广场，从空中俯瞰，酷似一个放大的宝座——雕花彩绘的太和殿，是龙椅的靠背；三大殿的汉白玉大台基，是它的坐垫；两侧的廊庑，则是它的扶手。也就是说，整个宫殿、整座城池，乃至整个天下，都是太和殿中间须弥座台上那把金漆宝座的放大，它们是同构的，它们以相同的语法表明了天下的私人性质，而保和殿背后那一排军机处值房，则是龙椅上一个小小的榫卯而已。

第八十七章

在这个世界上，再也找不出比紫禁城更为绚烂和庞大的宫殿了。无论从宏观上还是微观上，紫禁城都达到了营造的极致。8707间房屋，没有一间不曾经过精心的计算。各种纹饰细致入微，在建筑中无孔不入，像皮肤病一样毫无节制地蔓延。这是皇帝想象中的天堂。一个与世隔绝的世界。他们在自己的天堂中狂欢和死亡。

宫殿有着永远推敲不完的细节，它们显然不是在某一个时间里步调一致地完成的，如同鲜花的舞蹈，不可能在某一个早晨戛然而止。所有的细节，都伴随着时间缓慢生长。这使旧宫殿成为一件活物，有着自己的生命周期。但没有一个人能够真正长寿到看清它所有微妙的变化。

真正万寿无疆的，是旧宫殿，而不是那些自命不凡的帝王。与宫殿相比，他们都是短命的。从这个意义上说，宫殿是一座深邃而华丽的坟墓，日复一日地吞噬着帝王们的肉体。难怪同治帝死后，醇亲王奕譞听到皇帝的人选落到自己四岁的儿子载湉头上时，失声痛哭，昏倒在地。这位时年35岁、权倾朝野的亲王，对宫殿的性质了如指掌。只有他知道，等待儿子的，不是幸福，只有厄运。宫殿犹如一座巨大的绞肉机，等待着血肉的滋养。皇帝以宫殿的缔造者自居，但宫殿的野心也是与生俱来，它们把皇帝塑造成一种特殊动物，来满足自己的需求。现在，那个襁褓中的儿童——即将受到册立的"光绪"，将成为宫殿新的猎物。他鲜嫩的肉体，刚好符合宫殿的胃口。

夜晚的宫殿空寂无人，三拜九叩的庄严场面消失了，所有的躯体都去向不明，宫墙间漫长的夹道犹如乐器，被冷风吹响，此起彼伏。在幽咽的风声中，我能分辨出身份不同的人们的哭喊。他们死了，但他们的哭喊还在，并且在每一个夜晚汇集起来，声音嘈杂。所有人都退场了，他们企图通过这种方式，表明自身的存在。

第八十八章

　　飞鸟划过天空，又带着动人的弧线返回。它们是宫殿里真正的自由者，没有一条道路能限制它们的方向。顺着飞鸟的指引，我终于发现了宫殿里还住着一些永久居民，它们是：燕子、喜鹊、乌鸦、刺猬、黄鼠狼……宫殿业已成为动物们的联合国。它们拥有一部属于自己的史书，它们的历史与人类的历史大相径庭。它们甚至对于旧宫殿里的历史毫无兴趣。它们在梁柱、台基，或者树丛间，苦心孤诣地营建着自己的王朝。它们的王朝各自为政，互不隶属。它们的王朝更替，大都与天时有关，而从来无须阴谋的介入。它们自由，并且远离罪恶，所以它们生生不息。没有什么力量能够终结它们的血缘。而在它们身边，在最豪华的宫殿里，帝王的苗裔已经气若游丝。自从同治皇帝崩逝于养心殿东暖阁后，大清王朝父死子继、一脉相传的帝系就彻底中断了。这预告了这个王朝已经来日无多。两个接踵而至的小皇帝无法支撑这样硕大的宫殿。动物们沉浸在自由里，不懂皇帝的忧虑。不知宫殿里的皇帝会以什么样的心情仰望飞鸟。那是一个王权无法抵达的国度，所有的生命都不受皇帝的管辖。在飞鸟面前，他们是否还会像面对臣民那样自鸣得意？

逊帝溥仪，宫殿的最后一名囚徒，年轻时曾像鸟一样攀缘到宫殿的顶上，但他没有翅膀，宫殿之外的世界只能让他望梅止渴。宫墙规定了他生命的限度。这时的旧宫殿已经不再是世界的中心，而早已沦为这个世界上无足轻重的盲点。

第八十九章

我还想补充一点：故宫的所有者是封建帝王，它的创造者却是劳动人民。它的极权主义性质，不能否定它是中华文明源远流长的伟大见证。2020年，我的《故宫六百年》出版，在这本书的后记里，我这样写：

四大文明古国中，唯有中国的文明未曾断流，其中的原因，须从文明的内部去找。毋庸置疑，在我们的世界里，有罪孽与坠落，但也有拯救与飞升，就像这辉煌浩大的故宫，无数次几乎被摧毁，又无数次地涅槃重生。中国人能穿越黑暗与血腥活到今天，中国历史没有中断在某一个黑暗的时刻，不是因为这黑暗不够强大，而是因为我们文明中的正面价值比这黑暗更加强大，这些正面价值包括隐忍、宽容、牺牲、仁爱，儒家所说的仁、义、礼、智、信，道家所说的上善若水、道法自然等，几乎包含了我们文明正面价值的所有内涵。与充满经营算计的王朝政治相比，文化具有更强的整合力。

"就此我们看到了两个故宫，一个是王朝政治意义上的故宫，另一个是文化意义上的故宫。站在现代的立场上，我们可以对王朝政治进行抨击，而对故宫的文化价值，我们不能不顶礼膜拜。紫禁城表面上是一座城，背后是一整套的价值观。是中国人价值观的伟大（在轴心时代就已经奠定），成就了这座城的伟大。一切的恩怨、宫斗都是速朽的，纵然像朱棣、乾隆这样的不世之君，也只是匆匆过客，只有故宫（紫禁城），超越了个体，超越了王朝，得以永恒。"[32]

故宫的宏大，使我们至今难于从整体上把握它，它以支离破碎的形式，存在于各种各样的表述中。我们得到的，充其量是被表述的故宫、作为碎片的故宫，而永远不可能是故宫本身。故宫拒绝表述，所以对我们来说，故宫更像是一个空泛的概念，它的碎片，看上去反倒更显得真实。这正是我写下这些碎片式文字的缘由。

第六卷
血（上）

朱棣个人发动的恐怖行动必然造就一种国家体制。在政敌消失以后,体制还会物色甚至虚构出更多的『敌人』,唯其如此,这种体制才能存活下去。

第九十章

在朱棣登基的喜庆气氛中，一场杀戮在暗地里进行。当然，关于这场杀戮，大明王朝的官方媒体没有任何报道，所有的线索都断了线，被逝去的时间卷走了，以至于我们今天搜寻那场杀戮的血迹，都是一件极为困难的事。官方的宣传机器把精力全都放在宣传新任皇帝的仁德上，忙得不亦乐乎，根本不可能有时间遐想别的东西。它们的确没有忽悠，朱棣不仅才能过人，而且从不忘记与他一起艰苦创业的功臣，对张玉、朱能这样的左膀右臂，他"三世赠王"，甚至对北平保卫战中奋勇支前的妇女、强渡长江时的舟工，皆一律封赏。受封赏的百姓对他们的圣明君主自然感恩戴德。

张灯结彩的南京城里，一场搜捕在紧张进行。这场于某个深夜开始的搜捕一直持续了二十余年，在永乐初年形成了一种习惯，连皇帝自己都不知道如何收场。建文帝的旧臣，自杀的自杀，叛变的叛变，逃跑的逃跑。许多权倾一时的朝廷重臣，许多官宦人家的金枝玉叶，从此隐姓埋名，流落民间，去演绎他们的离乱故事。表面的秩序之下，京城陷入一片混乱。亡命者、搜捕者、藏匿者脚步纷沓，奔跑的身影错落交叉重叠，变成一股股不规则的旋风，看不见摸不着，忽东忽西，飞旋的风中有时还夹杂着若有若无的耳语以及粗重的呼吸，夹杂着告密信和密杀令的残屑。紧张的空气四处弥漫，仿佛饱胀的血管即将迸裂。那时正值四月，天气炎热，树叶被刺眼的阳光照得滋滋地响，依稀的血腥被蒸腾的热气放大和传递，如同走街串巷的各类小道消息。

锦衣卫到来的时候，案上的一支熏香刚刚燃尽，最后一缕香灰恰好落下。仿佛一场约定，锦衣卫按照方孝孺预算的时间出现在他的面前。在树叶的滋滋乱叫声中，方孝孺已经等待多时，甚至有些不耐烦——他很替那些搜捕者着急。所以，当锦衣卫出现在他面前时，他几乎露出了兴奋的表情。他从书房里走出来，四名锦衣卫站在门口，他把下巴微翘起来，不用正眼看他们。他洁白的长须在旋风中婆娑飞舞。

方孝孺是以建文帝统治集团要犯的身份出现在朱棣面前的。当他被拎出刑部死牢的时候,他觉得整个世界都在旋转。宫殿明灿的光芒刺痛了他的眼,让他一时不能适应。晕眩中,他在回想第一次见到朱棣的时间和场合。洪武十五年,还是二十五年?他努力睁开浮肿的眼皮,看到御座上那团模糊的身影,试图令它与自己的记忆吻合。他什么也没有看到——除了龙袍那耀眼的金黄。

方孝孺一走进宫殿就闻到血腥的味道,是一种类似死鱼发酵后的腥味。在刑部死牢中的绝食,令他的嗅觉异常灵敏。如同一只野兽,那气味顽固而且暴戾,在圣洁的宫殿中无处藏身。方孝孺几乎看见它焦躁狰狞的表情。老弱的方孝孺上殿的时候,那气味好像瞄准了目标,猛然向他扑来,它的利爪似乎已伸进他的内脏,翻搅不止。方孝孺险些跌倒,仿佛风中的旗杆,晃了几下,终于站定。他用余光看到宫殿上的官员们表情肃然,对鲜血的腥味毫无察觉。

方孝孺大叫一声"子澄——",就昏过去了。

第九十一章

　　黄子澄的确是在宫殿上被杀的。就在方孝孺跌倒的位置上，被砍掉了四肢。浓重的血腥气味，使得昏厥中的方孝孺产生某种幻觉：他看到被砍下的四肢还在宫殿上艰难地爬行，蜿蜒的血迹仿佛四条缓缓蠕动的血红粗大的蟒蛇。他看到黄子澄因极度痛苦而扭曲的面孔，五官像老树的枝丫盘根错节。

　　朱棣北平起兵，借的就是"诛齐泰、黄子澄"以"清君侧"的名义。他的目标已经实现，齐、黄二奸自然死有余辜。黄子澄是建文帝削藩政策的制定者之一。他的计划中存在着一个重大的漏洞，那就是没有在一开始就除掉威胁最大的燕王朱棣。现在这个漏洞已经长成一个血盆大口，吞噬了他们的王朝。他瘦弱的四肢无法填补当初巨大的缺口。即使把整个身躯贡献出去也无济于事。那个漏洞的齿缝已经血迹斑斑。

　　朱棣显然要让黄子澄为他的阴谋付出代价——尽管他愚蠢的谋划在客观上帮了朱棣的忙，使他不仅获得了夺取帝位的借口，而且赢得了备战的时机。令他惊讶的是，阴谋的制定者表现出惊人的"气节"。实际上，残酷的杀戮游戏的规则制定者既非黄子澄，也非朱允炆，宫殿本身就是一个巨大的陷阱，令所有置身其中的人们无法自拔。辉煌的御座有着超乎寻常的魔力，无论多么仁慈的人坐在上面，都会陡生杀戮之心。皇族间的自相残杀永难避免，皇室后代人数的递增加剧了残杀的激烈程度。那是人世间最惨烈的淘汰赛，胜者只有一个，宫殿里的那把龙椅就是胜利者的奖杯。

那天，作为失败者，黄子澄张口闭口称朱棣为殿下，而不是陛下，以此表达他内心的不满。他在宫殿上留给朱棣的最后遗言是：我想得到殿下你凭借手里有兵谋取富贵，却万万想不到你有胆量篡权谋逆。殿下你向来不是什么好东西，是一个教育不好的坏分子，恐怕你的子孙将来也会像你一样篡位，到时候，你就死无葬身之地了。

皇帝生气了，后果很严重。他一声令下，黄子澄的宗族老少65人、妻族外亲380人被带到宫殿上。哭喊声立即将他吞没。在史书中，他们没有留下名字，但在黄子澄心里，他们各个眉目鲜明。他回过头，依次分辨着那些面孔。这时，他发现，人群中少了一个人，就是他的儿子田经。朱棣也回赠他一个疏忽，于是他知道故事并没有终结。他们的故事里埋伏了一条新的线索，它定将在未来的某个时候重新显现出来。

那些眉目鲜明的头颅被一个接一个地剁下来，分别安放在精致的盒子里，摆放在他面前。他看到一个婴儿的头颅，还不到几个月大，粉红的脸蛋上泛着一层细细的绒毛，鼻翼间残留着没擦干净的鼻涕。一口鲜血带着胸腔里的黏液，喷薄而出。

第九十二章

黄子澄醒来的时候，那场残酷的肢解表演已经拉开了帷幕。他发现自己的四肢呈"大"字形捆在刑床上。他仰面朝天，表情木然地看着行刑者，丝毫没有挣扎，仿佛在观看别人的游戏。行刑者手起刀落，有人闭上眼睛，以为会有一条胳膊滚落下来。没想到刑罚并没有那么简单，那口钚刀在空中划过一条弧线之后，停留在臂弯的肌肉里。每个人都能听见雪亮的刀尖直刺进肌肉时发出的那声沉闷的钝响，仿佛木棍戳穿厚实的窗纸。在刀尖插入的地方，他富于弹性的肌肉出现了明显下陷的沟槽，鲜血就从那里滋滋地喷射而出。接下来，人们看到刀尖沿着手臂上的沟槽向指尖方向滑动，虽然有时被经络骨骼绊一下，但终于打开一条略带弯曲的通道。黄子澄的手臂也顺着刀行走的方向开裂成两半。当行刑者的朴刀完成这一行程之后，细心的人会发现黄子澄的手指增加到了六个——刀尖严格地按照手臂的中线横向运动，最后从中指的指尖离开他的身体。

接着是第二刀刺进他的臂弯，又横向剖开他的血肉。失去拉力的皮肤向两侧翻卷着，白色的脂肪将血液衬托得更加鲜艳。他的胳臂就这样被一层一层地剖开，手指被分解为无限多，每一根指尖都鲜血淋漓，仿佛他手里攥着明亮的火把。在他的皮肉被解剖得一片褴褛、无处下刀时，那口朴刀才纵向劈下，将那只胳膊连根斩落，仿佛斩断一段不堪的记忆。

黄子澄很快失去了两只胳膊，失去胳膊同时意味着绳索无法再固定他的上半身，人们看到他的身体在痛苦地扭动，肩膀下两个血红的窟窿在扭动中时隐时现。

他的双脚也很快得到了解放。这次行刑者改用板斧。板斧刚好在绳索捆绑的地方落下。先是左脚在一声怪叫中脱离身体，接着是右脚，伴随着木质开裂的声响，蹦跳着寻找它的伙伴。

人们惊奇地看到一幅意外的图景——黄子澄在向御座上的皇帝爬去。他已没有了手脚，他不能爬，他是在用尽浑身的力量向前蹭去。失去平衡的身体仿佛巨浪里颠簸的舟楫。仿佛一个装血的容器出现了裂口，他身体的各处都在喷血。行刑者冲上来，用巨网将他网起，然后把他的残肢断臂扔进去，一起带离宫殿——他残余的肉身将被捆在外面的木桩上，用小刀剐去他剩下的每一寸肌肉。

第九十三章

屠杀纳入了规模化、制度化的轨道。皇帝的绞肉机夜以继日地忙碌工作，如同技艺高超的厨师，绝不肯有一星半点的浪费。它们绝不一刀夺命，在砍断头颅以前，它们总是先悉心摆弄囚犯的耳朵、鼻子、牙齿、手指和脚趾，充分调动犯人每一根神经的功能，使他们的痛感最大化。它们或把犯人的眼睛缝上，或将耳鼻剜下，或将牙齿敲碎，或把手指和脚趾剁掉。它们使死亡成为一个缓慢的过程，让皇帝的敌人的意志彻底垮掉。

如同对宫殿的营建一样，朱棣是这场屠杀的总指挥。显然，他满意于自己的成果。他时常在宫殿上亲自主持屠杀，政敌们的鲜血和脑浆像厨案上的水果一样灿烂夺目。

飞转的刀片使越来越多的器官离开原有的身体，皇帝于是看到越来越多的失去五官的面孔，对他作出怪异的表情。他看到被剜去双目的眼洞对他的怒视，被割去舌头的口腔仍开合谩骂，被撕开的嘴不停地发出怪笑……

宫殿里真的支起了一口大锅。从兵部尚书铁铉身上割下的肉块被接二连三地扔进去。在济南战役中，铁铉诈降将朱棣引入城中，如果不是士兵操作有误，没有及时拉起吊桥，让朱棣驱马逃走，朱棣就会被瓮中捉鳖，成为铁铉的阶下之囚，他们此刻的处境很可能倒置。此时，失血的肌肉在滚油中翻转腾跃，渐渐呈现出鲜艳的金黄色，一股肉香在廊柱间弥漫。

朱棣还没有过瘾，他把礼部尚书陈迪儿子的肉"赏赐"给陈迪。面对皇帝的"犒赏"，陈迪没有犹豫，一口吞了下去。儿子的耳朵、鼻子出现在父亲的嘴里，被他的牙齿有力地咀嚼成粉末，汤水在他的嘴角泛起浅红色的泡沫。

"味道一定不错吧？"来自御座上的声音在问。

"忠臣孝子的肉，香美无比！"陈迪一边吞咽，一边回答。

这是陈迪被拉下去凌迟以前的最后一顿晚餐。当刀子在他的胸脯上割开第一个豁口时，他在猜想自己的肉将会成为谁人的美味。朱棣在他的囚犯们中间建立了一条食物链。每个人的筋肉，都可能变成别人的下酒菜。他回味着朝堂上的肉香，芬芳的肉香暂时掩盖了鲜血的腥气。

第九十四章

在建文帝的旧臣中，唯独对方孝孺，朱棣没动一根汗毛。

那是因为他的那只青筋暴起的枯手,能写出天下一流的好文章。朱允炆读书,总是找他答疑解惑;临朝奏事,也常让他在御前拟旨批答;修《明太祖实录》,方孝孺任总裁;燕王朱棣北平起兵,讨燕的诏檄也出自他手。在那只手面前,像朱棣这样冷血的人,也开始犹豫:倘将这只手剁下来,天下好文章,又要到哪里去寻找?

尽管在刑部死牢中,方孝孺并未受到虐待,但刑部死牢中发生的一切足以使人毛骨悚然。身边牢房的囚犯们纷纷变成了厉鬼,活着回来的,也大都面目全非,断手残足,五官难辨。只有他一个人完好无损。没人提审他,没人对他动刑。似乎他永远是下一个。这使他的每一个死寂的日子都充满悬念。

他终于被带出死牢,出现在华丽的宫殿上。宫殿上摆着一个书案,笔墨齐全,洁白的纸页光泽细润。他嗅到熏香的气味,和那气味下蠕动的血腥之气。

他扫视了一下朝臣,几乎每一张面孔都是他熟悉的。他的目光在一张面孔上停下,那张面孔隐在众人后面,不易为人察觉,但方孝孺一眼就看到了他——御史大夫景清。不久以前,他曾和方孝孺一起密约,宁为建文帝殉节,不向朱棣称臣。现在,他出现在明成祖朝臣的队列里。那人诡异地闭了一下眼睛。整个宫殿的人们都把注意力集中在方孝孺身上,只有方孝孺捕捉到景清的这一细节。这显然是一个暗示。他的心突然被撞了一下。他已经预见到景清在他死后所采取的行动。

新皇帝的即位诏，空白着，等待他去书写。

"先生不必苦自己了，朕不过是效法周公辅佐成王罢了。"

是朱棣的声音。威严中带着几分谦逊。

方孝孺干裂的嘴唇嚅动了一下，以古怪的宁海口音，从齿缝间挤出几个字：

"成王在哪里？"

"他自焚死了。"

"可他还有子嗣。"

方孝孺指的是朱允炆的两个儿子——朱文奎和朱文圭。显然他一方面是在反驳朱棣，另一方面在探听两位皇子的下落。那时文奎已像他的父亲一样销声匿迹，而他两岁的弟弟文圭，却成了这场事变之后年龄最小的政治犯——朱棣特别关照刑部，只许给他喂饭，不许教他说话，五十五年以后，文圭获释，人们惊讶地看到，昔日的皇子已沦为只会喘气的废物。

这时方孝孺听到朱棣谦和的声音：

"诏令天下，恐怕得借先生的妙手一用！"

接下来是令人难挨的寂静。每个人都屏住呼吸，等待方孝孺的回答。

方孝孺说:"殿下还是杀了我吧,让我死,比让我为逆贼起草诏书更容易。"说话的时候,他的眼睛盯着墙壁,面无表情。

朱棣笑了:"先生想得太简单了,何止让你一个人死,我还要你的九族为你殉葬。"

"我相信你有这个本事,即使诛十族,你也办得到。"

没有咆哮和谩骂,他们的音调像君臣对谈一样风平浪静。朱棣脑海里映现出方孝孺和朱允炆相濡以沫的友情,这时他才感到一种本能的恼怒。他决定惩罚那张巧言善辩的嘴。朱棣的心腹姚广孝曾经跪在他面前,乞求他为国保住方孝孺,但现在,他顾不了那么多了。

遵照朱棣的旨意,行刑者用两把柳叶般小巧的刀片抵住方孝孺的两个嘴角。两人说了一句暗语,刀片就开始步调一致地朝两个相反的方向划去。柔弱的嘴角显然抵抗不了刀片的锋利,他嘴角两侧的面颊上很快出现两条深红的沟壑,口腔内部的鲜肉旋即沿着刀口翻卷出来,炫耀着它的纯洁。鲜血顺着他的下半个面颊倾泻而下,使他锐利的叫喊变得模糊不清,仿佛旷野上遥远的鬼叫。刀锋在颚骨处受到抵制,但它们马上巧妙地回避了阻力,向耳根靠拢。

方孝孺看到两只肉乎乎的大手在自己的嘴角晃来晃去,如同两个丰腴的馒头。他肚子里响过一阵气嗝,一阵撕裂的叫喊掩盖了一声响屁。他的血盆大口越张越大,而那两只肉感的手却显得越来越渺小,他一张嘴足以把它们全部吞没。

第九十五章

一切酷刑仿佛都是正义者的陪衬。我始终无法明白,懦弱的人性何以对抗惨烈的肉刑?对于不屈者来说,那些刑罚无异于对他们的犒赏,因为正是它们,成就了他们的英名。他们的英勇与刑罚之残酷形成某种对称关系,它们相生相克,受刑者越是坚毅,刑具就越是进化,反之亦然——显然,懦弱者解除了酷刑存在的必要,一点小小的惩戒就可能使他们轻易就范。

方孝孺的忠贞满足了人们对知识分子的完美主义期待。历史上最黑暗的一幕,以方孝孺们在名誉上的全胜而告终。然而稍加深问,方孝孺们的忠诚就会漏出破绽——我们居然无法找到那个被效忠的对象!如果孱弱如朱允炆者能够成为被效忠者,那么朝臣们的忠诚则显得过于愚腐了,因为他们效忠的朱允炆,在政治上完全是扶不起来的阿斗;也许他们捍卫的是朱允炆政权的合法性——明太祖遗诏中明确提到"皇太孙朱允炆仁明孝友,天下归心，宜登大位"，但是朱元璋同样考虑过由朱棣接班，显然，朱棣是最合适的人选，是刘三吾关键时刻的劝谏使朱元璋的天平最终倾向朱允炆，这短短的几句话也因而成为"靖难之役"的最早预告。那么，千百万无辜者的生命，是否必然被殉葬于选定皇位继承人的偶然性因素之中？ 况且，方孝孺的父亲正是被朱允炆的祖父朱元璋所杀，那么，对朱氏家族的效忠，无疑是对自身的背叛。这样的血海深仇，能够被朱允炆的"知遇之恩"轻松化解吗？ 也许他效忠的是国家，是江山社稷，遗憾的是这场"靖难之役"并非国家间的战争，而充其量只是朱氏家族内部的皇权之争，与社稷何干！ 被古代士人们推崇的气节操守正在脱离具体的内容而变成一种抽象的图腾，我们看到正面人物的单薄与可怜，看到道德完美主义的陷阱与危险。

  方孝孺的悲剧是巨大的。他的一句"便十族奈我何"的顶嘴换来十族被诛的下场，从而打破了"诛九族"的纪录。全族873人，先后被磔杀于市。方孝孺在目睹了全家的悲剧之后，最后一个死去。死前，他用漂亮的草书，写下一首《绝命诗》：

> 天降乱离兮孰知其由，
> 奸臣得计兮谋国用猷。
> 忠臣发愤兮血泪交流，

以此殉君兮抑又何求?

呜呼哀哉,庶不我尤!

第九十六章

御史大夫景清在方孝孺死后第七天身藏利刃上朝。他把匕首系于小臂上,被宽大的袍袖盖住,只要他靠近皇帝,匕首就会滑落到他的手掌心里。如同荆轲刺秦,这个动作他演练过许多次,已经驾轻就熟。但他一上朝就发现自己被出卖了,出卖他的不是别人,而是他自己。

方孝孺在与景清对视的一刹就预料到这一点。他从景清闭眼的暗示中窥到了这位挚友即将行刺的企图。他知道他成功不了,但他没有阻止他。他觉得没有必要阻拦那些应该发生的事情。

景清的举动太有仪式感。他绯红的长袍透露了他内心的秘密。异星赤色犯帝座。景清一出现在宫殿门口,朱棣就感觉到内心一阵异样的疼痛。他抬头捂住胸口的同时,余光瞥到一片激烈的绯红。他看到了大殿外面的景清 —— 他做燕王时的知己,逆光站在殿堂之外。朱棣的目光突然定格在景清的面孔上。景清也正好注视着他。两人的目光僵持着。那是一道危险的电网，它连接死亡，不是朱棣，就是景清。

朱棣的死就在景清视线可及的距离之内，但他永远无法到达。侍卫上来搜他的身，御座上的皇帝看到一柄明亮的匕首从血红的袍袖下裸露出来。朱棣惊异地望着殿外的这个人，似乎从来不认识他。

景清笑了："我替故主报仇，要取你的项上人头！"接下来是一阵咒骂，劈头盖脸，朱棣从没听人对他说过如此恶毒的语言。

为了回应景清的谩骂，朱棣命人打掉他的牙齿。空阔的宫殿里传出牙齿碎裂的隐约声响，仿佛有水珠滴落在玉磬上。朱棣从御座上走下来，欣赏着景清满嘴的鲜血。等他把脸凑近了，景清把嘴里的血和牙齿碎屑用力嗫在一起，朝朱棣吐去。朱棣大怒，命人将他捆在长安门外，用铁刷子刷尽他的皮肉。

刷洗一刑与剖腹挖心的主要区别在于它是由表及里，让骨骼与内脏一点一点地显现出来。一盆凉水朝景清兜头泼下来，他浑身一紧，皮肉还没有松弛下来，一个四面是刺的铁刷子已经深深刺入他的肌肉，随即拉开无数条平行的豁口。接下去，他的皮肉开裂成一条条横的、纵的、横纵交叉的血槽，仿佛浑身生出无数张小嘴在同时呐喊。又有凉水浇下去，行刑者小心翼翼地拭去血迹，只剩下白花花的划痕，因为越来越多的鲜血模糊了铁刷子的道路。又有新鲜血液涌现出来,他的身上出现了一张血红的地图,为铁刷子指引方向。后来铁刷子踏遍了每一寸身体,后来他变成一条正被刮鳞的鱼,后来有小块的肉被撕下或者自动脱落下来。

行刑者随时更换手中的铁刷,因为上面沾满了肉屑,使它不再锋利。在锋利的铁刺的践踏下,完整的皮肤已经变得混乱不堪,皮肤、肌肉、血管、神经被搅在一起,如荆丛般纷乱。穿越这片纷乱的荆丛,景清才能艰难地抵达自己的墓地。

人们看到景清身体上不断变幻的图案——苍白的肉体、暗红的汁液、被鲜血簇拥的骨骼,最后隆重出场的是心脏,被肋骨包围着,仿佛灯笼中轻盈的火苗。这最后的器官始终不停地收缩战栗着,如快感高潮中的阳具。

一切都消失了,不到一个时辰,只剩下白惨惨的骨头。有几缕不甘离去的肉缕像破布条一样挂在上面,在风中飘舞。从头到尾,景清没有恐惧过,真正恐惧的却是宫殿深处的朱棣。他必须提高警惕,身边任何一个人都可能向他刺来复仇之剑。只有把屠杀进行到底,他别无退路。

所有与景清有关的人都被置于追杀之列。这场被史学家命名为"瓜蔓抄"(即顺藤摸瓜)的杀戮不断被扩大化,它像瘟疫一样蔓延着,掩盖着皇帝内心深处的不安。二十年后,政敌们连一个细胞都不存在了,杀戮还在继续——它已成习惯。

朱棣个人发动的恐怖行动必然造就一种国家体制。当这种体制出现后,个人(即使是皇帝)的重要性就已减弱,如同上帝创造了死亡,而他却无力阻止死亡。体制本身会依靠自身的机能生长和运转。在政敌消失以后,体制还会物色甚至虚构出更多的"敌人",唯其如此,这种体制才能存活下去。

第七卷 血（下）

朱允炆的复仇方式与众不同,它不是施加于肉体,而是施加于精神,是一种纯粹的精神惩罚。他不要他死,而是要他活。

第九十七章

那场腥风血雨在几十年后已逐渐被人淡忘。有谈建文事者一律斩首。几十年的言论禁忌几乎抹杀了那段历史。朱棣死后多年，建文帝模糊的面孔才在文人笔记和民间戏台上重现。

那面孔实际上是扮演者的面孔。眉目清秀，齿白唇红，惹人怜爱。不像皇帝，倒像小生。小生的面孔取代了昔日帝王的面孔，出现在御座道具上。乡间祠堂残破的戏台成了暂时的宫殿。透过幽咽的唱腔，人们听到战马的嘶鸣和兵器的撞击声。玉碎宫倾，生离死别，爱情的悲剧在所难免。历史上最黑暗的一幕被弱化为才子佳人的悲情故事。这是民间百姓对政治的特殊解读。

一位云游的僧人躲在人群中观看。他又看到了自己的宫殿，看到了几十年前的自己。戏台上那个拖着古怪腔调的表演者又勾起了他早已淡忘的往事。刚好演到《惨睹》一折，这一折唱词很特别，一口气唱出八个"阳"字，十分慷慨悲壮。头一句"收拾起大地山河一担装，四大皆空相"，劈空而来，声如裂帛。他流泪了，浑浊的老泪顺着他面部的沟壑向下流淌。没有人注意到他的表情，因为所有人都在关注表演者的表情，而且所有人也都在流泪。在所有的眼泪中，一位年老的云游僧人的眼泪显然并不重要。

戏散了，云游僧人还要往下一个村子走，如同戏班还要寻找下一个戏台。僧人就这样从村落里消失，像一缕云飘过，没有人注意，仿佛他从来不曾来过。

不久以后，人们从村学的墙壁上发现了一首奇怪的题诗，笔迹陌生。村学里的先生站在边上吟诵这首诗，村人们一边倾听，一边猜测其中晦涩的含义。戏班里一名琴师恰好从此路过，诵读之后，连称：

绝妙唱词，绝妙唱词！

第九十八章

朱棣在宫殿上看到那具枯焦的尸体时，就认定那不是朱允炆。这是朱允炆使用的一个障眼法。它恰恰说明朱允炆还活着。

朱允炆没有死的证据掌握在朱棣手中，但他永难公开他的证据，否则将使他再度陷入极其危险的境地。那证据像痔疮一样难以示人，却又使他如坐针毡，内在的痛感时时提醒他的处境。

建文旧臣们持有同样的观点——他们相信朱允炆并没有死。唯独在这一点上他们与朱棣保持一致，尽管他们仅凭直觉，而没有证据。他们表现出的坚贞不屈在很大程度上与这种观点有关。朱允炆（即使正在流亡）证明了朱棣政权的不合法性，并使旧臣的忠诚更加理直气壮。

朱允炆的存在成了朱棣内心最深的隐痛。这位无所不能的强人，什么都能办到，唯独捕捉不到那个业已蒸发的影子。他坐在御座上，心神不宁，觉得御座下面有着一个无底的深渊，使他在恍惚中产生一种下坠感。他为朱允炆举行了葬礼，埋葬了那具面目全非的尸体，但他并不能就此消灭朱允炆的身影，那身影在宫殿里时隐时现，有时他竟然在大白天里看到一具焦煳不堪的尸体在空寂的大殿里游荡。

宫殿里加强了防卫。几乎每一个角落都有一名威武的侍卫，不再为目光留下死角。但朱棣仍然觉得有异常的身影在帷幕背后晃动。每当有风从殿堂上吹过，他就感到一种莫名的不安。这是他后来迁都北京最主要的原因。他已经无法在朱允炆坐过的龙椅上安坐，而朝廷，将为他的心理健康支付一笔昂贵的搬迁费用。实际上，即使朱允炆真的近在身边，他也不是他叔父的对手。但暗处的敌人最难防范。他或许并不存在于宫殿中，而是隐藏于乡野民间，但他随时可能出现在他的面前。此刻的朱棣陷入一种莫名的忧郁和焦躁之中。治疗这种病症的唯一药物是拼命地杀人，复仇不仅是杀人最适宜的借口，而且是一项特权。弱者不享有这一特权。但弱者未必永远是弱者。弱者的成长将使复仇陷入永难终止的循环。

朱允炆并未死去的证据是，朱棣没有找到王朝的玉玺。攻入南京之后，朱棣的第一件事便是寻找建文帝的下落，同时找到那方传国玉玺。玉玺上刻的十六个字"天命明德，表正万方，精一执中，宇宙永昌"曾经被复制在王朝无数的文件中，朱棣必须把它攥在手里，把它攥在手里，才算对王朝的命脉牢牢把握。但是把宫殿翻遍了，也没见到它的影子。玉玺的失踪成为最大的一宗疑案，它暗示着一个无情的事实：建文帝逃跑了，并且把玉玺带在身上——他准备随时恢复自己的权力。

玉玺标定着权力的归属。宫殿和御座都是权力的象征，而玉玺却是权力的根本。朱允炆把它带在身上，就等于把整个宫殿带在身上——它们终归是属于他的，而朱棣只不过是借住而已。朱允炆拥有宫殿的所有权，而朱棣只暂时拥有使用权。这加深了朱棣对朱允炆的仇恨。对朱允炆来说，有玉玺在，即使沦为乞丐也并不可怕，全国人民都知道他被叔父篡位的事，只要他出示玉玺，随时可以号令天下。朱棣预感，来自山野江湖的某一次不为人所知的撬动，就可能使他坚固的王朝迸裂和瓦解。

第九十九章

吴焚在一个淅沥的雨天踏上了寻访朱允炆的路途。他走上了与朱允炆完全相同的出京之路，时间是朱允炆消失五年之后。五年中（甚至更久远的时间中），这条道路没有任何变化，不变的空间几乎可以模糊人们的时间概念。如果把宫殿里的皇帝想象为朱允炆也毫不过分。道路明确而具体，是一条宽大的土路，当他把宫殿城池，把那个正在深宫中欣赏妃嫔腰肢的皇帝都甩在身后，大路便开始像绳索一样抖动起来。雨下大了，掩盖了每一个行人的面庞。

一个暗探凭借雨的掩护悄然出城,并如同他追踪的那个人一样消失在道路的深处。追踪者与被追踪者中间相隔五年时间,五年时间可以换算成多少里程? 如果排除巧合因素,他在理论上能够追上他追踪的那个人吗?

有人密报,浦江义门郑氏厅堂中出现了一个神秘的横匾,是建文帝亲书的"孝友堂"三个大字。锦衣卫对郑家进行了彻底搜查,厅堂上空空荡荡,挖地三尺,什么也没发现。此类蹊跷的事情几乎每天都在发生。建文帝已经销声匿迹,但他存在于朱棣的想象之中,而且在每一次捕杀中变得异常具体。朱允炆活不见人死不见尸,把朱棣折磨得死去活来,从某种意义上说,朱棣患上了一种相思病,期待着朱允炆在某一时刻的突然现身,届时他会大显身手,把对待建文诸臣的各种奇招一股脑儿用在他的侄子身上。在吴焚身后,大规模的捕杀行动早已展开,而告密也随之成为市井的风气和官场打击政敌的手段。告发浦江郑氏者被以欺君之罪凌迟处死,而类似"狼来了"的告密,反而使朱允炆的行踪更加隐秘难寻。

吴焚是锦衣卫一名最忠实的暗探,深受皇帝信任。他对那些轰轰烈烈的搜捕行动不屑一顾。他相信朱允炆绝不可能藏身在他们所认为的地方,于是,在那个雨天踏上了一条不归的暗访之路。从那天起，他踏过了无数条的河流与桥梁，寻访了无数客栈和寺院。在民间，他获得了无数条线索，每一条都比在京城里得到的密报真实和可信。每一条线索都是一个谜面，需要他以自己的行脚来揭开那深藏的谜底。如果吴焚和朱允炆各有一部旅行日志，我们便会惊奇地发现，他们的旅程中有许多地点是完全重合的，只不过出现的时间有异而已。当然，这种重合并不规则，那是两条变幻莫测的曲线，有兴趣的人可以研究其中的规律，但他们本人对此一无所知。

很多年后，一个名叫郑和的太监率船队驶向茫漠的海洋。他的道路更加神秘莫测。先后六次的伟大航行日后出现在历史教科书中，成为中华帝国盛昌富强的佐证。即使在后人眼里，郑和下西洋的真实目的依然得以掩盖——庞大的船队满载的珍宝遮住了许多人的视线，当国内的道路被穷尽之后，朱棣愈发对朱允炆亡命海外的传闻深信不疑，那些显示帝国尊严与仁德的赐品，成为朱棣为寻找朱允炆的海外踪迹而支付的一笔昂贵的成本。

应当说，吴焚从一开始就走上了一条正确的道路。他在内心里重新演绎了当年金川门之变和朱棣率军进城的路线，进而确定了朱允炆逃亡的路线。那是一条唯一的道路——就是吴焚在雨天踏上的那条道路——这一点就像吴焚的掌纹一样明晰。

问题是，那条道路连通着无数条分岔，而吴焚只能选择其中一条。而那被选中的一条同样有着无数条分岔。如同被雨伞旋出的雨滴，吴焚就这样迅速脱离权力中心，坠落到遥远的乡野，从朱棣的眼中彻底消失了。

十七年后，吴焚在一条遥远的江边听说了朱棣驾崩的消息。是长江的一个无名的支流，并不宽阔，江水急促浑浊，有一条藤桥通向对岸的山里。江边散落一个村镇，有几家破落的酒馆。那时一碗烧酒刚刚下肚，他有一种想哭的感觉，但他忍住了。他向门外望去，看见有一位干瘦的老者敏捷地越过藤桥走向对岸。朱棣的死无疑取消了这次行动的意义。像他这样的暗探出现在许多条道路上，他们杂乱无章地游动，终有一天要回到宫殿之上。但皇帝的死亡斩断了他们的归路。他们将和他们的目标一起，消失在道路的尽头。

在湍急的江边，他向着京城的方向磕了九个响头，他听得到脑袋撞击岩石发出的咚咚声。站起来的时候，他感觉到略微的晕眩。他发现除了继续他的行程，他无处可去。他像离不开朱棣一样离不开朱允炆。藤桥在他脚下剧烈地摇晃，仿佛天地都在旋转。他暂时停止动作，让藤桥安静下来。这时他听到远处村庄母亲呼唤孩子的叫喊。

第一〇〇章

在民间的戏台上，故事的细节日益清晰——

朱允炆从奉先殿取出先帝朱元璋驾崩时留下的铁箧。那时他的额头上都是汗，不是因为大火的炙烤，而是因内心的焦急。火是他亲手点燃的，如果不是翰林院编修程济不顾君臣之礼将他拦腰抱住，他将重蹈他的叔父朱柏的覆辙，阖宫自焚。在程济的提醒下，慌乱的他才恍然想起祖父生前的重要嘱咐。他命人从宫殿的大梁上取下铁箧。这是他第一次打量它。铁箧被上了两道锁，而且，两道锁都没有锁孔——这是两个没有孔的死锁。这时朱允炆似乎已经听见了燕军破城的厮杀声。他心跳如鼓，鲜血在他的幻觉中开始蔓延。

程济用香炉在铁箧上砸开一个裂口，侍卫们用手将那裂口扩大，一把剃刀、三张度牒显露出来。朱允炆打开度牒，上书三个法名：应文、应能、应贤。他与皇后对视了一下，先帝的意图再明白不过了。

泪水顷刻从皇后眼中涌出。他们最后的话别以不同的版本出现在戏台上，但那不重要，重要的是他们不可能生死在一起——他们就此划出了生死的界限。

蹈火自焚的是皇后。先帝最后的安排取消了她生存的理由。她换上了龙袍。在她豪华的袍服之上，火苗成为最艳丽的装饰。朱允炆看到他的妻子被许多桃花般粉红的花朵包围，他记得她每次洗浴时总是用层层叠叠的桃花覆盖水面。现在，她的手臂如溺水般拼命挣扎着，她的身影消失在越来越密集的桃花后面。

朱允炆被剃发的时候，目睹着皇后在火焰中的舞蹈，心如刀绞。程济从铁箧中取出袈裟，披在朱允炆身上。朱允炆看了看杨应能和监察御史叶希贤，心想他们就是应能、应贤了。这时，有人来报，燕军已突破金川门，向宫殿杀来。与此同时，程济将铁箧中的最后一件藏品交到朱允炆手中，展开一看，居然是先帝亲手绘制的逃亡地图。

第一〇一章

朱棣等不到吴焚给他带来好消息，在遥远的宫殿里，默然死去。

朱棣知道，朱允炆活着，一定会找他报仇。一个正常的皇帝，不会对夺取他的宫殿、逼死他的皇后、诛杀他的大臣的人无动于衷，况且，朱允炆是先皇的指定接班人，他的权位是一个他所敬仰的长辈以武力的方式非法窃夺的，他一定会有所表示，选择一个他认为合适的时机，表明他对这件事的态度。他躲在暗处，在朱棣不知道的角落里，等待发力。当朱棣因杀戮而变得疯狂，而朱允炆却异常地理智。朱棣感觉得到他的理智，这使他陷入更深的恐惧，变得更加疯狂。他以一系列被后人称道的壮举（营造紫禁城、疏浚大运河、修长城、编修《永乐大典》、铸永乐大钟、派郑和下西洋），掩饰内心的虚弱。他是一个虚弱的人，对于一张业已消失的面孔无能为力。"君子报仇，十年不晚"，朱棣知道，那个人越是理智，报复就会来得越迟，而报复来得越迟，就会越发惨烈。为此，他采取了足够的防范措施，最可靠的方法，是"斩草除根"，这使他的王朝，变成名副其实的血朝廷。这与他是否心狠手辣完全无关，这是一项战略决策。他知道自己真实的用意不是杀更多的人，而是彻底地剥夺对方的复仇能力。利刃还在，但那一只只握刀的手，已经被他剁掉，那些闪光的利刃，就会变得群龙无首，那些可能的行刺，就被他预先删除。但是"斩草除根"的行动，无论多么完美，都有漏洞，那就是，朱棣面对的不是一个家族，而是一个曾经存在过的政权，那么，复仇可能不是来自朱允炆本人，甚至不是来自他的后代，而是来自那些受过他恩泽的人。这个政权，必然有无数的拥戴者，而他们，都是潜在的复仇者。朱棣永远不会知道他是谁，甚至连朱允炆也不知道他是谁，但那个人肯定存在。只要有一个复仇者得手，朱棣的"斩草除根"政策就变得徒劳无功。

朱棣的想象力变得无比发达，他为自己设计了无数种死法，每种死法的背后，都有一张他看不清的面孔。十年、二十年过去了，那张不确定的面孔仍然没有出现，他仍然活着。这使他变得焦急、不耐烦。他知道自己被拖进了一场复杂的游戏，而对手比他更有耐心。对手才是规则的制定者，一切都要看对手的眼色，他甚至连放弃的权利都没有。这使他的日子变成了煎熬，变成一种没有止境的等待。辉煌的宫殿，对他而言成了一个巨大的、无法摆脱的负担。这时他才明白，那个逃亡的皇帝留给他的遗产，不是宫殿，是一个巨大的刑具。

朱棣没有想到，自己会在北征阿鲁台的路上，死在一个名叫榆木川的地方。他的死来得突然，没有人知道为什么。太监马云，将一袭惨白的殓布盖在他的脸上。那张脸上，隐约露出一丝不易读懂的笑容。那一年是永乐二十二年，公元1424年。直到那时，朱允炆都没有出现。弥留之际，朱棣突然明白，自己上了侄子的当——朱允炆的复仇方式与众不同，它不是施加于肉体，而是施加于精神，是一种纯粹的精神惩罚。他不要他死，而是要他活，朱允炆永远也不揭开谜底，不预告他对自己的叔父作出的判决,而是要朱棣忍受那种没有止境的等待与煎熬,朱棣活得越久,惩罚越是有效。

他终于死了,无须再参加这项残酷的游戏,他露出一丝如释重负的笑。

第一〇二章

朱棣死去十多年后,人们看到一个衣衫褴褛的陌生老者走进一个村子。村子里有一所村学。村学的墙壁上不知何人留下一首诗,字迹清晰,仿佛昨天才书写上去。老人看到这首诗,啊呀一声当即昏倒。当村人们把他救醒时,他那身枯瘪的皮囊里吐出了最后一口气,夹杂着一种含混的呓语:"找到了……找到了……"

那笔迹他再熟悉不过——

风尘一夕忽南侵,
天命潜移四海心。
凤返丹山红日远,

龙归沧海碧云深。
紫微有象星还拱，
玉漏无声水自沉。
遥想禁城今夜月，
六宫犹望翠华临。

2002年12月16日动笔
2003年6月4日完成
2008年夏一改
2009年8月二改
2015年1月至3月三改
2021年10月四改

附录

转型与超越：叙事的再度探索

洪治纲

读《旧宫殿》,常常使我游走于历史文化与美文赏析的两极状态。

《旧宫殿》是一部饶有情趣且内蕴丰沛的作品。它以明朝宫廷内部的皇权争斗为线索，精心演绎了朱棣在篡位过程中各种隐秘而又惨绝人寰的阴谋手段。作者动用了一种近似诡秘的叙事语调，像幽灵一样穿梭在沉沉的历史帷幕深处，在不动声色的叙事中，将一场封建皇权的争斗渲染得风声鹤唳、草木皆兵。在那里，我们不仅看到了一种真实的历史潜规则、一种绞尽脑汁的权力潜规则，而且看到了一个在阴谋中崛起的大明王朝脆弱不堪的内心世界。正是由于这种脆弱和恐惧依附在高高的皇权之上，遂造就了无数的千古奇冤，也使人们真切地领略到在权力的每一寸台阶上都浸满了鲜血——亲人的、朋友的、忠臣的、平民的。他们以无辜的生命铸就了权力的辉煌，又让当权者忐忑不安地坐于其上。这是一种吊诡的历史，也是一种权力在恶性循环中膨胀的姿态——权欲引发了罪恶与不安，罪恶与不安又强化了专制和暴力，而专制和暴力又不断催生酷刑和悲剧，最后，牺牲者永远是无以数计的臣民。于是，从明朝就开始出现了锦衣卫这样的特务机构以及他们的种种"杰作"，还出现了方孝孺被株连十族、礼部尚书陈迪当众吃自己儿子之肉的破历史纪录的惨剧。从抓捕到杀人再到吃人，朱棣的专权越残酷，也就表达他内心越虚弱。与此同时，作者还像巫师一般为这个王朝的权力争斗设计了种种天衣无缝的命运通道，它包括一场神秘的焚宫事件，一只先帝精心存放的铁箧子，一位被遗弃的皇帝的逃亡之路，一方象征皇权的失踪的玉玺，以及一位锲而不舍的宫廷密探。尽管这一切最终都归于虚无，归于绝望的死亡和空寂，但它却将存在的荒诞本质、狡诈的命运际遇以及权力的潜规则紧紧地纠结在一起，共同支撑起一个王朝貌似强悍却虚弱不堪的真实景象。

值得注意的是，《旧宫殿》在深入这段封建皇权的潜规则的过程中，并不仅仅是为了向人们津津乐道地展示权力自身的血腥本质——事实上，这只是传统历史演义的一种基本叙事格调。而作者在汲取这种演义性审美趣味的同时，却一改单一的故事性叙事，将演义性的叙事碎片化处理，使之消散在浓郁的意象化描述之中。因此，读《旧宫殿》，我们又仿佛在读某种回忆性的历史文化散文——在作者对一座座宫殿的精致描述和辽阔的阐释中，我们就好像听一位经验丰富的导游在对每一处历史遗迹进行饶有情趣的文学解读。在这里，无论是宫殿的整体布局、外观形态，还是宫殿内部的设置、浮雕的形象，乃至龙椅龙袍上的图案，都充满了符号化的意味，都潜藏着隐蔽的权力欲望。经过作者在文化学意义上的一一解构与重构，甚至不断出现格言式的论断，我们不仅看到了许多历史背后极为精粹的隐喻内涵，还看到了作者思考上的灵性火花和对叙事精确控制的技能。坦白地说，读《旧宫殿》，常常使我游走于历史文化与美文赏析的两极状态。

本文节选自《万物花开随风舞——〈花城〉2003年小说评述》一文，原载《花城》2004年第3期，本文标题为原文中的小标题。

注 释

第一卷　火（上）

[1]〔清〕张廷玉等撰：《明史》，第2368—2369页，北京：中华书局，2000年版。

[2]《明实录》，卷一〇〇。

[3] 今江苏省南京市。

[4]〔清〕张廷玉等撰：《明史》，第2343页，北京：中华书局，2000年版。

[5]《明太宗实录》，卷一。

[6]《明太祖实录》，卷二百五十七。

[7] 转引自《单士元集》，第四卷《史论丛编》，第一册，第95页，北京：紫禁城出版社，2009年版。

第二卷　火（下）

[1]〔清〕张廷玉等撰：《明史》，第2674页，北京：中华书局，

2000年。

[2] 今内蒙古自治区多伦县。

第三卷 宫殿（上）

[1]《山海经》，第237—238页，郑州：中州古籍出版社，2008年版。

[2]《钦定古今图书集成·方舆汇编》影印版，山川典第一卷，第6235页，北京：中华书局、成都：巴蜀书社，1985年版。

[3]〔唐〕杨筠松：《青囊海角经》，见《钦定古今图书集成·博物汇编》影印版，第六五三卷，第57946页，北京：中华书局、成都：巴蜀书社，1985年版。

[4]〔明〕章潢：《图书篇·皇明南北两都总叙·南北两地山川》，第三十五卷，见《钦定四库全书》，子部，类书类，台北：商务印书馆，1986年版。

[5]《单士元集》，第四卷《史论丛编》，第一册，第96—97页，北京：紫禁城出版社，2009年版。

[6]〔清〕张廷玉等撰：《明史》，第56页，北京：中华书局，2000年版。

[7]〔明〕吕毖：《明朝小史》，卷三，永乐纪。

[8]《四川通志》，木政。

[9]〔清〕张廷玉等撰：《明史》，列传第三十八。

[10]《四川通志》，采木。

[11]〔清〕张廷玉等撰:《明史》,第1272页,北京:中华书局,2000年版。

[12]〔明〕吕毖:《明朝小史》,卷四。

[13]〔西汉〕司马迁:《史记》,第170、181、182页,北京:中华书局,2000年版。

[14][美]巫鸿:《中国古代艺术与建筑中的"纪念碑性"》,第198页,上海:上海人民出版社,2009年版。

[15]〔西汉〕司马迁:《史记》,第272页,北京:中华书局,2000年版。

[16]李燮平:《永乐营建北京宫殿探实》,见《紫禁城建筑研究与保护——故宫博物院建院70周年回顾》,第38页,北京:紫禁城出版社,1995年版。

[17]安意如:《再见故宫》,第14页,北京:光明日报出版社,2012年版。

[18][以色列]尤瓦尔·赫拉利:《人类简史:从动物到上帝》,第181页,北京:中信出版集团,2017年版。

[19]施展:《枢纽——3000年的中国》,第251页,桂林:广西师范大学出版社,2018年版。

[20]《论语》,见《论语·大学·中庸》,第15页,北京:中华书局,2011年版。

[21]〔西汉〕司马迁:《史记》,第182页,北京:中华书局,2000年版。

[22]〔南宋〕朱熹:《朱子语类》,第182页,北京:中华书局,2020年版。

[23]〔西汉〕司马迁:《史记》,第1153页,北京:中华书局,2000年版。

[24]阿城:《洛书河图——文明的造型探源》,第11页,北京:中华书局,2014年版。

[25]〔西汉〕司马迁:《史记》,第1115页,北京:中华书局,2000年版。

[26]《老子》,第101页,郑州:中州古籍出版社,2008年版。

[27]赵广超:《紫禁城100》,第70页,北京:故宫出版社,2015年版。

[28]同上。

[29]葛兆光:《中国思想史》,第一卷,第19页,上海:复旦大学出版社,2009年版。

[30]赵广超:《紫禁城100》,第21页,北京:故宫出版社,2018年版。

[31]《左传》,昭公二十五年。

[32]《日下旧闻考》,卷六三。

[33]赵广超:《紫禁城100》,第43页,北京:故宫出版社,2018年版。

[34]〔清〕张廷玉等撰:《明史》,第195页,北京:中华书局,2000年版。

[35] 御门听政是明太祖朱元璋创下的规制，因为明朝取消了宰相职位，本由宰相承担的政事就落到皇帝身上。北京紫禁城自明成祖朱棣开始，每天早上御门听政。

[36] 参见〔清〕赵尔巽：《清史稿》，第2616—2617、2621—2624、2649—2650页，北京：中华书局，1977年版。

[37] 参见徐艺圃：《试论康熙御门听政》，原载《故宫博物院院刊》，1983年第1期。

[38] 朱剑飞：《中国空间策略：帝都北京（1420—1911）》，第163页，北京：生活·读书·新知三联书店，2017年版。

[39] 《易经》，第5页，上海：上海古籍出版社，2013年版。

[40] 同上书，第19页。

[41] 《诗经》上册，第10—11页，北京：中华书局，2015年版。

[42] 同上书，第20—21页。

[43] 周晓枫：《上帝的隐语》，见《鸟群》，第186页，昆明：云南人民出版社，2000年版。

[44] 此殿在康熙十八年（公元1679年）又毁，我们现在所看到的太和殿，乃康熙三十六年（公元1697年）再度重建。

[45] 今湖北省钟祥县。

[46] 《明世宗实录》，卷一。

[47] 《万历野获编》，卷二。

[48] 祝勇：《故宫六百年》，第11页，北京：人民文学出版社，2020年版。

[49]　[法] 米歇尔·福柯:《规训与惩罚》,第156、167页,北京:生活·读书·新知三联书店,1999年版。

[50]　语出《韩子》,见〔北宋〕李昉:《太平御览》,第862页,北京:中华书局,1960年版。

[51]　〔西汉〕司马迁:《史记》,第1805页,北京:中华书局,1959年版。

[52]　卢元骏:《说苑今注今译》,第443页,台北:台湾商务印书馆,1977年版。

[53]　[英] 迪耶·萨迪奇:《权力与建筑》,第9页,重庆:重庆出版社,2007年版。

[54]　转引自 [美] 巫鸿:《时空中的美术》,第262页,北京:生活·读书·新知三联书店,2009年版。

[55]　张宏杰:《大明王朝的七张面孔》,第56页,桂林:广西师范大学出版社,2006年版。

[56]　[法] 米歇尔·福柯:《规训与惩罚》,第172页。

[57]　[美] 巫鸿:《时空中的美术》,第111页,北京:生活·读书·新知三联书店,2009年版。

[58]　〔东汉〕班固:《汉书》,第2989页,北京:中华书局,2000年版。

[59]　见郑欣淼:《故宫与故宫学》,第3—6页,北京:紫禁城出版社,2009年版。

[60]　朱大可:《中国建筑的母题冲突》,原载《花城》,2007年第6期。

第四卷　阳具

[1]《明通鉴》，卷十七。

第五卷　宫殿（下）

[1]《论语》，见《论语·大学·中庸》，第138页，北京：中华书局，2011年版。

[2] 同上书，第209页。

[3] 宝座正面和左右的木台阶，所谓"陛下"，就是指这个"陛"。

[4]《礼记》，第551页，上海：上海古籍出版社，2016年版。

[5]〔明〕计成：《园冶》。

[6] 刘刚、李冬君：《文化的江山》，第二卷，第8页，北京：中信出版集团，2019年版。

[7] 蒋勋：《手帖》，第95页，北京：九州出版社，2017年版。

[8] 根据2011年世界遗产第二轮定期报告要求的对遗产突出普遍价值表述的调整，故宫的突出普遍价值为："北京故宫是我国古代宫城发展史上的最高典范，是世界上现存规模最大、保存最完整的古代宫殿建筑群"；"其宫殿建筑技术与艺术反映了中国古代官式建筑的最高成就"；"所有这些珍贵遗存与宫殿建筑群共同构成了突出的世界普遍价值"。参见郑欣淼：《故宫与故宫学三集》，第91—92页，北京：故宫出版社，2019年版。

[9] 故宫博物院建院初期曾提出"完整故宫保管"计划，故宫博物

院第五任院长郑欣淼先生在此基础上,提出"完整故宫"保护的理念,进而提出"大故宫"概念。他认为:"完整的故宫遗产,既要看故宫本身,也应从故宫与北京以及北京以外的明清宫廷建筑,如园囿、行宫、陵寝、皇家寺观以及明中都、明南京故宫、沈阳故宫等联系来看待;既要看北京故宫的藏品,也要重视流散的清宫文物遗存。"见郑欣淼:《"完整故宫"保护的理念与实践》,原载《故宫博物院院刊》,2012年第5期。

[10] 参见朱赛虹:《〈石渠宝笈〉传世版本纪实》,原载《紫禁城》,2015年第9期。

[11] 故宫博物院现藏书画共约15万件,含绘画、壁画、版画、书法、尺牍、碑帖等。其中,绘画4.7万余件,清宫旧藏1.5万余件;书法7.4万余件,清宫旧藏2.2万余件;碑帖2.8万余件,清宫旧藏5800余件。参见郑欣淼:《故宫与故宫学三集》,第324页,北京:故宫出版社,2019年版。

[12] 〔清〕徐珂:《清稗类钞》,第七册,第3193页,北京:中华书局,2017年版。

[13] 郑欣淼:《关于故宫与故宫博物院》,见郑欣淼:《故宫与故宫学》,第7页,北京:紫禁城出版社,2009年版。

[14] 参见那志良:《我与故宫五十年》,第34页,合肥:黄山书社,2008年版。

[15] 同上。

[16] 这份传单现藏于故宫博物院图书馆。

[17] 转引自那志良：《我与故宫五十年》，第37、39页，合肥：黄山书社，2008年版。

[18] 世界五大博物馆为：法国卢浮宫、英国大英博物馆、俄罗斯艾尔米塔什博物馆、美国大都会博物馆和中国故宫博物院。

[19]《养吉斋丛录》，转引自章乃炜等编：《清宫述闻》，下册，第673页，北京：紫禁城出版社，2009年版。

[20] 叶放：《造园札记》，原载《经典》，2004年第2期。

[21]〔清〕曹雪芹著、无名氏续：《红楼梦》，上册，第169页，北京：人民文学出版社，2008年版。

[22] 史铁生：《我的梦想》，见《史铁生散文》，上册，第21页，北京：中国广播电视出版社，1998年版。

[23] 刘北汜：《实说慈禧》，第271页，北京：紫禁城出版社，2004年版。

[24] 古代以坐北朝南为尊位，故天子、诸侯见群臣，或卿大夫见僚属，皆面南而坐。

[25]《论语》，见《论语·大学·中庸》，第135页，北京：中华书局，2011年版。

[26] 今浙江省绍兴。

[27]〔东晋〕王羲之：《兰亭集序》，见《古文观止》，下册，第468—469页，北京：中华书局，2011年版。

[28] 章乃炜等编：《清宫述闻》，下册，第683页，北京：紫禁城出版社，2009年版。

[29] [英]迪耶·萨迪奇:《权力与建筑》,第34页。

[30] 同上。

[31] 同上。

[32] 祝勇:《故宫六百年》,第694—695页,北京:人民文学出版社,2020年版。